"一带一路"民间文化探源工程

邱运华 总主编

文舟记脉

——大运河民间传说与南北文化融合传播调研文集

孔宏图 主编

学苑出版社

图书在版编目（CIP）数据

文舟记脉：大运河民间传说与南北文化融合传播调研文集 / 孔宏图主编 . -- 北京：学苑出版社，2024.6. -- ISBN 978-7-5077-6995-1

Ⅰ. K928.42-53

中国国家版本馆 CIP 数据核宁第 20249YA548 号

出 版 人：洪文雄
责任编辑：杨　雷
出版发行：学苑出版社
社　　址：北京市丰台区南方庄 2 号院 1 号楼
邮政编码：100079
网　　址：www.book001.com
电子邮箱：xueyuanpress@163.com
联系电话：010-67601101（营销部）、010-67603091（总编室）
印　刷　厂：北京建宏印刷有限公司
开本尺寸：880 mm × 1230 mm　1/32
印　　张：10.5
字　　数：220 千字
版　　次：2024 年 6 月第 1 版
印　　次：2024 年 6 月第 1 次印刷
定　　价：60.00 元

"一带一路"民间文化探源工程

编委会

总 主 编 邱运华
副总主编 侯仰军　王锦强
执行总主编 孔宏图
编　　委 孔宏图　张礼敏　程　溪
　　　　　　李嫣然　郑　蓉　唐华伟
　　　　　　张娜娜　张　丹
本书主编 孔宏图

总　序
开通大道，走向世界

"一带一路"成为中国式发展理念——"世界不同民族和不同国家文明互通互鉴"的代名词。"丝绸之路"，这个由德国地理学家李希霍芬在其地理学著作里提出的术语，获得了从未有过的崇高荣誉。李希霍芬是自然地理学家，总体来说他不太注重人文和社会地理因素而偏重于自然地理，但这一学术倾向并不妨碍他在《中国》（1877年第一卷）一书中叙述大量的人文和社会元素与自然地理之间的关系。他把《汉书》、马里努斯、托勒密简要点及的中亚大道——贯穿现在中国新疆与中亚、西亚阿拉伯世界腹地的道路，用"丝绸之路"这一术语表达出来。尽管他更多地使用"交通""道路"这样的术语，而不是诗意性的"丝绸"，甚至"丝绸贸易"这样的术语。现在想来，李希霍芬看重的"交通""道路"，未必离得了人与社会。我以为，"交通"和"道路"更为精确地表达出地理学家李希霍芬的真实意图。

"丝绸之路"在本质上是古代中国走向世界的一条通衢大道。当然，这样性质的大道不是只此一条。

古代中国走向世界的道路有很多条，每一条都充满艰险与神秘。但是，中华民族祖先血液里流淌着探险、冒险的基因，他们走向未知领域的勇气巨大无边。西部的戈壁、沙漠阻挡不了他们的雄心，北部的无边草原、沙漠和森林也不能阻挡他们。张库大道从张家口经由包头可以直达乌兰巴托（旧称"库伦"），有人认为张库大道作为贸易之途，大约在汉代已经开始，出现茶的贸易，大约不晚于宋元时代。东北部从辽宁省和吉林省之交的腹地开原往东，明代设有辽东镇25卫，皆设置有交通驿站，沿着驿路，每15—30千米建有一座驿站或递运所、铺、亭、路台等，形成交通传递系统。东北亚所谓"丝绸之路"，并不像通往西域的丝绸之路那样，沿途扬起阵阵烟尘，来来往往的中西商贾带着满载货物的驼队、马帮，构成一幅壮观的瀚海行旅图，而是通过设关互市、贡赏等形式，把明朝内地的彩缎等物运往东北边陲，与各民族进行交易。在古代，正是靠这条交通要道，把内地的丝绸、茶叶等商品运往东北亚地区，把古老的长江、黄河流域文化与东北亚文化联系起来，使这一地区在明代显得生机盎然。2017年，中国民间文艺家协会组织了一批专家沿着这条道路一直走到黑龙江与乌苏里江交汇口，进行了一次系统的民间文艺考察调研活动。

西北和东北的道路仅仅是古代中国走向世界的一部分，在西南部和南部还有多条通向域外的交通道路。例如，商业化程度很高的"茶马古道"。有若干条"茶马古道"从中国西南各地通向东南亚和南亚，而在西藏边陲的阿里地区，原古格王朝所在地，就发现了在丝绸上绘就的古代唐卡。中国民间文艺家协会唐卡调查组在阿里地区的科迦寺发现两幅传统唐卡，一幅背面边沿有"浙江杭州织局益昌"的字样，另有一幅唐卡有吉祥童子图案。可以想见自古以来中国内地商贸、文化与西部边陲之地的长久交往。

在通往世界的道路中，特别应该提到的是"海上丝绸之路"。当然，"海上丝绸之路"更是一个比喻。著名历史文化专家常任侠先生把先秦时期徐福的故事视为"海上丝绸之路"的最早起源之一，他在《海上丝路与文化交流》里，叙述了中国通过海上丝路与古代日本、印度、东南亚诸国进行物产、宗教、文学、艺术等方面的相互交流；郑和七下西洋更是"海上丝绸之路"谈论的重点内容。2017年11月，中国学者与来自亚洲、非洲、欧洲等地的学者会集科伦坡城，召开了"国际儒学论坛：科伦坡国际学术讨论会"，主题是"海上丝绸之路的历史交往与亚非欧文明互学互鉴"。会议上，埃塞俄比亚学者把中国与非洲的交往追溯到公元前2世纪的西汉时期。斯里兰卡凯拉尼亚大学学者阿玛勒赛格尔（Amarasakara）通过总结斯里兰卡境内有关中国的考古发现情况，如古都博隆纳鲁瓦山寺中国晋代高僧法显故居遗址，以及古代中国钱币、古代中国陶瓷瓷片等，证实了中国古代与斯里兰卡地区存在着经贸、文化、宗教的交流情况。澳门大学学者汤开建则就耶稣会士传入澳门的欧洲图书，结合16世纪末中国境内的第一座西式图书馆——圣保禄学院图书馆藏书的相关史料，详细考证了明清之际欧洲图书传入澳门的情况，认为中国大陆的西学东渐在很大程度上与此相关。

2017年是中国民间文学的"丝路文化年"。中国民间文艺家协会主持的"一带一路"民间文化探源工程，针对"一带一路"沿线民间文化资源进行系统梳理和选点研究，开展了福建海上丝绸之路重要节点的代表性民间文化考察活动；以冼夫人传说为核心议题对南海（广东茂名博贺镇）开渔节以及海上丝绸之路与岭南文化进行了调查研讨；围绕"阿凡提类型故事"主题展开了新疆民间民族文化调研；"重拾黑水魂——黑龙江丝绸之路"沿着明朝亦失哈将军走过的水路梳理了"鹰路"文化历史脉络；召开了探索"丝绸之源"的嫘祖文化调研座谈会；展开了贵州"南方丝绸之路与夜郎古国"民间文化生态考察调研等活动。这个系列的民间文化探源，力求立足当代、观照历史、面向未来，致力于通过新经验、新启示、新方法、新途径来提振民族文化、地域文化的精气神，得到专家学者以及所在地民间文艺工作者的高度认同与积极配合。上述调研成果及今后开展的系列考察活动成果，均将以调研文集形式陆续出版。

鲁迅先生有句名言："世上本无路，走的人多了，也便成了路。"这句话反过来说更具当下价值：世上原有的路，若是没有人走，便无所谓路了。中国古人踏出了迈向世界各地的通衢大道，在上下几千年的历史长河中，通过中外商贾、政治家和平民百姓的来往，成为交换、交流、交往的大道。古人常把"道路""大道"哲学式地理解为通向真理的路径。而我们当代人自谓"世界公民"，切莫冷落了这些"大道"，使之荒芜了；自中国通往世界各地的大道，中国人要继续走下去，也欢迎世界各地的人们继续走进来。在这个意义上，重拾"一带一路"上的民间文艺，重温"一带一路"上世界各地民间文化交流交往历史，具有重大的现实意义。

是为序。

邱运华

2018年4月13日于北京万芳园

目 录

序 言

民间传说：大运河里流淌的文化   郑土有 / 003

一条文化的大河

河流与生命的强度：大运河传说的内质意蕴与意义表达
  ——以大运河河北、山东、苏北流域民间叙事为对象
                 江 帆 / 015
民间口传文学助力国家大运河文化公园建设
  ——民间文学对大运河苏鲁段文化生态保护的影响   杨风华 / 035
大运河在民间传说传播中的功能与作用
  ——以江苏省宿迁市为例   张用贵 / 051
大运河饮食类民间传说的叙事逻辑与非遗价值转化
  ——以鲁南苏北地区为例   张兴宇   王 颖 / 065
大运河浙江段文化传播的实践探索与优化路径   何 盈 / 075
从大运河徐州段民间故事浅论运河文化的传承利用   李姗姗 / 093

大运河民间文艺传承发展的地方探索实践
　　——以大运河聊城段为例　　　　　　　　　　王友欣 / 107

一部流动的记忆

梁祝传说在大运河文化带的发祥与流布　　　　　周静书 / 121
流动的大运河文化
　　——世界灌溉工程遗产它山堰的时空维度　　　陈爱国 / 140
镇江区域内大运河遗产暨民间传说保护与利用调研报告
　　　　　　　　　　　　　　　　　　　　　　　王玉国 / 153
民间传说故事的当代传承、发展与利用
　　——以《白蛇传》传说为例　　　　　　　　　周　旋 / 167
迁城传说、运河记忆与文化融合
　　——宿迁民俗"走北边"的历史考察与保护策略　张福贵 / 177
运河语境中《乾隆寻父》传说的传播与流变　　　　陈斯金 / 190

一脉相承的信俗

交融视域下的桑蚕文化
　　——以江南地区蚕神名称为中心　　　　　　　吴晓东 / 207
大运河沿线金龙四大王民俗信仰与民间传说的互动关系
　　　　　　　　　　　　　　　　　　　　　　　张　帅 / 223
从民间神话到河神崇拜
　　——宿迁市安澜龙王庙祭祀主神之嬗变　　　　王晓风 / 233

论大运河对地方神灵信仰衍变之影响
　　——以《露筋娘娘》传说为中心　　　　　余依宸 / 253
人物传说的信仰化演变
　　——以南段运河《露筋娘娘》传说为例　　刘超群 / 265
云涛飞闸过楫舟　两岸祈庆保平安
　　——清江浦现存的三大水神庙遗迹　　　　陈　瑾 / 279
论京杭大运河沿线区域的天妃信仰　　　　　　沙朝佩 / 290

后　记

寻找日渐消逝的大运河故事
　　——"大运河叙事：民间传说与南北文化融合传播"调研
　　　（浙江—江苏—山东段）活动综述
　　　　　　　　　　　　　　　　　　孔宏图　李嫣然 / 309

序 言

民间传说：大运河里流淌的文化

郑土有[*]

中国民间文艺家协会以"大运河叙事：民间传说与南北文化融合传播"为主题，组织民间文学、民俗学、非遗学、历史学、文化人类学等专业领域的专家学者与所涉地区的民间文艺工作者一道对京杭大运河、浙东运河及隋唐运河等进行分阶段、分批次、分河段的实地田野考察，是中国民协重点文化品牌活动"一带一路"民间文化探源工程的子项目。大运河不仅是贯通南北的一条重要水路，也是一条重要的文化线路。因为文化的传播是伴随着人员流动而发生的，或者说人员的流动必然会导致文化的传播和融合。在没有飞机、火车、汽车的年代，水路是最重要的交通线路，我国有许许多多因水路码头而兴的城市、集镇，也有大量因公路、铁路开通，弃用水路而衰败的城市和集镇。我国的地势西高东低，河流大多由西往东，如黄河、长江，因此西部与东部的文化交流较多；唯独人工开凿的大运

---

[*] 郑土有，中国民协副主席、上海民协副主席、复旦大学中文系教授。

河是南北走向的，承担起了南北文化交流交融的功能。

2022年8月25日至9月1日，笔者有幸参与了对江南运河和浙东运河的实地考察活动。考察组实地考察了镇江、扬州、苏州、宁波、绍兴、杭州等地大运河的主要设施和遗迹，聆听了当地专家学者的相关介绍，参观了各地的大运河博物馆，欣喜地看到通过大运河申遗活动，对大运河在中华民族发展中作用的认知已得到了极大的提升，在大运河沿岸的生态整治、重要建筑的修复、运河营造技艺的挖掘、历史遗址的发掘和保护等方面都已取得了可喜的成就。在文化方面，对大运河的社会功能、经济功能方面也已经做了不少研究工作。但在大运河对中国南北文化的传播、交流、融合、创新方面的研究尚比较薄弱。也就是说，目前在大运河的研究中，成就较为显著的是有形文化和有文字记载文化的研究，而对无形文化尤其是无文字记载的、世代相传的民间文化的研究尚未普遍展开。而后者对于普通民众的影响更为广泛，也最能体现运河文化的当代价值。当然，后者的研究难度更大，因为缺乏现成的资料，需要通过深入的田野调查去掌握第一手资料、发现问题。

一、开展运河两岸民间传说调查和研究的迫切性

民间传说作为传统文化的组成部分，是民众生活智慧、民众思想观念、社会记忆的生动体现。传说的特点是往往与地方传统、文物古迹、风俗习惯紧密结合，而大运河北起北京，南达宁波，流经北京、河北、天津、山东、河南、安徽、江苏、

浙江8个省（直辖市），沟通了海河、黄河、淮河、长江、钱塘江五大水系，绵延3000多公里，运河及两岸建筑设施、景观众多，所以与大运河相关的传说极为丰富，大运河与传说仿佛血管与血流的关系。从民间传说中我们可以发现南北文化交流交融的情况。从这次调研的情况来看，目前存在着两方面的不足：

一是搜集整理工作尚有缺位。尽管自20世纪80年代以来，各地都搜集了不少与大运河相关或者在大运河流域流传的传说，但仍然有许多流传于民间的传说没有搜集。如大量运河古迹来历的传说被忽视，因为在大运河申遗之前，许多运河遗址已被人忘记，在申遗的过程中这些遗址被重新发现，相关的传说也陆续被发掘，但仍没记录；运河的主要功能是漕运，伴随着大量的信仰活动，如漕运的帮会组织及其信仰等，这些活动与传说，之前常常被归入"封建迷信"而被忽略，其实这些信仰活动和传说包含着民众的生活和追求，具有一定的文化价值。

二是对运河两岸传说的研究比较薄弱。之前的所有研究，几乎都没有从运河的视角展开研究，忽视了运河作为文化载体在其中的作用。如不少民间传说长期在运河上流传，每传到一地都会与当地的生活结合，从而导致传说的发展和变异，这是一个很有意义的研究课题，但目前尚未开展这方面的工作。

二、运河民间传说类型的丰富性和多样性

这次调研虽然时间较为仓促，调查到的传说不算很多，但结合已搜集整理的传说，可以发现流行于运河两岸的民间传说

是相当丰富的。这些传说有的是伴随着运河开凿而产生的，如流行于杭州塘栖的广济寺和尚造桥的传说（丰国需讲述）、宁波水则碑的传说、宁波它山堰十兄弟的传说等；有的是随着运河航运而传播的，如康王赵构南渡的传说、乾隆下江南的传说等；有的是运河两岸共同完成的，如《白蛇传》传说、《孟姜女》传说等。从我们考察的情况看，以下几类传说是比较突出的：

一是《梁山伯与祝英台》《白蛇传》《孟姜女》等著名传说。这类传说流传较广，与运河的关系密切。如宁波鄞州有梁山伯庙、合冢墓，上虞相传有祝家庄，杭州有相传梁祝二人读书的万松书院，这些遗址都在浙东运河边上，当地流传着各种梁祝的传说；又如《白蛇传》，杭州的西湖、断桥、雷峰塔，苏州的保和堂，镇江的金山寺，都与该传说有关。这次我们专门去寻找苏州运河边的浒墅关，虽然只剩下文昌阁，其他关卡遗迹全无，但仍有当地民众记得孟姜女过浒墅关的传说。

二是有关舜、禹的传说。在浙东运河沿岸的宁波、绍兴、上虞等地有众多与舜、禹有关的庙宇和地名，如大舜庙、舜井、大禹陵等；在杭嘉湖平原和太湖流域遍布禹王庙（也有称龙王庙），是运河船民供奉的主要神灵之一。有关舜、禹的传说在这一带数量众多。

三是南宋康王的传说。这是运河沿岸流传较广泛的传说之一。康王南撤时，沿路留下了大量有关他的传说，构成了庞大的传说丛。

四是乾隆下江南的传说。乾隆帝曾于乾隆十六年（1751）、二十二年（1757）、二十七年（1762）、三十年（1765）、四十五年（1780）、四十九年（1784）六次巡游江南，每次一般都要到江宁府（今南京）、扬州府、苏州府、杭州府，后四次还到了浙江的海宁。每次南巡由亲王督办此事，勘察路线，整修名胜，兴建行宫，历时四五个月，随驾当差的护卫3000名左右，需用大量的马匹和船只，还有几千名役夫。大多数情况下沿运河而行，留下了大量的传说。

五是有关运河两岸民间信仰的传说。伴随着运河的开通，运河成为贯通南北的水上交通主干道，尤其是漕运承担着南粮北调的重任，运河上船只南来北往，交通繁忙，从事航运的人员众多，势必造成信仰的盛行，运河沿岸各种庙宇密布，供奉各种神灵，如妈祖庙、龙王庙、金龙四大王庙等，流传着大量神灵的传说，有的是相传神灵显灵护佑船民的故事，有的是因帮助船民和两岸民众而被奉为神灵的故事。如嘉兴西塘的七老爷庙（护国随粮王庙），民间相传七老爷姓金，排行第七，叫金七，是明朝末年专门在运河上押送粮食的小官。有一年，江南大旱，颗粒无收。七老爷奉命押送100条粮船从杭州府出发通过运河到应天府（南京），路经西塘一带，两岸旱荒严重，灾民看见运粮船，苦苦哀求借粮。金七了解到百姓饥饿的惨状，冒着杀头之罪，把100条船的粮食统统赈济给了灾民。到了九月，应天府因不见金七押粮到来，派专人来追查。金七为避免乡里遭难，跳河自尽。百姓为了纪念他，集资在他自尽的河边建起一座庙宇，叫七老爷庙，百姓尊称他为"护国随粮王"，年年香火不断。这个传说在嘉善县内广泛流传。[1]在杭州拱墅运河边上有座张大仙庙，供奉张大真人。经询问庙里的道士，其庙的来历是相传有位来自武当山的道士张胜贵，有一次云游到拱墅的运河边，发现有人落水，张胜贵下河救人，不幸"尸解"。当地人感激他的救人行为，立庙祭供。又如江浙一带的刘猛将信仰，据研究，刘猛将原本是驱蝗虫的农业神，但明清以来的信众以渔民居多。如嘉善连泗荡刘王庙，又称网船会，每年清明前一天和农历八月十四各举行一次庙会，届时成百上千的船只汇聚在庙前的水荡。结合刘王庙多布局于运河沿岸的现实，其改变应与漕运有密切的关系。

六是各地有关当地修建运河及相关建筑设施的传说。这类传说数量庞大，运河两岸都流传着大量此类传说。如《"八字桥"来历》的传说，八字桥位于浙江省绍兴市越城区蕺山街道八字桥直街东端，始建于南宋嘉泰年间（1201—1204）以前，建在3条河道的汇合处，由主桥和辅桥组成，共有4组台阶，为三街三河交叉的四向落坡设计，状如八字，故得名。八字桥结构简洁、建筑稳固，体现了南宋绍兴地区建桥技术的成熟，为研究宋代的桥梁建筑技术和中国桥梁史的重要实物例证，被誉为中国最早的立交桥。2001年被中华人民共和国国务院公布为第五批全国重点文物保护单位。八字桥陆连三路，水通南北，南承鉴湖之水，北达杭州古运河，是浙东运河上现存的重要古迹。相传八字桥系当时八信士捐资建造。我们这次听到了发生

---

[1] 浙江省民间文艺家协会选编《浙江民俗大观》，当代中国出版社1998年，第517—518页。

在八字桥的传说是赵构南逃时,在八字桥附近丢印章的叙事。

三、大运河民间传说研究的价值和意义

大运河作为一条重要的文化线路,研究流淌在大运河里的民间传说,至少有两方面的重要价值:

一是通过大运河民间传说分析研究南北文化交融的问题。大运河作为南北交通的大动脉,每天都有无数船只在运河里南来北往,运输的是粮食和货物,但负责运输的是人(船工),人员的流动势必带来文化的交流。例如,在运河沿岸有众多的金龙四大王庙,被奉为保护漕运之神。据明代朱国桢《涌幢小品》卷一九、徐树丕《识小录》卷三以及清代黄钧宰《金壶七墨》卷八、赵翼《陔馀丛考》卷三五等文献考证,比较一致的观点认为金龙四大王是南宋时人谢绪(钱塘县北孝女里人。其先祖是东晋宰相谢安,堂姑母是南宋末年理宗皇后谢太皇太后,谢翱是其堂兄,谢绪是南宋王朝的外戚。不求仕进,隐居钱塘之金龙山),后因南宋亡而自溺死。人们崇敬他的气节和情操,塑像立庙。明代隆庆年间,追谥为"金龙四大王"。江南地区传说他曾发阴兵助朱元璋灭元,受到封赐。很显然,金龙四大王的信仰源于杭州周边地区,民间传说与朱元璋有关。但随着漕运的发达,因他的神格与水相关,于是在运河沿岸设庙祭祀,保障漕运的畅通无阻,祈求水运安全。此信仰逐渐从江南地区往北方传播。如常州金龙四大王庙遗址位于常州三堡街、京杭大运河南岸,遗址面积达2300多平方米;山东济宁梁山东北45

里，有一座金龙四大王庙，每年农历三月十八举行庙会，每到这一天，附近的百姓、渔民都要给四大王上供烧香。民间流传《金龙四大王》的传说，相传黄河巡察使宋大人为治理黄河而殉职，玉皇大帝赐封他为金龙四大王，管理黄河与运河汇流的一段水面。又如河北安国市城西杨翟村，有一座富丽堂皇的金龙大王庙。民间传说供奉的是谢绪，他"入水成铁墙，出水成金龙"，为堵住黄河决口而牺牲。死后，玉帝封他掌管风雨。谢绪是杨翟村人，章令村是他的外祖母家，为了纪念谢绪的功绩，章令村和杨翟村都修建了"大王庙"，章令的大王庙取名"金龙山"，杨翟的取名叫"金龙大王庙"。每逢天旱少雨，人们就大小车辆，浩浩荡荡来到杨翟村请"大王爷"降雨。每年农历九月十三，杨翟村举办金龙四大王庙会，章令村百姓敲锣打鼓到杨翟村串亲上庙。[1]运河沿岸的金龙四大王庙，虽然供奉的主神原型以及传说有差异，体现了民间传说在地化的特征；但庙名基本一样，功能一致，说明它具有单一的源头，是传播的结果。如果细加研究的话，可以厘清其南北文化交融的特征。

二是有助于追溯传说的传播路径。虽然作为口耳相传的民间传说，很难追溯其最初的发源地，从某种意义上说也没有必要，但依据某一载体探究传播的路径还是有其价值的。就大运河来说，我们可以发现有一些著名的民间传说，如《梁山伯与祝英台》《孟姜女》《白蛇传》传说等，都存在其沿运河传播的

---

[1] 百家号"小白河文学"《民间传说之金龙四大王：入水成铁墙，出水成金龙，掌管风雨》，https://baijiahao.baidu.com/s?id=1609010462468839525&wfr=spider&for=pc，2018年8月17日。

线索。主要依据是运河沿岸的名胜古迹和所搜集的作品。因为传说的特点之一就是往往会附会在一些实物之上。这些是我们探讨传说传播路径的重要佐证。

总之,通过系统全面的调查和研究,对于运河传说与南北文化融合传播的关系会有更清晰的认识。不仅可以丰富大运河文化的内涵,而且对于中国传统文化的研究、对于铸牢中华民族共同体意识都具有非常重要的意义。

一条文化的大河

河流与生命的强度：大运河传说的内质意蕴与意义表达

——以大运河河北、山东、苏北流域民间叙事为对象

江　帆[*]

任何一种传说叙事，在叙事文本的生成原点，都有其最初的创化动力。诞生于 20 世纪 80 年代西方学术界的新历史主义，昭示了一种后现代主义的文化觉醒。新历史主义关注游离"正史"之外的那些多元的、边缘的、异常的历史表述，并试图揭示此中的意义。新历史主义致力于对民间叙事文本的历史性与历史的本文性、大历史与小历史、客观性与主体历史、中心话语与边缘话语、官方立场与民间立场等对立项之间的复杂关系进行辨识与探索，并以对后一项的强调关注而显示其学术追求与视角特点。

---

[*] 江帆，辽宁大学文学院教授。

由中国民协组织的"一带一路"民间文化探源工程——"大运河叙事：民间传说与南北文化融合传播"调研活动，沿着京杭大运河一路向北，分河段、分节点地进行了调研寻访。通过实地踏查大运河沿线的水利设施、历史古迹、相关博物馆、传习馆等重要点位，尤其以进入当地民间文学传承人、民间艺人家中访谈和组织场馆座谈等形式，聆听区域民众讲述的相关故事和传说，观看具有运河流域乡土特色的民间艺术表演，进一步明晰了大运河的前世今生，同时对依此衍生的大运河民间叙事也有了"由上至下"的把握与了解。将上述考察所观、所闻、所感、所思予以"新历史主义"视角审视，不难发现：大运河民间叙事凸显着有别于其他区域民间叙事的生态内质，蕴含着运河流域民众特有的文化认知，折射着区域民众的历史心性与意义表达，彰显着口头传统与区域历史及日常生活的关联和张力。大运河民间传说体现着历史的脉动，承载着运河群体的历史记忆，叙事中的一些信息甚至可为历史佐证乃至补遗，将其放在与"正史"同等重要的位置，会有意想不到的发现。对此展开阐释剖析，可导引我们进入由文献典籍"正统言说"与民间叙事共同构筑的大运河"复线性"文化史。

一、大运河传说的历史镜像与生态意涵

地理就是历史。在民间传说类口承叙事研究中，对作品情节与主题、母题与类型、结构与手法等展开分析的同时，对传说的发生地尤应关注。何以言此？概因民间传说是依附特定的

人文地理与社会生境、族群历史建构的，叙事内容诸元素的粘合，多生发于此。古往今来，大运河的修建、治理与兴废，与流域民众的日常生活密切关联，它始终是域内官方与民间的主导性叙事。从某种意义上看，大运河传说叙事不啻流淌于历代区域民众悠悠之口的"旁白"，不仅佐证着"一部运河史即一部治水史"的历史言说，也以艺术审美形式表述着自然造物与人类生命的强度。

我国的京杭大运河地跨浙江、江苏、山东、河北四省及天津、北京两市，通达海河、黄河、淮河、长江和钱塘江五大水系，总体呈南北走向，是中国古代南北交通的大动脉，也是世界上里程最长、人工开凿的最大运河。大运河始建于春秋时期，完成于隋朝，繁荣于唐宋，取直于元代，疏通于明清，延续至今已有2500余年，有着千余年的漕运历史。民间文学是人学。从文化发生学的角度来看，大运河传说是区域民众的行为和思维对其所直观感知的生活世界的一种构形，叙事的文本空间也即现实空间的折射，凸显着"发生地"的印记。大运河传说艺术地表达了民众对运河流域的水文、地理、气象、生物等自然界生态、习性的细致观察和实践体验，是区域民众在对运河生境的长期观察实践中积累起来的文化财富，隐含着丰富的生态哲学意蕴，在古往今来运河流域民众的日常生活中，具有实际指导意义。对大运河传说解读，应紧扣抓牢"运河"这条主线，"内置生态性"更接近大运河民间传说的本质与要义。

大运河传说叙事对"滨河而居"的运河"生态场"有大量纪实性描述。在大运河的苏北与山东地段，运河在此地与黄河、淮河、泗水等河流交汇，与洪泽湖、骆马湖等湖泊相通。在生产力低下的古代社会，黄河经常改道，恣意泛滥，史称"夺泗入淮""夺淮入海"，导致流域内的淮河、泗水等的大小河流沦为"恶水祸河"，域内水患频仍，灾害连连，民众深受其害。故此，在大运河传说中，表现水害对人类生活影响的占有较大比重，这类叙事或是直接讲述历史上的水害灾难事件及其治理的人与事，或是以水患为背景展开其他情节的铺陈，大都负载着沉重的历史记忆，透射出某种悲怆与悲壮的意味。与此同时，这类叙事也含蕴着区域民众对本土水文地理的认知与想象，述说着民众对古往今来围绕运河的修建与治理所发生的史实、事件、人物的看法及品评，表达着民众关于"治重黄、淮、运，事关天、地、人"这一积千百年生存实践而获取的人生思考。

"水漫泗州城"传说呈现的历史记忆最为惨痛。泗州城位于今江苏省盱眙县境内，曾经是历史上淮河下游的一座重要都市，扼守淮河两岸及南北大运河由淮河入汴河的南端口岸，具有突出的战略、交通和经济地位，一度非常繁华。泗州城因水而兴盛，最终却也因水而毁灭。由于地势低洼，自建城以来，泗州城始终遭受洪水侵扰。数百年间，多次遭遇淮河决口淹城。清康熙十九年（1680），黄河夺汴入淮，导致泗州城遭没顶之灾；康熙三十五年（1696），又一次特大洪水袭来，终将泗州城整个吞没。随后淮河水带来的泥沙逐渐淤积，淹埋了泗州城，这座千年古城至此彻底消失。今江苏宿迁市的泗洪县与今淮安市的盱眙县相邻，两县隔河相望，这一区域便是古泗州"沉城"灾难的发生地，也是这一传说生成与流传的核心区域。2019年，宿迁有关人士编纂出版了《宿迁市民间文学辑选》，收录有该区域流传的数则"水漫泗州城"传说，如《水母恼怒淹泗州》《玉帝淹泗州惩恶》《城隍淹泗州惩囚犯》《水母复仇淹泗州》《水母作恶淹泗州》《龙王误淹泗州城》《水淹泗州享太平》《水母斗狠淹泗州》等，[1] 这些传说至今仍在当地民间活态流传，无可辩驳地反映出区域民众对这一历史记忆的刻骨铭心与难以释怀：

> 阿弥婆刚刚跑到宝积山顶，就听身后传出一阵山崩地裂的声音。她转身一看，惊呆了，只见洪水涌向州城，浪高数丈，城内喊天呼地，一遍混乱。她感到一阵心痛，两眼一黑，昏了过去。待她醒来，只见水连天，天连水，泗州城全部泡了汤，变成了一片泽国……（江苏宿迁·玉帝淹泗州惩恶）[2]

不仅"水漫泗州城"的灾难叙事让人惊心，其他传说描述的水患场景也同样令人惊心：

> 南方人又问："去年这地方发生了什么灾害没有？"
> 守墓人告诉他："要说灾害，就甭提了！去年秋季，运河闹'秋傻子'（指立秋发大水），河水涨得与河堤一般高，在郑家口南边不远处的果子口决了堤，把农田和村庄都淹没了。"……

---

[1] 陈斯金主编《宿迁市民间文学辑选》(上)，江苏人民出版社2019年，第92—103页。
[2] 陈斯金主编《宿迁市民间文学辑选》(上)，江苏人民出版社2019年，第95页。

南方人问:"官府没有组织堵口子挡堰吗?"

守墓人说:"怎么没堵?当时水势那个大啊,一筐土下去眨眼便被冲得无影无踪!挡在堤岸的门板、檩条都被冲走了,人们急疯了,把一切能堵口子的物料都用上了,最后没有办法,纷纷跑到郑家口街里,把洋布行成捆的布匹、粮店整袋的面粉、盐店的盐袋子,甚至连老太太的纺线车子、织布机全投到口子里了。"

南方人听了,心里打了个寒战……(河北·蛟鱼地)[1]

滨河而居,水患如悬首之剑,随时威胁人类的生存。加之运河的开凿,使历代王朝政权得以将远离京师的黄河下游、江淮流域的粮食和物资源源调运京师。诚如《宋史·河渠志》所载:"岁漕江淮湖浙米数百万,及东南之产,百物众宝,不可胜计。又下西山之薪炭,以输京师之粟,以振河北之急,内外仰给焉。故于诸水,莫此为重。"故此,漕运已成为历代王朝命脉之所系,关乎着帝国政权的稳定,历代统治者必然将运河治理提至政权巩固与发展的重要议程。"功莫大于治河,政莫重于漕运",终使一部运河史成为一部治水史。

河流治理与漕运通畅均须建立在对运河流域水文地理及自然规律的准确认知与把握之上。千百年来,面对滔滔运河,不同朝代的朝廷治水命官绞尽脑汁,寻求治水之策;流域的乡贤、河工也心系治水,为根除水患而劳碌奔波。古往今来,经历代官民的群策群力,集群体之智慧,运河人终以经验累积的方式

---

[1] 杨荣国主编《大运河·河北民间故事》,河北人民出版社2022年,第167页。

建立起对运河地理、水文的认知与掌控，使运河得以实施趋利避害、转害为利的治理与拓构。历史上，治理运河的主要方式有筑堤兴坝、修河建闸、闸口分洪、束水冲沙、蓄清刷黄、截弯取直疏浚等。这些带有文化发明性质的治水之策及其实践，不仅被载入古籍文献传诸后世，还在流域内衍生出大量口头传说，至今仍为区域民众所乐道。

有清一代，康熙、乾隆皇帝都曾六下江南，视察大运河的治水工程。康熙将"三藩、河务、漕运"列为三大国事，乾隆明示："南巡之事，莫大于河工。"康、乾二帝南巡大运河所经地区，留下了辐射至衣食住行、民间艺术、习俗传统等日常话题的各种逸闻传说。同样，在运河治理上做出贡献的一些历史名人，如被誉称"大运河总设计师"的元朝水利专家郭守敬，"引汶济运"的明代汶上农民水利家白英，提出治理会通河并与白英联手建立南旺枢纽工程的明朝官员宋礼，开凿中运河、主张黄河和运河分开的清代治河名臣靳辅，以及亲自跳河堵险、因治河有功被请入祀乡贤祠和淮安清河名宦祠的清代官员杨以增等，在当地民间都留下了一些脍炙人口的传说叙事，较有代表性的如《郭守敬开凿通惠河》[1]《白英点泉》《杨以增临危救东昌》《河务大员杨以增》[2] 等。除历史人物与史事传说外，运河流域还流传有难以计数的与运河关联的地方风情与习俗传说，如《乾隆皇帝与窑湾绿豆烧》《青灰摺子圈连圈》[3]《临清竹竿

---

[1] 杨荣国主编《大运河·河北民间故事》，河北人民出版社2022年，第50页。
[2] 刘光辉、马军主编《聊城故事》，文心出版社2020年，第245、451页。
[3] 杨光正主编《大运河的传说》，江苏人民出版社2016年，第84、89页。

巷》《聊城铁公鸡》《贾庄绿豆芽》《玉皇皋上斗蟋蟀》《丁家坑的蛤蟆干鼓肚》[1]《运河漂来的铁菩萨》《黑旗高跷的来历》《二月二吃煎饼的来历》《魏县饸饹的传说》《泊头泥人的传说》[2]等，不胜枚举。

历史上，大运河的"码头文化"也造就了一些独特的人文现象和社会习俗，相关传说复现了许多鲜活的生活场景，如：

> 扬子江与大运河相通，过去凡是摆渡的船工都知道这样一种民俗，只要在这两条江河摆渡的渡船，每次开船前都要先问一声："有东光的人吗？"如果坐船的说声"有"，这样就没翻船的危险。到后来，坐船的就是没有东光人，听到问时，也说"有"。（河北·二郎岗）[3]

明清时期大运河上的"走镖"习俗：

> 大运河俗称运粮河，明清时期运往京城的粮、油、茶、果、布匹、绸缎等一应用品，必须经过此河。当时河道上最威风的就是押运皇纲的镖师，别说行商散户，就是四品知府他们也不放在眼里。当时流传一段顺口溜："河里遇到运粮船，快快落帆快靠边，帆落慢了屁股烂，边靠晚了船

---

[1] 参见刘光辉、马军主编《聊城故事》，文心出版社2020年，第462、412、519、408、414页。
[2] 参见杨荣国主编《大运河·河北民间故事》，河北人民出版社2022年，第216、258、256、271、276页。
[3] 杨荣国主编《大运河·河北民间故事》，河北人民出版社2022年，第223页。

就翻。"当然遇到好惹的一般相安无事，遇到不好惹的注定就得倒霉。（山东聊城·傅以渐闸口困皇纲）[1]

这些反映运河社会日常生产、生活以及习俗的传说，虚实并举地勾勒出包罗万象的大运河文化图景，不仅散发着烟火气息，也凸显着历史镜像与生态意涵的韵味。

对大运河传说予以生态视角审视，还有一类叙事的指向也可圈可点，如《大运河与东光醉枣》《紫花地丁》《沧州冬菜的传说》[2]《双沟镇与双沟酒的传说》[3]《黄河故道现梨园》[4]等。这类传说讲述的是运河人如何在长期的生存实践中，逐渐建立起对域内水文、地理、气候、植被、物产的认知，进而因地制宜地对其加以"顺应性"利用，例如：

> 东光同沧州一样，自古就是枣乡，苦海盐边不长别的，枣树倒是长得特别的旺，真的是一眼望不到边儿。……附记：东光县是出了名的盐碱区，盛产大枣，因为枣树不怕盐碱。……村被枣树环抱……此地紧挨大运河。（河北·大运河与东光醉枣）[5]

置身于土浸盐碱的滨河生境，一代代运河人发现：盐碱

---

[1] 刘光辉、马军主编《聊城故事》，文心出版社2020年，第437页。
[2] 参见杨荣国主编《大运河·河北民间故事》，河北人民出版社2022年，第262、264、278页。
[3] 陈斯金主编《宿迁市民间文学辑选》（上），江苏人民出版社2019年，第274页。
[4] 参见刘全来、姚绪主编《聊城地名故事》，新世界出版社2008年，第174页。
[5] 杨荣国主编《大运河·河北民间故事》，河北人民出版社2022年，第262页。

地适宜种枣树；在盐碱地挖坑存储白菜，以卤水点醇，可沤制美味的"冬菜"；潮白河边的地丁草可疗治疮毒；沿着八百里淮河顺流而下，唯有双沟镇河段水质清澈，味美甘甜，四野望去，遍地高粱，如此当地才能酿出赫赫有名的"双沟大曲"美酒……这些对域内物产与资源利用的口承叙事，反映出运河文化认知的广度和深度。

认知人类学认为，环境不是一个实在，而是人类感知与解释外部世界的产物，即环境是文化建构的产物。俄国学者柯斯文提出，人类群体寻求生存与发展，必须熟稔所处区域的水文地理特点，"完全熟悉自己的乡土，自己的求食地区和围绕着自己的自然界"。[1] 可以说，大运河传说叙事在复现历史镜像的同时，也向世人展示了运河民众特有的生态认知、文化逻辑与人文觉醒。

二、大运河传说的精神图示与意义表达

世代傍运河而居，生境中的各种自然现象必然成为区域民众构建运河传说的主要材料。从地理意义上看，大运河是历史上连接我国南北地区的主要水道交通；从人文意义上看，大运河又是我国南北地区农耕文化、游牧文化、渔猎文化的交汇地带。历史上，江苏淮安是黄河、淮河、京杭大运河的交汇之处。今淮安市清江浦区的清晏园，是我国治水和漕运史上唯一保存

---

[1] ［俄］柯斯文著，张锡彤译《原始文化史纲》，生活·读书·新知三联书店 1955 年，第 159 页。

完好的衙署园林，也是苏北地区最有代表性的古典园林。值得提及的是，清晏园里有一面墙，上面赫然刻有"南船北马舍舟登陆"几个大字，意为到了清江浦，南北行人都要在此更换交通工具，北上改骑马，南下改乘船。独特的地理位置使运河流域成为我国南方与北方两大经济区的接合部，不难想象，历史上，南北区域文化在黄河、淮河、京杭大运河交汇之处的碰撞交融，交流互鉴。大运河传说生成并流传于这一独特的人文地理区位，其叙事"内置生态性"的特征十分突出，主要体现为叙事内容贴近自然，叙事主体"进入"自然，叙事指向朝向自然"敞开"，通达着运河人与自然共情、共理、共生的人生理念。

总体上看，大运河传说的内容结构呈现着"物感——表现——意象——意境"的叙事模式。滨河而居，运河区域民众在文化体系与口头传统建构中，习惯以与运河相关的"事"和"物"作为意象的"表现体"，运河传说中对这些"事"和"物"的认知、引申、推衍，使叙事的"表现体"具有了符号性的象征意义。例如，大运河传说叙事中经常出现恶龙、河怪、水妖、怪兽等加害人类的异己性意象。所谓意象，指在人类主观意识中，被选择而有秩序地组织起来的客观现象。意，指心意；象，指物象。在《赵王河龟王战恶龙》[1]《水母恼怒淹泗州》[2]《仙骨

---

[1] 刘全来、姚绪主编《聊城地名故事》，新世界出版社2008年，第306页。
[2] 陈斯金主编《宿迁市民间文学辑选》（上），江苏人民出版社2019年，第92页。

草》《舍利宝塔的传说》《巧铸铁佛》《桃木剑》[1] 等传说中，这些具有凶神恶煞指代的意象都有出场，其与主人公命运的纠缠博弈，构成传说叙事的核心内容。这类意象的形成源于运河民众对生境中自然界异己力量的一种"物感"，在传说叙事中，这种物感表现为一种幻化想象，由此生成意象。在上述叙事中，主人公要么历尽艰险去寻取某种"法宝"，要么历经多种考验去求助某位神祇，要么踏遍四野找寻某种具有神性的动物，最终凭借着或宝物或神祇或动物的神力，镇伏了威胁生存的敌对力量。传说的意境展现了人类百折不挠攻克自然界异己力量的精神图景。以下两则传说的片段，可对此窥其一二：

> 红莲高兴极了，立刻把手轻轻伸进黄龙嘴里，摸到珠子，轻轻往外一拿，只听那黄龙嗷的一声吼叫，搅动尾巴，翻起身子。红莲马上将盗出的珠子含在嘴里，扭身跑出了第三层大殿。这时黄龙也怪声怪叫地追了上来，但黄龙因为嘴里的珠子没有了，压不住水汽了。尽管把水搅得哗哗直响，但哪里还能追得上红莲。
>
> …………
>
> 红莲立即想起老龙母的话来：吞下这颗龙珠，就要变成一条龙。她毫不迟疑地站在乡亲们的面前说："乡亲们，我从东海把龙珠盗来了，现在我要变成一条龙，把运河的咸水变甜。"说完又拉过老爹的手说："爹爹啊！你要告诉

---

[1] 杨荣国主编《大运河·河北民间故事》，河北人民出版社2022年，第287、231、232、251页。

> 运河两岸的众乡亲，我绝不辜负乡亲对我的希望，一定要把咸水治甜，把运河两岸的碱地变成良田。"
>
> ……
>
> 从此，运河的水变成了金黄色，咸水变成甜水了。运河两岸的老百姓，每当喝着甜甜的运河水，用运河水浇灌庄稼的时候，都会想起红莲来。直到现在，运河水的故事还在运河两岸流传着。（河北·运河水的传说）[1]

这则传说中，黄龙、龙珠无疑都是一种意象，其意在于隐喻运河民众为治理水患、改变运河苦咸的水质付出的努力与牺牲。叙事的深层结构潜隐着人类渴望征服自然的强烈愿望，表现出运河人希冀自身能够变得更加强大，以有能够与自然界异己力量抗衡的勇气与力量。

江苏宿迁流传的《水母恼怒淹泗州》传说，讲述了古泗州城一个叫李守志的书生，被水妖嫉害，死后变成一只鱼鸥。鱼鸥后经八仙之一的张果老指点，历经磨难，九死一生，最终在海鸥帮助下，战胜了水妖，消除了水患：

> 只见那水母娘娘把桶一翻，便腾云而去。一时间，泥脚儿变成汹涌的洪水，波浪滔天，张果老忙骑上驴飞向空中。他低头一看，一座美丽的泗州城瞬时淹没于水中。李守志也被大水夺走了生命，尸体漂浮在水面上，但死不瞑目。张果老后悔不及，用手向李守志尸体一指，那尸体突

---

[1] 杨荣国主编《大运河·河北民间故事》，河北人民出版社 2022 年，第 120—121 页。

然变成了一只鱼鸥,"嘎"地一声飞走了。

……数不清的海鸥在李守志的引导下,飞向古泗州。在东海岸边,它们各自衔了一口泥。这天夜里,海鸥们悄悄地飞到了淮河边。在淮河水宫的上空,它们同时丢下了口中的泥土。那一口口的泥沙啊,竟堵塞了奔腾的淮河水,埋葬了漂亮的水宫。水母娘娘呢?也在不知不觉中葬身河底了。

相传,在水漫泗州之前,淮河是从今天的泗洪境内双沟附近流入洪泽湖的,只因海鸥们用泥沙埋葬了淮河水宫,淤塞了河道,淮河才改道南流,从盱眙县城北面不远处流入洪泽湖的。(江苏宿迁·水母恼怒淹泗州)[1]

显然,这则叙事中的水妖与海鸥分属不同的意象,分别象征着自然界之于人类的"异己"与"利己"两种物象。这类意象的符号性明显,叙事意境展现的运河文化精神图示也更为清晰和丰富。

众所周知,不同的传说类型有不同的载事能力和叙事方式,但毋庸置疑的是,所有的传说都与"事"有着不解之缘。以大运河传说来看,故事中的"事",皆与运河水文地理、区域历史及民众日常生活发生着或远或近的关联。"治重黄、淮、运,事关天、地、人",千百年来对运河生态的修护,对河流治理的实践,使"敬畏自然"这一理念在运河流域民间深入人心,不仅成为当地民众精神信仰的核心,也成为引导民众进行认知并构

---

[1] 陈斯金主编《宿迁市民间文学辑选》(上),江苏人民出版社2019年,第93—94页。

建生活秩序及行为准则的"法典"。自古以来，运河沿线便建有众多供奉龙王、河神、关帝、财神、观音等神祇的庙堂馆所，流域内也沿袭有丰富多元的民间信仰与信俗活动，这些都于无形中规训着当地民众的日常生活：

> "东昌府庙多"，这话千真万确，这么小的一个府衙所在地，竟有100多座庙宇，这不能不说是一绝。更怪的是大庙规模宏大，造型壮观，小庙只在住屋墙上挖个小洞，供奉一尊神像，可以说是小到了极致。更令人称奇的是那些城上城下庙，庙上庙，一步三关庙等形状各异的庙宇，简直妙趣横生，令人目睹之后终生不忘。要说宏大的庙宇，除去运河边上的山陕会馆，恐怕就属西城的关帝庙了……（山东聊城·东昌庙趣）[1]

同时，跌宕起伏的治河历史以及治水名人功绩也在当地民间影响深广，铸有多种口碑流传。运河民众崇信青史留名的治河专员及民间水利专家，视其为智者与圣贤，认为他们将运河社会引领进文明的门槛，是开启河道文明与认知的启蒙者及领航人。在这一执念下，运河流域自古便有将治水功臣与名人奉为河神以祀的习俗。山东济宁市南阳镇新河神庙内供奉的河神朱衡，便是明朝的一位工部尚书。朱衡在掌管工部期间，为治理黄河、实现"避黄通漕"做出了重要贡献，深受当地民众赞誉，遂被后世民众奉为河神，在庙内塑像以供，香火至今未熄。

---

[1] 参见刘光辉、马军主编《聊城故事》，文心出版社2020年，第423页。

在山东运河沿岸广泛流传的"白英点泉"的民间传说,讲述的是明朝一位农民水利家的治水故事。明朝初期,因大运河淤塞缺水,运粮的漕船被困搁浅。朝廷颁旨命当地官民引水接济运河,违旨则斩。负责治水的官员带领一众河工,踏遍四野寻找水源,却一无所获。危急时刻,当地一名叫白英的"老人"挺身而出,自告奋勇带领官员和百姓去找泉眼。白英可不是老人,这"老人"是当地对统领十几位运河民夫领班的一种称谓。白英治水行船经验丰富,十分熟悉当地的地理环境、地势和水文状况。相传他找水途中,路经一地,用手一指,一跺脚,竟有汩汩泉水从泉眼喷涌而出,大运河很快涨满了水,漕船得以顺利通航,官员与百姓也因此得救。

这则传说恰可与正史的记载互证互补。白英在历史上确有其人,其为山东汶上颜珠村人,是明初著名的农民水利家。白英早年以务农为生,后成为大运河上统领十数位运河民夫的领班"老人"。明初,治河官员宋礼赴任后仰慕其名,向其虚心请教治水之策。白英提出一系列治水良策妙方,宋礼采纳了白英的建议,并按照白英设计的图纸组织施工。两人同心协力,经过历时 9 年的艰苦奋战,终于完成了开掘汶上济宁段运河这一举世闻名的水利工程,使域内的河、渠、湖相通相依,汇成巨大水系,成功解决了京杭大运河水源不足的问题,使明、清两代 600 余年间航运畅通无阻,为大运河的全线畅通做出了巨大的贡献。因治水有功,福荫运河两岸黎民百姓,白英被区域民众所敬仰,民间自发修建"白公祠"对其予以神祀。随着祠祀的深入,更因于运河水患并未得到根除,后世治水官员陆续为白英奏请加封。雍正四年（1726），有河臣向朝廷为白英请封，清王朝统治者此时已深深意识到"漕运之制，为中国大制"，遂颁旨："乃封宋礼为宁漕公，白英为永济之神，于汶上县祠庙祭之。"继复颁："宁漕公宋礼、永济之神白英于汶上致祭之礼，每岁春秋所在守土官具祝文，香帛羊一豕一尊一爵三，陈设祠内如式，质明守土正官一人朝服诣祠行礼，仪节与直省祭关帝庙同。"至此，经过明、清两代民间修祠祭祀，朝廷持续加封，再辅以相关传说在运河两岸流布渲染，明代"汶上老人"白英不仅实现了由人到神的蜕变，而且在这一信俗的发生地——大运河中段流域，"永济神白英"的神阶已与信仰根基深厚的关公齐肩。

对运河流域特有的神灵信仰及其仪式活动做进一步考察，潜入生活世界的深处，还可打捞出运河传说中的一些富有历史价值的细节。例如，流传于大运河河北区段的《娘娘庙的传说》，便以极具代表性的叙事情节，阐释了这一信俗产生与流传的内生动力：

> 大名县城东偏北的卫河东岸，有一座村庄叫娘娘庙，说起来话可长了。
>
> 一年夏天，北方雨水多，一连多日倾盆如注，卫河水猛涨，尤其是大名东部的上马头至下马头河段，河防出现险情，形势严峻。总河道闻讯赶来，沿河督工加固大堤，以防决口。但是，河水不断上涨，波涛翻滚，猛冲堤防，堤高一丈，水涨十尺，时时刻刻都有河堤决口的危险。如

果河东堤决口，就要淹没山东地区大片田地村庄，不知会有多少生命财产遭受损失。如果河西堤决口，那就水灌河北地区了。

总河道来到上马头督工已经七天七夜了，沿河岸往返奔波，面对光涨不落的河水，焦急万分。……

……一个个凶涛强浪不断扑向堤岸，木桩摇动，堤土下塌，挡水木板将被冲走，情景十分危险。此刻，只听扑通一声，红衣少女跃身一跳，入水后紧紧抱住了木桩，护着挡板。紧接着，又一个大浪扑来，但又迅速退入河中，然而谁能料到，河水顿时下落三丈，大堤险情消失了，可是再也没有看见这位红衣少女的身影。……

为了纪念这位总河道的女儿，当地民众在下马头给她建了一座庙宇，并安放塑像，称她为水晶娘娘，庙为娘娘庙，下马头也由此改叫娘娘庙。（河北·娘娘庙的传说）[1]

显然，这不仅仅是一则地名来历的叙事。果然，文后附有一篇附记，在某种程度上复原了这一叙事原点的历史景观：

据村里老人讲述，娘娘庙是为纪念"娘娘"舍身治水，救一方百姓而修建的，初建时间不详。原娘娘庙建在当时的黄河西岸大堤上，庙院规模宏大，后被洪水夷为平地。黄河改道后，卫河从此流过。清朝末年，村民没有忘记"娘娘"治水的恩德，在卫河东岸，娘娘庙村西，重又修筑

---

[1] 杨荣国主编《大运河·河北民间故事》，河北人民出版社2022年，第229—230页。

"娘娘庙"。……大殿内供奉着娘娘的塑像,逢初一、十五,本村及周边村民都前来烧香磕头,祈福求子。[1]

这则传说以口碑的形式记述了这位历史上名不见经传的地方官员"总河道"连同他的女儿"红衣少女"的治水功绩。父女二人虽史上无名,但是,面对汹涌暴涨的洪水袭击村落时,父亲在河堤督工七天七夜,少吃不喝;河堤即将溃塌,女儿竟跳入激流,以身堵险。当地民众及后世子孙怎能不感念这位舍生取义的红衣少女!人们尊其为水晶娘娘,为其建庙,奉为神祀,生动地描绘出生存矛盾与人性张力的精神图示,同时更以一种"定格式叙事",表达了运河民众的生命价值追求与精神内核外化。

日本民俗学家柳田国男指出:"我们回溯历史,在尚未触及记录者的笔端之前,其传授也是全凭着人们的记忆,经过从口到耳的途径,代代相传,这同传说的继承,在方式上没有任何不同。再者,当时的人们也并没有把传说与历史分别开来,区别对待。这也无足为怪,因为对他们来说,无论是史实抑或是传说,都是祖辈们遗传遗留下来的亲眼所见和亲身经历,理应同等对待而无须区别。"[2] 美国学者迈克尔·莱恩也认为:"有些有代表性的奇闻逸事抓住了历史的独特性与社会的偶然性,但是它们也提供了通向任何一个历史时期中权力的系统运作的路径。"[3]

---

[1] 杨荣国主编《大运河·河北民间故事》,河北人民出版社 2022 年,第 230 页。
[2] [日]柳田国南著,连湘译《传说论》,中国民间文艺出版社 1985 年,第 28 页。
[3] [美]迈克尔·莱恩著,赵炎秋译《文学作品的多重解读》,北京大学出版社 2006 年,第 162 页。

大运河传说恰如迈克尔·莱恩所说"抓住了历史的独特性与社会的偶然性",因而其属于"有代表性的奇闻逸事"。大运河传说对于与运河生境抗争的区域族群生存史,有近乎全景式的展演,是对人类生命意识的艺术展现与诗化歌颂。本文依助新历史主义视角这一独特的取景器和瞭望镜,通过审视与剖析发现,作为历史本文的投影与边缘性记忆,大运河传说蕴含着独特而深厚的文化内涵,折射着区域民众的文化认知与生存体验,复现了运河群体对河流与生命强度的身心体验与丈量,以及在生存实践中的知识能力和创造能力,在与运河文化及其语境的互动中彰显出多元的文化史意义。在大运河传说或轻松,或浪漫,或雄浑,或悲壮的叙事外壳下,潜隐着运河群体的文化性格与精神图示,其内质与运河群体的生命体验密切关联,"一方水土养一方人"的生存样式及特有知识谱系也据此得以外化和凸显。

对大运河传说叙事这一富有诗意化、意象化的口头文化遗产进行审视与解读,有助于摆脱宏大历史文献的束缚,发现运河社会普通民众被遮蔽了的历史情感和"真实的"的历史活动细节,使大运河"历史本文"原本具有的多种对话关系及多种含义得以呈现。同时还可以深切感受到,随着国家重构京杭大运河"全流域"航道重大布局的展开,这些可称为大运河原生文化的要素及其特质,已经渗透在后世运河区域民众的生存实践之中,并且成为建构当代运河文化与滋育运河人文精神的重要支点。

民间口传文学助力国家大运河文化公园建设

——民间文学对大运河苏鲁段文化生态保护的影响

杨风华[*]

中国大运河是世界上开凿时间最早、流经距离最长、规模最大的人工河,既是自然与人文相交织的"百科全书",更是历史与未来相衔接的"文化大河"。大运河沿岸涌现出的无数民间传说故事,是运河文化活态性、融合性及生长性的典型代表。2021年10月22日,习近平总书记在山东济南主持召开深入推动黄河流域生态保护和高质量发展座谈会并发表重要讲话,两次提出要"确保'十四五'时期黄河流域生态保护和高质量发展取得明显成效,为黄河永远造福中华民族而不懈奋斗"。而运河作为曾经辉煌数百年、造就了沿岸无数经济富饶区域的河流,也应再度引起人们的重视和开发利用,使之重放光彩。

---

[*] 杨风华,聊城市民协副主席、阳谷县作协主席、阳谷县文化馆副馆长、文史研究室主任。

一、构建国家大运河文化公园的意义

大运河是集祖先勤劳、智慧的结晶,南北文化相互交融的历史见证。构建大运河文化带、生态文化保护区,打造大运河国家文化公园,就是贯彻落实习近平总书记"大运河是祖先留给我们的宝贵遗产,是流动的文化,要统筹保护好、传承好、利用好"等指示精神的具体体现,对于彰显中华优秀传统文化的持久影响力、革命文化的强大感召力,坚定文化自信,建设文化强国具有重要意义。

二、大运河与苏鲁六地市的纽带联系

江苏、山东两省的淮安、宿迁、徐州、枣庄、济宁、聊城六地市是京杭大运河的中段,它链接南北运河河道,也是元代运河舍弃隋运河弓背走弓弦,缩短900余公里航程的重要一环。沿运河六地市的风情地貌在元明清这600余年里,已经深深融入了南北文化,包括人们的衣食住行和民间信仰。从淮安的清江浦、清晏园、河下古镇、洪泽湖、具有400多年历史的古镇——蒋坝镇,到宿迁的骆马湖、敕建安澜龙王庙,以及徐州坐落于京杭大运河与骆马湖交汇处的古镇窑湾码头、户部山,无不烙印着运河的痕迹。而山东的枣庄、济宁、聊城三地市更是因运河的开通而兴盛,运河的淤废而衰落,特别是清咸丰五年黄河河决铜瓦厢,会通河段淤积严重,后清廷虽在聊城市阳谷县陶城铺开挖新河疏通,但仍在1901年最终彻底停运。运河两岸的经济一落千丈，只留下许多见证历史的遗迹和美好的回忆。

三、大运河两岸民间故事传说是镶嵌在大运河文化带上的一颗颗璀璨的明珠

淮安，明清时期的清江浦，由于河务、漕运的繁荣，拥有"南船北马，九省通衢"显赫的交通要冲地位。明清时，以清江浦为重要组成部分的淮安，与扬州、苏州、杭州并称运河沿线的"四大都市""东南四都"，有"中国运河之都"之称。清乾隆六次南巡皆巡视清江浦。而建于清雍正七年（1729）的清江浦楼牌匾和建于中洲岛的清江浦楼牌匾，以及位于闸口的清江浦石碑，"浦"字都有一个特点，那就是点位于横下面。据传乾隆南巡经过清江浦楼，认为楼很壮观，但牌匾上的字与整个楼相比逊色许多，兴致很高的乾隆就重新写了"清江浦"三个字。由于他刚喝过酒，所以"浦"的一点写错了位置，场面一时很尴尬。旁边的官员反应很快："万岁爷，您这三个字写得可真好啊，特别这最后一点可谓是画龙点睛之笔，您将这一水点在这一横之下，意味着水再也不会没过堤坝，永远不会发洪水了。"乾隆帝有了这样的台阶顺势就下了，说："朕正有此意啊！"随即命人将这三个字裱起来挂在楼上，后来就一直沿用到现在。

位于里河街花街的《笔生花》作者的故事更是曲折动人，催人泪下。作者邱心如出生在清江浦石码头街。邱心如从小深受家庭文化的熏陶，其祖父、父亲都是当地很有文学造诣的文

化人。她7岁时随父读私塾，聪明伶俐，智慧过人；20岁时，长得眉清目秀，楚楚动人，嫁到清江浦花街的一个大户人家。花街是清江浦最繁华、热闹的地方，茶食店、杂货店、车行、布店、中药店等一应俱全，特别是几大花店更是引人注目，街内不光花多，还有花船、花篮、花灯、花扇、花伞……邱心如常在花街的茶楼弹唱她自己创作的《笔生花》，抒发她对女性悲剧命运的哀叹。邱心如开始创作弹词作品时，刚年满18岁。婚后她日夜操劳，写作弹词巨著《笔生花》。不久丈夫死了，爱子又夭，接着公婆又相继离世。邱心如贫困无依，不得不重回娘家，在饱尝了人世辛酸的艰苦岁月中，她前后用了约30年的时间，以汗珠和泪水凝结成《笔生花》这部近120万字的鸿篇巨制。《笔生花》是继《天雨花》和《再生缘》之后又一部出自女作家之手的长篇弹词。当然，此地也就衍生出许多关于邱心如的故事传说并流传至今。

河下古镇是明代文学家《西游记》作者吴承恩的故乡。明清两代这里曾出过12名翰林、67名进士、123名举人，有"进士之乡"之称，文化底蕴十分深厚。

宿迁在历史上是洪泛区，在大运河航道中被称为南北水陆之要冲，地位十分突出。由此形成的最具代表性的宿迁四大系列民间传说——项羽、虞姬传说，洪泽湖、骆马湖传说，康熙、乾隆在宿迁传说，双沟、洋河酒传说，都与大运河有着密切联系。她是苏北大鼓的发源地之一，从那铿锵鼓板声中能听得到宿迁的故事。宿迁又是苏北琴书的重要发源地，那悠扬的琴声里能听得到宿迁的传说。宿迁是水乡，一则《水漫泗州城》的传说让人痛定思痛；宿迁是名酒之乡，洋河《美人泉》的传说与双沟《饮凤泉》的传说，能让你在沉醉中感到美不胜收。

坐落于宿迁市西北角20公里处的皂河镇南端的"敕建安澜龙王庙"，更为著名的叫法是"龙王庙"和"龙王庙行宫"，清乾隆皇帝六下江南巡视五次宿顿于此，并建亭立碑御笔题诗，故又被称为"乾隆行宫"。香妃的故事、乾隆寻父、乾隆贡酥、龙王庙的石狮、御碑和铁钟、黑鱼汪的传说、有关织女的传说、有关孟姜女的传说、有关白娘子的传说、有关祝英台的传说等，都给当地的地域文化蒙上了神秘的面纱。

徐州是古战场，明清时期大运河上的繁华之地窑湾古码头，就坐落于古镇大运河畔。它形成于隋唐，23级青石台阶。岸上矗立一座一高二低木结构牌楼，修建年代不详，由支柱、斗拱、飞檐等多种建筑构件构筑而成。门楣上方乾隆皇帝御书"窑湾码头"镏金四字，两边撰联："船中争日月，水上度春秋。"整座牌楼傍河临街，雄伟壮观。在鼎盛的明、清乃至民国初期，河面上日过千帆，夜泊十里。这里有一个关于窑湾好汉行侠仗义、惩治赃官的《打蛮船》的故事。清乾隆五十三年（1788），江南运粮官罗恒太趁押运皇粮进京之际，利用官船的便利，北上时一路贩卖私盐，从中牟取暴利，中饱私囊。回程途中，经山东临清，因地方大旱，致使庄稼颗粒无收，逃荒者成群结队，卖儿鬻女者屡见不鲜。罗恒太这个老滑头趁火打劫，专门收买年轻貌美的女子，贩卖到江南去，再发横财。灾民苏梅一家借贷无门，不能眼看一家人饿死，无奈将妻子刘瑞莲卖到罗恒太官船上。恰遇外出南方多年刚刚归来的胞兄武举刘奉仙。他想起了自己的结拜兄弟、窑湾山东会馆镖头王三愣。王三愣联合安徽会馆、河南会馆及码头上千名脚夫、镖友、徒儿、商人,救出了刘瑞莲及良家姐妹。罗恒太后与和珅互相勾结,诬陷窑湾好汉抢劫皇粮。于是,宿迁县衙抓去了刘武举,另外杀了5名码头"闹事"工人,查封了山东、安徽、河南三会馆。嘉庆掌朝,和珅倒台,窑湾码头这一"打蛮船"事件得以平反昭雪,刘武举蹲了十八年冤狱终于被释放,儿子中了状元,亲自来窑湾三圣庙,给被官府杀害的码头工人祭拜亡灵。这一事件后来经民间艺人巧妙地润色加工,创作成为评书、扬琴、运河大鼓、撑旱船、柳琴戏等各种民俗表演的理想脚本传唱至今。

英雄台儿庄不仅是20世纪中国军民英勇抗击日寇的主战场,也是大运河当年最繁华的都市之一,金龙四大王庙、清真寺、天后宫、关帝庙、盛极一时的漕帮、粗犷而婉转的台儿庄运河号子、颇具传奇的神针吴和尚,以及刘伯温在窑湾、蛴蟥湾的传说,至今都是人们津津乐道的故事。

而位于济宁市南四湖畔的梁山伯与祝英台的故事则把爱情故事演绎了1000余年而经久不衰,夏镇、南阳古镇更是留下了清康乾两位帝王的足迹。

四、聊城大运河文化遗产

元朝定都大都(今北京)后,要从江浙一带运粮到大都,为了避免绕道洛阳,元世祖采纳寿张县(今属阳谷)县尹韩仲辉、太史院令史边源的建议,裁弯取直,开挖"起东平路须城县安山之西南，由寿张西北至东昌，又西北至于临清"（《元史》卷64）这段运河，全长250余里。至元二十六年（1289）正月开挖，六月河成，元世祖赐名为"会通河"，将济州河与新开会通河联为一体，便形成了今天的京杭大运河。

京杭大运河聊城段从南向北穿过阳谷、聊城、临清，全长97.5公里，"南有苏杭，北有临张"是古人对京杭大运河沿岸四处著名商埠的描述，其中的"临张"即为聊城市属下的临清市和阳谷县张秋镇。从至元二十六年（1289）到1901年清政府下令停止漕运，历时600余年，为聊城市境内大运河段临清、东昌（聊城）及阳谷运河三镇带来了经济上的大繁荣。从历史上看，聊城八县市区以及三个市属开发区的范围都是大运河流域，都应属于大运河流域文化生态保护和高质量发展的统筹区以及大运河文化遗产的保护区。

（一）物质文化遗产

大运河物质文化遗产内涵宏富，概括起来主要包括：一是大运河河道以及运河上的船闸、桥梁、堤坝等水工设施；二是运河沿岸地下遗存的古遗址、古墓葬和历代沉船等；三是运河沿岸的衙署、官仓、神庙、会馆和商铺等相关设施；四是依托运河发展起来的城镇乡村，以及古街、古寺、古塔、古窑、古驿馆等众多历史人文景观；五是与运河有关联的各种文化遗产。

1. 沿岸城镇、乡村

大运河流经聊城市的临清市、东昌府区以及阳谷县的七级、阿城、张秋三镇。早在隋大业四年（608）隋炀帝开凿永济渠，由开封直抵涿郡（北京），赐名御河，经临清穿城而过。至元代又开会通河（临清至济宁一段运河），又在临清穿城而过，即今京杭大运河。临清有大大小小 40 余座桥梁分布在河面上，形态各异，形成了一道独特的风景线。虽经沧桑之变，现仍保存十几座。保存较好的有会通桥、问津桥、水济桥、月径桥等。

东昌府本身就是政治、经济、军事、文化的中心，码头、会馆、商铺、寺观鳞次栉比。

运河重镇张秋因处于寿张、东阿、阳谷三县界首和会通河中段的"咽喉之地"，成为三县的人流、物流集聚中心。城镇建有九门九关厢，七十二条街、八十二胡同，是京杭运河上的五商埠之一，江南与山西、陕西及山东各地的特产交流多在此转运，素有"南有苏杭，北有临（清）张（秋）"之称。

明清时的阿城，扼南北水运咽喉，处东西路交通之要道，是当时闻名的盐运码头，山东海盐由此转运入河南、山西、陕西等内陆省份。

明清时的七级，因东阿、阳谷、莘县均于此设置官仓转渡，而成为重要的粮运码头。

运河经济文化的繁荣兴盛，留下了丰富的文化遗存。这些遗存成片区密集分布，集中而全面地反映了运河流域古文化特定的社会形成。如被称为华北五大佛教寺院之一的海会寺、祭拜玉皇大帝的张秋城隍庙、纪念惩恶济善济公式传奇人物任风子而修建的任风子墓、反映明清商铺建筑风格和繁荣景象的阿城镇剪子巷，以及季子挂剑台、戊己山、荆门、阿城上下闸等。

运河遗址区内，共有国家级重点文物保护单位2处，市级重点文物保护单位10处，县级重点文物保护单位16处。

2. 码头、渡口、仓储等设施

在大运河沿线，分布着众多码头、渡口、仓储等设施。明清时的张秋成为三县的人流、物流集聚中心。阿城是当时闻名的盐运码头，七级成为重要的粮运码头。

3. 闸坝、遗迹

聊城大运河段临清现存鳌头矶、钞关、舍利塔，临清闸（问津桥），元代至元二十六年（1289）开挖会通河，自安山引水经寿张、东昌至临清，引汶河绝济以利转漕，河至临清在入卫河处建闸，称临清闸，以节水利。东昌府区有光岳楼、山陕会馆、大小码头，阳谷县有山陕会馆、荆门上下闸、阿城上下闸、七级上下闸、盐运司、海会寺、七级古码头、陶城铺闸等。这些到目前为止仍保存完好的节水闸是大运河沿线文物价值最高的遗产点，节水闸由闸底、墩台、石坊墙、纹关石、闸板组成，现为全国重点文物保护单位。

（二）非物质文化遗产

独特的大运河文化，为后世留下了丰富而珍贵的非物质文化遗存。这些非物质文化遗存与运河沿岸百姓特定的生产生活方式密切相关，体现着大运河两岸人们的声音、形象、技艺、经验、精神、礼俗，世代以身口相传而得以延续相承，成为运河文化的记忆符号。

1. 故事传说

大运河（聊城段）沿线地区相传下来的故事丰富多彩。其中既有神话故事，也有史实演绎、成语、歇后语。比较有名的传说故事有《秦始皇走马修金堤》《挂剑台》《戊己山》《秃尾巴老李》《任风子》《海会寺》《光岳楼》《舍利塔》《鳌头矶》等。和四大传说有关的故事和其他地方相近，如《七月七葡萄架下听牛郎织女说话》《孟姜女哭长城》《牛郎放牛》的故事。

2. 民间音乐舞蹈

在大运河（聊城段），一大批具有显著地域特色的音乐舞蹈，以不同形式讲述着大运河故事。

"运河夯歌"是运河两岸的人们在防止洪水修筑堤坝的劳动过程中，为了动作一致而自编自演的一种娱乐形式，它没有统一的演唱模式，没有固定的唱词，绝大多数是即兴发挥，但它能够缓解疲劳，协同动作。几百年来在鲁西大地运河文化和黄河文化的交融、碰撞下，其兼具东北秧歌的豪放，西北秧歌的粗犷，以及中原文化戏曲艺术形式。阳谷寿张黄河夯号和阳谷运河夯歌都产生于临黄金堤脚下和大运河边。这种调子不但广泛出现在过去修筑堤坝时，而且在20世纪还广泛使用于黄河运河两岸的农村建房夯实屋基的劳动中。

"顶灯台"是由老婆手持擀面杖追打好吃懒做的丈夫而表演的舞蹈方式，另外还有"抬辇""四大精"等具有地方特色的舞蹈。

3. 饮食文化

聊城饮食文化历史悠久、源远流长，是中国饮食文化的重要组成部分，也是具有运河文化特色的饮食文化。如运河宴、糖醋鲤鱼、张秋炖鱼、张秋壮馍、糊粥、胡辣汤、豆沫、香果子、琉璃丸子、临清八大碗、临清什锦面等都是运河两岸精美的小吃食品。

4. 节日习俗

中国传统节日主要诞生于黄河流域，它凝聚着黄河两岸历代劳动人民的智慧和情感。聊城作为黄河流经的区域，积淀了传统节日的重要内容。黄河和运河在这里交汇，运河两岸的放河灯、祭灶节就是其中的代表。张秋的北海龙王庙、关山的大王庙、显惠庙、任大仙祠等遗迹是民间信仰的载体。

五、建设大运河国家文化公园，保护传承运河文化

面对大运河国家文化公园这一创新性理念，我们应该突破原有的思路，整合文化资源，包括文物古迹传说故事、传统音乐、舞蹈、戏曲、美术、民俗等非物质文化资源，自然保护区、世界遗产区、历史文化名城名镇名村、文化生态保护区、传统村落等区域性文化资源，以及红色经典曲（剧）目、雕塑、美术等创作性的文化艺术资源。这些以不同的形式呈现、传播、传承的运河流域文化资源，可以按照物质文化资源、非物质文化资源、文化遗产资源（农业、工业、红色文化等）和创作性文化资源进行分类，从运河国家文化公园视野下审视能够纳入

这一体系的重要文化资源，尽早梳理核查，明确定性定位，为大运河国家文化公园建设聚焦核心，并以运河国家文化公园建设促进运河文化的保护传承。

聊城是黄泛区，黄河淤积比较厚。景阳冈、教场铺等鲁西遗址是史前时期的一种重要文化遗产形式，主要分布在阳谷、莘县、茌平等地，是海岱考古的重要内容。增加大运河文化的传播载体，提升城市的文化底蕴，展示运河文化，凝聚大运河精神，加强与国家、省级相关规划衔接，为聊城落实国家战略提供基本蓝图，为大运河文化旅游带高质量发展明确工作方向。积极主动对接国家、省相关规划政策，力争搭上大运河国家文化公园建设快车。

六、让民间文学助力国家大运河文化公园建设

（一）运河民间故事的形成

民间故事是非物质文化遗产的重要组成部分。从广义上讲，民间故事泛指一切散文体民间口头创作，包括神话、故事、传说等。民间故事产生于地方，在地方广为流传，反映了产生地、流传地的文化生态。

运河沿线是中国最富庶、交通最发达的地区，也是民间文学非常活跃和多产的地区，形成了丰富多彩的民间故事。运河民间故事是指产生或流传于运河地区，反映运河文化生态即心态、世态、物态和生态的故事。运河民间故事传说是运河文化

生态的产物，也是运河文化生态的组成部分。它们在运河沿线产生、流传、嬗变，深深打上了运河文化生态的烙印。

运河民间故事包含了洪水神话、陆沉传说、治水神话、开河传说、宗教神话、精怪故事等多种类型。苏鲁六地市有关清康熙乾隆南巡、吴承恩演绎西游记、清江浦、花街、洪泽湖、骆马湖、皂河龙王庙、户部山、南旺分水龙王庙的故事非常多，聊城《大禹治水定位山》《铁塔传奇》《大禹投石镇蛟潭》《夜拉临清塔》《戊己山神童除恶龙》《黑龙潭的传说》《任风子的传说》等传说更是流传甚广。诸如此类的运河传说还有很多。

（二）会通河诚信文化是打造大运河文化带、生态文化保护区的优势力量

诚信是中华民族传统的主流价值观念，儒家文化把诚信作为人的立身处世之本，注重以提高个人道德素质来处理人际关系。孔子曰："人而无信，不知其可也。"意思是人如果不讲信用，那么在社会上就没有立足之地，什么事也做不成。我国的语言体系里还有大量诸如"一言九鼎""一诺千金""一言既出，驷马难追"这样称赞诚信精神的成语。在几千年的历史长河中，许多诚信人物及故事广为流传。运河文化的表现必定是多元化的，但是，运河文化的主题是经济繁荣。诚然，经济繁荣必定离不开诚信文化，诚信文化也在运河人的思想深处扎下了根。

早在春秋时期，吴国宗室季札出使北方大国，途中顺道访问了徐国国君，相谈甚欢。徐国国君对季札佩戴的宝剑十分赞许，季札心中暗许：出使归来，当给予知己宝剑。然而，人有

旦夕祸福，等季札出使归来又路过徐国准备赠剑时，徐君已经去世。季札伤痛之余，把宝剑挂在徐君墓旁的树上，慨然而去。随从加以阻止，季札说："我早在心中允诺赠剑与徐君，必须兑现承诺。因为爱惜宝剑就埋没良心，非正直之人所为。"最后，这个广为人知的美德故事，被后人广泛传颂，运河人更是将季子奉为神仙，建庙立祠、顶礼膜拜。自元代始，张秋南门外运河东岸就有徐君墓，明正德十一年（1516），工部都水郎中杨淳在徐君墓前立季子祠，祠前修一高台，取名挂剑台。清代谈迁的《北游录》载：张秋"出东城南角门里余，则吴季札挂剑台。正德十一年都水郎中杨淳立祠，衬徐君，后为徐君墓，垒甓焉。元至正十三年，西畤康时记柏一株，大于斗。石刻季子挂剑徐君墓树"。明清时期有诸多的名士贤达来到这里，并有机会登临季子挂剑台，凭吊徐君墓，在季子祠前歌咏吟诵，抒发幽思怀古之情。季子祠成为当时有名的古迹胜地，历代皆有续修。至清中叶，挂剑台及祠庙皆被大水冲没，而立于季子祠中的13通历代名人诗文碑刻却被幸运地保存下来。这13块石碑，以真、草、隶、篆、行5种字体书写着元明清三朝12位文人墨客的26首诗，具有较高的书法价值和文物价值，故称"五体十三碑"。除一块碎裂仅存残字外，其他碑都基本清晰可识，而9位书写者除杨淳（明代正德工部都水郎中）兼书另外4人的诗作外，其他8位均各书各作，其中，元代诗人萨天锡，明代文学家李东阳、屠隆、傅光宅、曾玙等人的诗最引人注目。

运河人推崇关公，信仰关公。苏鲁六地市运河沿岸都建有关公庙，祭祀仪式汇集了狮舞、鼓舞、武术、杂技、面塑、海神、高跷曲子等地方民间艺术，同各种信俗传说融为一体。在他们看来，关公信俗已不是单纯的个人迷信偏好，而是由历史发展演变成一种社会群体的信仰。聊城段的运河人还敬仰"为朋友卖掉黄骠马、两肋插刀不见疼"的秦叔宝，路见不平、拔刀相助的宋义士武松。

运河两岸很多店铺的主人为了彰显自己的诚信，在取店名时就带上与诚信有关的词语。如在张秋镇，行医的有义圆堂、德华堂，杂货铺和典当行有三义号、仁兴号，经营粮食的有石盛德、崇信德、恒聚德、万盛德等。还有的体现在招牌上，如言无二价、童叟无欺、货真价实、礼让、地道等，都是运河人诚信文化的内心表达，逐步形成了鲁西一带淳朴的民风。

京杭大运河2006年被公布为全国重点文物保护单位，苏鲁六地市各自发挥优势，大显身手，利用河道内及沿岸遗存的文物，附之于各种民间传说故事，建成了不同类型的文化带和文化生态园区，淮安清江浦里河、明户部分司公署清晏园、古色古香的河下古镇、烟波浩渺的洪泽湖、因造堤而兴的蒋坝镇，宿迁的骆马湖、敕建安澜龙王庙、气势恢宏的龙运城，徐州坐落于京杭大运河与骆马湖交汇处的古镇窑湾码头、户部山，水桥相映成趣的园林式古城台儿庄，鱼翔浅底的微山湖、凄美动人的梁祝民间传说和江北水城聊城古城区，都以新的姿态迎接着四面八方的客人。这些历史文化遗存均保存较好，保持了自元代以来历史沿用状态。她和民间故事传说相得益彰，各自散发出诱人的魅力，吸引着大量的顾客前来解读、品味、欣赏。

2014年6月22日，中国大运河成功入选世界文化遗产。

此后的大运河文化公园在不断建设中，改善周围卫生环境，修缮文物古迹，还原古河道，畅通两岸观赏道路，特别是寻找运河两岸的民间传说故事讲述人，对风物古迹进行寻找、发掘，对传说故事收集、汇编，使这些流传于运河两岸几百年甚至上千年的民间文学焕发异彩，继续传承下去，使之为国家大运河公园建设，打造大运河文化带和文化生态保护区贡献一份力。

大运河在民间传说传播中的功能与作用

——以江苏省宿迁市为例

张用贵*

大运河,沟通南北,贯通古今,是世界上开凿最早、规模最大、里程最长的人工河。在以水运为主的年代,大运河以其不可替代的作用润泽一方百姓。

古老的大运河从宿迁穿境而过,全长112公里。据史料记载,运河流经此地开辟了3个历史阶段不同的主航道,境内的汴河、黄河故道和中运河先后作为隋至元、元至清和清以后的漕运主航道之重要河段,见证并维系了隋唐至今中国的经济社会发展和文化交流。

大运河宿迁段是整个大运河沿线治河咽喉、漕运转轴。千年的古运河流淌至今,留下大运河水道和水利、航运工程设施遗产、大运河生态与景观环境遗产、大运河相关物质和非物质

---

* 张用贵,大运河文化带建设研究院宿迁分院特邀研究员、宿迁市历史文化研究会理事。

文化等诸多遗产，其中因大运河而产生、流传的民间传说，成为宿迁地区重要的非物质文化遗产。本文对大运河在宿迁地区民间传说的形成、流变等方面的功能与作用进行分析，以宿迁为例，梳理大运河对促进地方文化形成与发展的影响。

一、大运河是沿岸城市民间传说形成的重要源泉

民间传说是民众以历史人物、历史事件、地方风物或风俗为依据，口头创作的散文故事。它们或记叙某个知名历史人物的立身行事，或再现某一重大历史事件发生、发展的过程或片段，或解释某地、某一自然物、人工物，或记述风俗习惯的成因和来历。大运河贯通南北，不仅带来了交通方面的便利，促进了运河沿线城市的经济发展和社会繁荣，也为沿岸人民带来了丰富多彩的文化娱乐形式，是地方民间传说形成的重要源泉。

宿迁地区最早的运河是隋唐时期开挖的运河，史称通济渠，即现在泗洪县境内的老汴河。隋朝时开凿的通济渠分东西两段，西段起自东都洛阳，西引谷、洛水，东循阳渠故道，由洛水入黄河；东段起自板渚，引黄河水，东行汴水故道，至今河南开封市折而向东南流，经今杞县、睢县、灵璧、泗县、泗洪等地，北注入淮河。

元明时期疏浚河道，"借河为漕"，"借"的是古黄河，也就是当年的泗水，白居易诗中的"汴水流、泗水流"就是赞咏当时的泗水，就是后来的运河宿迁段。至元二十年（1283）开凿济州运河，自济州至西北安山，长150华里，南流入泗水，北

流入大清河。至元二十六年（1289），又发动民工30万人开凿会通河，自安山到临清，长250多华里。

清代开挖的皂河、支河、中河，即现在的京杭大运河宿迁段，又称中运河。中运河的开凿是奠定今日京杭大运河走势的最后一项大型工程，对清代漕运的畅通起了决定性作用，彻底改写了大运河的历史，使濒临湮废的世界第一人工河重新通航。

（一）皇帝沿大运河南巡形成的地方民间传说

历代的大运河不仅为漕粮等物资运输带来方便，也成为皇帝出行巡视的主要载体，增加出行便利，减少鞍马劳顿之苦，还可以欣赏沿岸美景，因此为沿线城市留下了大量相关民间传说。

隋炀帝于604年夺取政权，大业元年（605）以百万民工开挖了一条长约1300华里的通济渠，即古汴河，后成为隋、唐、宋时期南北漕运的主要河道。在古汴河开挖及开通后，民间流传着《隋炀帝看琼花》《马公拦驾》《建两宫》《稷米河》《纤童》《隋堤烟柳》等许多传说故事，[1]特别是《隋炀帝看琼花》，在流传的过程中产生许多版本，有500童男童女拉纤、黄豆铺在河底方便龙舟前行等，丰富了宿迁地区的民间传说。

康熙二十三年（1684），康熙首次南巡路过宿迁，地方文人张忭和张士弘不顾地方官员严令恐吓，头顶《民本》，跪在官道旁，拦驾上陈宿迁灾荒和繁重赋税情况。后来民间流传了《张

---

[1] 宿迁市政协文化文史和学习委员会等编《宿迁文化遗产录〈下〉》，中国文史出版社2022年，第21页。

忭拦驾》等故事。[1]

康熙二十七年（1688），靳辅主持开通宿迁支河口至清江浦中河，避黄河一百八十里之险，通行更加顺畅。第二年康熙再次南巡，至康熙四十六年（1707），康熙一生中六次南巡，来回都在宿迁驻跸，督查水利，关注民生，在顺河、皂河等地民间流传了《康熙吃素》《康熙贺寿》《康熙沉舟合坝成龙岗》等传说故事[2]。

乾隆十六年（1751）正月十三，乾隆皇帝效仿祖父康熙皇帝，在皇后嫔妃、随从大臣及2000多名护卫人员的前呼后拥下，乾隆皇帝的銮驾浩浩荡荡地通过午门，开启了他帝王生涯中六次南巡之旅。来回30多次在宿迁地方驻跸，留下的传说故事比康熙更多。《中国民间文学集成·宿迁市卷本》和《宿迁掌故》《宿豫乡村地名史话》等其他地情书中，记录有《乾隆贺寿》《乾隆拜老师》《乾隆审石狮》《乾隆寻父》《骆马湖的青蛙干鼓》《为民治水朱龙坝》《乾隆御笔尚茶棚》《乾隆南殿美名扬》《乾隆笑话留白庙》《龙抬庙》等传说故事，不仅有贺寿、拜师、审理案件等，宿迁许多地方美食传说都和乾隆路过宿迁相关，仰化集、复隆镇、于家店、吴大园、井儿头、马场等地名也因他的到来而得名，留下传颂经久的民间传说。

民间传说分为人物传说、史事传说、地方风物传说、风俗传说、动植物传说五类。人物传说以人物为中心，以记叙人物

---

[1] 朱静波《宿豫乡村地名史话》，中国文史出版社2020年，第94页。
[2] 宿迁市民间文学集成编委会编《中国民间文学集成·宿迁市卷本》，内部资料1989年，第21页。

的事迹或经历为主，其中相当一部分人物传说中的主人公是历史上的真人，他们在所处的时代做出了有利于历史进步的事迹，人民怀念他们，敬仰他们，通过传说创作来为他们树碑立传。康熙、乾隆作为皇帝，常年住在深宫之中，能在大运河沿线地方出现，沿岸百姓有幸看到一定是一辈子的记忆，然后扩散传播，不断丰富，形成大致固定版本的民间传说。宿迁地区有关康熙、乾隆的民间传说因大运河而产生，也沿着大运河传播。

（二）大运河治水过程中形成的地方民间传说

民间传说又俗称"口碑"，是一切以口头方式讲述生活中各种各样事件的散文叙事作品的统称。狭义的民间传说是指民众口头创作和传播的描述特定历史人物或历史事件、解释某种地方风物或习俗的传奇性散文体叙事。宿迁不仅是"洪水走廊"，也是运河漕运重要节点城市，历代都是治水重点地区，古有大禹"排淮泗，而注之江"，明清有潘季驯"筑堤堵决，束水攻沙"、靳辅《河工事宜八疏》等方式、方法在宿迁地区治水，流传、产生《大禹治水》《陆御史容挖六塘河》《六塘河传说》《大王庙的来历》《神仙点化堵坝窝》等民间传说，另外还有大运河管理机构徐淮道署产生的《宿迁官署鬼》《梁朝古冢》和喻文伟、邵大业等地方官员治水产生的《龙潭庙》《马棚岛的来历》等传说故事，记载着宿迁社会的历史变迁与信息，折射出基层民众的价值取向与观念，反映了宿迁人民的精神追求与智慧，而且还包含有许多激励人们向上崇善的思想内容。

(三)大运河航运过程中产生的地方民间传说

大运河产生的各种传说之中,航运过程中产生的水神传说影响极大,特别是在北上南下的船民中产生精神寄托,不仅广为流传,还形成了祭祀活动。

据传说,明朝弘治年间,宿迁城南张庙有位姓张名襄的人,到南方为妹妹置办嫁妆,回宿途中,被舟人所害。当天夜里说:"明日得其尸,告诸官,置舟子于法。"果真应验,凶手被法办。消息传到京城,皇帝赐给张襄"将军"称号。在当地为其建庙,经常派遣官员前去祭祀,祈祷海晏河清、国泰民安。从此,船民出行,遇到险灾,只要叫着张将军的名号,都可以得到庇佑。民国《宿迁县志》记载张将军庙:"在治南十里小河口,神名襄,明弘治年间行商至伍家营,为舟子所害,夜托梦于母,明日得其尸,告诸官,置舟子于法后,为河神,有功漕运,明时屡遣官祭,封以显号。至国朝护漕有验,加封护国护漕勇南王。"[1] 传说还演化出了另外的民间传说,其一是明代治河名臣、总河潘季驯在宿迁一带治河多年。他原来不信河神,准备开复旧河,但开工后暴雨不断,进展缓慢,只好上奏朝廷,亲率众官员祭祀河神,并许诺为河神张将军请封,工程很快得以顺利推进。

其二是明代天启年间吏部尚书叶向高,乘舟北上,到淮安时恰逢连日大雨,清口淤塞,"其浅处不盈尺,即轻舟亦不得渡"。后得张将军"神助","河水浸长,淤泥尽去,舟人欢呼,

---

[1] 朱静波《宿豫乡村地名史话》,中国文史出版社 2020 年,第 112 页。

牵挽而前，沛然无碍。既出口，复苦风逆，余复祷于神，遂得便风。"[1] 在江苏宿迁市区东关口历史文化公园北侧，有一座祭祀水神的庙宇，原有清代中叶建造的大门三间、正殿三间、北观音殿三间、南客堂和居室四间。"相传康熙年间，江西粮船渡黄时已深夜，遇风几危，莫知所向。遥望前船桅上有灯，仿佛总河靳字随之行，始得入中河口。前船与灯倏皆不见，因塑像于庙中以报德嗣后。"[2]《河神"引渡护航"传说》还衍生了另外的一个传说。乾隆四十七年（1782）间，河水盛涨，庙之山门前殿尽付洪流，惟文襄公像屹然不动，人惊异之。"淮河之神""运河之神"这两个民间传说都是因运河航运产生的，也因大运河的繁忙交通在运河沿线城市传播扩散，丰富了大运河传说故事。

二、大运河是地方民间传说向外传播的重要载体

（一）沿着隋唐大运河向外传播的宿迁地方民间传说

宿迁地区广泛流传张郎休丁香的传说，故事的发生地在宿迁市泗洪县西南40公里的天岗湖乡天井湖东岸自然村庄，名叫张郎嘴，属于张嘴村。古时，该庄曾发生一个数代人口碑流传的张郎变成民间敬奉的"灶王爷"故事，[3] 随着大运河南来北往

---

[1] 朱静波《宿豫乡村地名史话》，中国文史出版社2020年，第112页。
[2] 郑奇恩《宿迁民俗与传说》，宿迁市宿城区老科技工作者协会2013年，第8页。
[3] 泗洪县民政局、泗洪县民间文艺家协会编著《泗洪地名掌故》，世界文化艺术出版社2011年，第128页。

的人员流动，传说在许多地方流传，版本多样，有《张郎与郭丁香的传说》《张郎休妻》《张郎与丁香》《灶王爷的传说》等，内容也更加丰富，不仅入选地方非物质文化遗产名录，还是安徽、山东和江苏等地的庐剧、柳琴戏、黄梅戏等剧种的经典剧目。

（二）沿着元明大运河向外传播的宿迁地方民间传说

在宿迁地区流传的孝妇窦氏冤案传说情节，和元代戏剧家关汉卿创作的《窦娥冤》故事情节相似，传说的故事可能真实存在，只是经过演绎情节有些出入。在史书《汉书·于定国传》一文中记述了东海孝妇蒙冤被杀的情节：在汉武帝时期，东海郡有窦氏孝妇，结婚不久，丈夫就死去，没有留下儿女，窦氏却发誓守寡不嫁，代替死去的丈夫，奉养年老体弱的婆母以尽孝道。婆婆看她年轻，又没有子女，便劝她改嫁。窦氏始终不肯离去，而且无微不至地照顾婆婆，却被小姑冤枉，最后含冤被斩。郑习文、李相法对此传说进行了考证，得出结论："据此，可以断定孝妇窦氏一案，就发生在今泗阳。"[1] 不论传说故事的发生地是否真的在宿迁市泗阳县，但传说在大运河沿岸广为流传。

在宿迁地区形成的"淮河之神"张襄的民间传说，沿着大运河在沿线传播、演变。明清两代的文人笔记、小说、戏剧中，曾大量出现河神张将军的事迹，如小说《醒世姻缘传》第八十六回中，就出现了有关河神张将军显灵的大量描写。淮安

---

[1] 郑习文、李相法主编《爱我泗阳》，中国矿业大学出版社2004年，第72页。

市清河区不仅有"张将军"传说,还深度影响地方民间信仰,建造庙宇进行祭祀。清代光绪年间《清河县志》卷三《祠庙》中记载:"张将军神姓张名襄,宿迁人,成化中封勇南王,乾隆年间建庙。"

(三)沿着清代大运河向外传播的宿迁地方民间传说

清同治年间,幼年自安徽流落到宿迁定居的民间艺人李义成,以唱民间小调为生,以乾隆年间发生在宿迁东关口大运河上真实的故事为蓝本演唱《打蛮船》,随之打蛮船的故事在宿迁地区广为流传,[1] 并沿着大运河不断向域外传播,流传到苏、鲁、豫、皖、赣等地。在流传的过程中不断被加工、丰富,演变出苏北大鼓、苏北琴书、柳琴戏,山东大鼓、山东洋琴、山东梆子、吕剧,陕西道情、旬阳道情皮影戏,河南坠子、渔鼓道情、豫剧、成武大平调、随州花鼓戏、怀调、河南道情,安徽庐剧、安徽琴书、安徽大鼓、淮河琴书、淮北花鼓戏、泗州戏、黄梅戏,江西湖州鼓书等二十多种地方戏版本,在当地都是重点非物质文化遗产保护对象,有的列入国家级、省级非遗代表性项目名录。清代被改编成小说《韩广卖妻》,在大运河沿岸流传。

《打蛮船》民间传说故事沿着大运河在流传的过程中,不仅名称演变成《打蛮琴》《打扬琴》《干旱记》《赶船救妹》《砸蛮船》等,传说中的人名也有所不同,故事的细节也不断被改变、

---

[1] 朱静波《宿豫乡村地名史话》,中国文史出版社2020年,第242页。

丰富，带有明显的地方色彩，故事的发生地也有直接变成了流传地的。江苏省睢宁县《凌城镇志》中故事发生地是凌城，邳州市说在当地，安徽省淮南市说是水家湖一带，离宿迁东关口不远的皂河镇，也有传说故事发生地是皂河的说法。

三、大运河是域外民间传说在地方传播的重要纽带

（一）大运河促进域外民间传说在地方传播

大运河不仅在沿岸地方产生了各种各样的传说故事，还承载了把域外民间传说在地方传播的作用，不仅广为流传的《孟姜女哭长城》《牛郎织女》《梁山伯与祝英台》《董永与七仙女》等经典传说在地方传播，融入地方元素，大运河沿线的许多传说都随着船只的往来扩散各地。乾隆皇帝在江苏省淮安市河下镇"小大姐，上河下，坐北朝南吃东西"无言以对的传说、山东武松打虎的传说等，传播到了宿迁地区，被民间口口相传。发生在古汴水上的隋炀帝传说，也被移到了宿迁中运河上，成为发生在这条河道上的传说故事。

（二）大运河促进域外民间传说在地方形成信仰

1. 域外大运河传说在沿岸地方形成民间信仰

大运河还有推动域外大运河传说在沿岸传播形成信仰的功能。大运河许多传说故事和沿岸城市都有关联性，如《打蛮船》故事发生地在宿迁，却延伸了从临清州开始，经徐州，到宿迁

的过程,传说故事主角之一又是南方人,串起了沿线城市。许多传说故事沿着大运河扩散,"黄河之神"谢绪是浙江人,水淹元军传说故事发生在徐州,却在宿迁地区传播过程中形成了地方信仰,建造多处"金龙四大王"庙,举行祭祀活动。宿迁地区形成的"淮河之神"张襄的传说,也在大运河沿岸的淮安等地区传播,形成地方民间信仰,建造"张老爷"庙,举行祭祀活动。[1]

2. 域外非大运河流域传说在沿岸地方形成信仰

大运河不仅有把域外大运河传说在沿岸传播形成信仰的功能,还把非大运河沿线的传说在沿岸地方传播,并演化形成地方民间信仰。妈祖传说本是东南沿海一带的"海神娘娘"的神话传说故事,通过闽商顺大运河北上进行贸易往来,在宿迁城区和泗阳县等大运河沿岸传播,并形成民间祭祀。[2]宿迁城区新盛街曾有天后宫建筑群,泗阳县现仍保存有天后宫建筑,建造了运河沿线最高的妈祖塑像。[3]

四、大运河传说在地方文化形成中有着重要的作用

(一)大运河传说催生了地方独特的元宵节文化

大运河在民间产生的传说故事,丰富了百姓茶余饭后的文

---

[1] 朱静波《宿豫乡村地名史话》,中国文史出版社2020年,第112页。
[2] 胡成国《话说宿迁地名》,中国文史出版社2012年,第265页。
[3] 郑习文、李相法主编《爱我泗阳》,中国矿业大学出版社2004年,第114页。

化生活，也影响了地方文化的形成，有着明显的地域特征。宿迁城南不远处的黑鱼汪，本是明清时期大运河决口形成的大水塘，民间结合宿迁县城因洪水搬迁，形成《黑鱼汪》《黑鱼精与荷花仙子》《宿迁之城一夜迁》等传说故事。[1] 除了情节不断丰富，还衍生出"正月十六走北山"的地方民间习俗，形成宿迁地区独特的元宵节文化。

（二）大运河传说丰富了地方地名文化

1. 皇帝沿大运河南巡的传说产生的宿迁地名

康熙、乾隆皇帝沿大运河南巡，是民众关注的焦点，一举一动都可能成为民间传说创作的素材，大家也都乐意接受，由此在沿岸城市形成大量的民间传说，其中相关的地名来历传说在宿迁地区就占有很大的比重，形成独特的地名文化。宿迁地区大运河沿岸的仰化、复隆镇、于家店、吴大园、井儿头、马场、龙抬庙等许多地名，都因皇帝出行到此的言行传说形成，至今仍为地方百姓津津乐道。

2. 大运河治水和航运中传说产生的宿迁地名

宿迁地区大运河沿线许多地名的来历都因大运河而产生，朱海、牛角淹、白堡、断堤头、支河口、三湾、石篓、九龙、六塘河、东关口、下淤口、刘老涧、荣闸、林宫、黑鱼汪、亨闸、张庙等，都有传说故事，其中部分地名来源传说非常精彩，如黑鱼汪来源于帮助宿迁迁城避难的黑鱼精传说；[2] 张庙来源于

---

[1] 胡成国《话说宿迁地名》，中国文史出版社2012年，第16页。
[2] 朱静波《宿豫乡村地名史话》，中国文史出版社2020年，第220页。

在宿迁地区形成的"淮河之神"张将军的传说;[1]亨闸则是本地曾有亨济闸,上有关口收税,民间传说演变为对收税不满"哼"的一声,后来传说为亨闸。

还有地方原有地名,在大运河开通以后,域外民间传说迅速在本地扩散,经口口相传融入地方元素,把老地名和民间传说相联系,如宿城区洋北街道的大槐树地名,百姓把它和《董永和七仙女》的传说联系上,传说大槐树就和七仙女的故事有关,丰富了地方地名文化。

(三)大运河产生的民间传说丰富了地方饮食文化

地方饮食文化总是喜欢和皇家联系,大运河充当了桥梁纽带作用,让沿岸地方民间有机会联想,民间传说不知故事是否发生过,不论真假。康熙、乾隆沿大运河南巡产生的地方传说,丰富了大运河沿岸地方饮食文化。如宿迁地区的黄狗猪头肉、五香大头菜、洋河车轮饼、皂河烧饼、陆集粉皮等美食,都有与皇帝相关的传说故事,让地方饮食文化更有味道。

(四)大运河产生的民间传说丰富了地方酒文化

宿迁是中国白酒之都,拥有洋河镇、双沟镇两大酿酒基地。洋河镇地处明清运河岸边,双沟镇位于隋唐运河岸边,都因酒而兴,也都因大运河而繁荣,地方占有优势的酒文化自然和大运河有着千丝万缕的关系。朱元璋双沟酿酒祭祖传说、康熙在

---

[1] 朱静波《宿豫乡村地名史话》,中国文史出版社2020年,第112页。

皂河酒楼传说、乾隆下江南洋河品尝美酒的传说[1]，以及欧阳修、李白、苏东坡、黄庭坚、杨万里等许多文人乘船在大运河上往来，驻足宿迁品尝美酒，不仅留下大量诗篇，也留下许多传说故事，丰富了宿迁地方酒文化，回味绵长。

（五）大运河产生的民间传说丰富了地方旅游文化

因大运河形成的传说为地方留下的物质文化遗产和非物质文化遗产，都丰富了地方的旅游文化。宿迁地区沿线因大运河传说产生的或者相关的皂河安澜龙王庙、东关口大王庙、洋河酒厂、马棚岛、泗阳妈祖庙等，都已经成为地方旅游景点，有可欣赏的景观，还流传着因大运河而产生的民间传说故事，让地方旅游文化更有内涵。

---

[1] 马志春、张用贵《酒都宿迁典故》，江苏人民出版社2020年，第276页。

大运河饮食类民间传说的叙事逻辑与非遗价值转化

——以鲁南苏北地区为例

张兴宇*　　王　颖**

近年来,学界对于民间传说的民俗学及民间文学研究,不仅经历了从历史维度、审美维度到语境维度等研究范式的转换,同时逐步构建了具有显著本土性话语的传说学理论研究体系,因而与民间传说相关的田野研究成果也日渐丰硕。[1] 当然,此

---

*　张兴宇,南京农业大学人文社会发展学院副教授、社会学系主任。
**　王颖,南京农业大学人文与社会发展学院民俗学硕士研究生在读。
[1] 不少学者致力于从历史学、民俗学、美学、伦理学等学科视角对民间传说的内在结构和逻辑问题进行深入讨论。如陈泳超的《尧舜传说研究》及《背过身去的大娘娘——地方民间传说生息的动力学研究》,林继富的《神圣的叙事——民间传说与民间信仰互动研究》,赵世瑜的《传说·历史·历史记忆——从 20 世纪的新史学到后现代史学》,等等。参见陈泳超《尧舜传说研究》,南京师范大学出版社 2000 年;陈泳超《背过身去的大娘娘——地方民间传说生息的动力学研究》,北京大学出版社 2015 年。林继富《神圣的叙事——民间传说与民间信仰互动研究》,载《华中师范大学学报(人文社会科学版)》2003 年第 6 期。赵世瑜《传说·历史·历史记忆——从 20 世纪的新史学到后现代史学》,载《中国社会科学》2003 年第 2 期。

类研究成果的学术旨趣主要侧重对内嵌于民间传说之中的文化、历史逻辑等不同层面的审视和考量。习近平总书记曾强调:"要把优秀传统文化的精神标识提炼出来、展示出来,把优秀传统文化中具有当代价值、世界意义的文化精髓提炼出来、展示出来。"大运河鲁南苏北段主要流经山东省的济宁、枣庄和江苏省的徐州、宿迁等城市,大运河在串联起沿线众多湖泊水系的过程中,形成了绚丽多姿的运河社会文化和精神标识。目前,鲁南苏北地区还传承着多项国家级及省级饮食类非物质文化遗产,这些非遗项目不仅聚集于民俗类及传统技艺类等领域,同时还保留了丰富的运河饮食类民间传说等口传文学资源。事实上,加强大运河鲁南苏北段历史文化遗产的当代保护与传承工作,既要重视对沿线各地运河文物遗址、古迹景观及运河主题博物馆等硬件设施的载体建设,也应注重从叙事逻辑和非遗价值转化方面对大运河饮食类民间传说进行深度阐释。

一、大运河鲁南苏北地区饮食类民间传说的叙事逻辑

长期以来,大运河鲁南苏北段沿线民众创造、传承着体量巨大、数量众多且内容丰富的饮食类口传文学作品。其实,如果说诸如民间传说这类非物质文化遗产主要是依赖记忆得以保存的话,那么相应的物质形态则使这种记忆得以强化。[1]不少饮食类口传文学作品,通常是以民间传说的记忆形式在运河沿线

---

[1] 万建中《非物质文化遗产与"物质"的关系——以民间传说为例》,载《北京师范大学学报(社会科学版)》2006年第2期。

流布和传播的。例如作为烹饪鼻祖彭祖故里的徐州，人们除了品尝彭祖菜系美食之外，如果想进一步了解这一运河美食制作技艺的发展历史和文化内涵，就离不开对民间传说进行情境化叙事的表达支撑。邓迪斯认为，"某项民俗的语境就是该项民俗被实际使用时所处的具体社会环境"。[1]运河饮食类民间传说是当地民众综合运用声音、表情、手势、身体等方式展现的口头叙事作品的集合体，透过这种民间传说，我们可以更为深入地理解运河沿线民众饮食文化生活的知识体系与运行逻辑。此类民间传说往往还与运河沿线民众的日常饮食生活习俗密切相关，它不仅具有鲜明的知识性和趣味性，也能够反映当地丰富多样的运河饮食文化风貌。这些传说基本由引子、主体及确证三部分组成，究其叙事技巧背后的文化逻辑意蕴，则通常与民间传说创作者们复杂的乡土情结和家园意识相呼应。总体来说，大运河鲁南苏北段地区饮食类民间传说大致涉及三种常见的类型：

一是人物传说。人物传说一般是以历史上的人物为中心，记载他们的事迹与评价，也有少量虚构人物，但在民众的心理上却往往将他们与历史人物同等看待[2]。类似于这种饮食类人物民间传说在这一地区不胜枚举，这些人物传说的在地化生产亦为人们提供了一种历久弥新的运河饮食文化记忆形式。如民间流传的济宁美食微山全鱼宴传说文本，与清朝康熙皇帝关系密切。后来，为了品尝更为正宗的微山全鱼宴，人们将王师傅的

---

[1] Alan Dundes, "Text, Texture and Context", Interpreting Folklore, edited by Alan Dundes, Indiana University Press, 1980, P.23.
[2] 刘守华、陈建宪《民间文学教程》，华中师范大学出版社 2002 年。

儿子小王师傅遣去宫中做御厨。后鱼宴被称为"微山湖鱼宴",成了专供皇室的贡品。饮食类民间传说作为一种与运河"流动"紧密相关的文化载体,通过对运河饮食记忆的重述及共有文化符号的认同,在强调此类饮食传说"地方性"的同时,也建构起运河非遗的文化性意义,依托民间传说拓展了运河南北饮食文化交流、交融的可能性。

二是历史事件传说。历史事件传说是以历史事件作为叙述中心,围绕着一个历史事件展开,全面讲述事件的整个过程,常常与人物传说有一定的交叉,这种传说故事性强,重视事件及故事的叙述技巧。以历史事件为中心的饮食类民间传说以口口相传的形式生动记录着不同时期的社会百态,反映着一个时代的价值特征,呈现了过去运河两岸人民的生产生活方式和价值观。如枣庄的薛城糁汤,据传与西汉末年王莽篡权有关,因刘秀所说的"啥"与"糁"发音类似,故称此为"糁汤",其做法也逐渐流传到济宁、徐州、临沂等地。类似这种民间口传文学作品,往往并非来自乡土文人的自我创造,而是运河沿线的普通民众在日常饮食生活中不断以口头叙事的形式赋予了历史性和文化性的意义。

三是地方风物传说,主要是指围绕自然景物、名胜古迹、土特产、风俗习惯、动植物等来解释其由来、特点的口头叙事文学。例如,在宿迁市洋河酒酿造酒厂旁有一座古色古香的美人泉亭和一尊亭亭玉立的塑像,民间相传与洋河镇上的一则恶霸财主欺女传说有关。佣人梅香经常用恶霸财主给的买酒的钱资助一些穷苦乡亲,再从泉里舀回泉水充当酒水拿给恶霸。不料，恶霸发现其中秘密，将梅香推进了泉里。梅香死后，这眼泉水更加醇香扑鼻，人们为了纪念她，把这眼泉取名为"美人泉"。这些饮食类民间传说，大多带有超自然的色彩，其中蕴含着真挚朴实的乡土情感，也反映出人们对于平安幸福生活的企盼，他们都是新时期丰富运河文化内涵的重要叙事资源。

总体而言，在大运河鲁南苏北地区沿线各地，这些世代相传的民间饮食技艺与民间饮食习俗，通过各类民间传说的方式把运河沿线的历史记忆、民族风俗、地域特色充分串联与融合起来，构建了多层次的大运河饮食文化遗产风貌。一定程度上看，充分挖掘运河饮食类民间传说的价值意涵，提升运河饮食文化的传播能力，尤其是在着力打造大运河文化带、生态带和旅游带过程中，不能忽视大运河饮食类民间传说资源的支持。因此，从提升地区饮食类民间传说的资源利用水平来看，还应该进一步讨论清楚大运河饮食文化遗产的时代价值与社会功用。

二、发掘地区饮食类民间传说的时代价值

所谓运河饮食类民间传说，主要是指大运河沿线各地民众在日常生活中创造、享用和口头传承的与饮食文化相关的反映特定的人、地、事、物的民间叙事文本。民以食为天，饮食是人类社会赖以生存和发展的物质基础。中华饮食文化源远流长，运河饮食文化遗产是中华优秀传统文化的重要组成部分。提升地区饮食类民间传说资源的当代利用水平，是构建地域标志性文化符号的重要突破口。这些丰厚的运河饮食类民间传说，既

反映了大运河沿线民众独特的饮食习俗、审美意识和伦理观念，也体现出当地民众日常饮食生活的智慧结晶，更是一项具有深厚人文价值和传承价值的地域性饮食文化遗产。

首先，这一地区饮食类民间传说，是彰显运河非物质文化遗产价值与精神内核的重要载体。具体到与饮食有关的非物质文化遗产而言，不仅数量多、类型全，而且品质高，社会影响力较大。包括济宁的肉食传统制作技艺（拳铺李家驴肉制作技艺）、枣庄的肉食传统制作技艺（拳铺李家驴肉制作技艺）、徐州伏羊食俗、蒸馏酒传统酿造技艺（洋河酒酿造技艺）等在内的饮食类非物质文化遗产，大多已被纳入传统技艺类、民俗类等国家级、省市级非物质文化遗产保护名录。这些饮食非物质文化遗产除了强调技艺传承之外，还内含着十分丰富的运河饮食民间传说。因为单纯依靠运河饮食技艺的展示，无法使人充分感知运河文化遗产的内在精神意蕴。借助大运河饮食类民间传说这一载体，能够更加立体、多元地理解运河饮食文化遗产背后的精神意义。

其次，这一地区饮食类民间传说，是窥探运河沿线民众生活图景的切入点之一。欲了解一地之风俗文化，饮食往往是一个最直观的窗口，但仅仅凭借舌尖上感官层面的饮食味蕾刺激，显然是不能一览运河风俗文化之全貌的。这些饮食类民间传说并非凭空而生，而是在沿线民众的不断生活滋养中得以传播和发展的。例如，外地游人在品鉴运河美食的过程中，通过立体感受饮食类民间传说的文化魅力，能够更深切地体悟民间传说故事、歌谣、谚语等口传文学题材的乡土气息与生活意蕴，也有助于更深刻地感知运河饮食非物质文化遗产的现代价值。而且，大运河沿线广为流传的各种与饮食有关的民间传说、歌谣、谚语等口传文学题材，通常还呈现出鲜明的地方性和生活性特征。因此，即便是同一个主题的运河饮食民间传说，在运河沿线各地通常出现不同版本、不同类型的表述和展演方式。它是运河沿线民众在日常生活中结合各地特有的人物、山川、村落、物产等要素，共同建构而成的民间叙事文本。

再者，这一地区饮食类民间传说，描绘了运河沿线灿烂的人文风貌。千年大运河，不仅是流动的文化，也是活着的遗产。在民间社会广为传播的各种饮食类民间传说，并非一朝一夕创作而成，它还蕴含着丰富的历史文化信息。某种意义上看，无论是与运河饮食相关的民间传说故事，还是各种民间歌谣、谚语俗语等，它既代表着一种文化符号，也意味着一种生活方式。这些口头叙事文本经由运河沿线民众的集体创作和口耳相传，其中的口传叙事内容不仅蕴含着当地民众的思想观念、生活智慧与风俗传统，也凝结着当地特有的饮食文化记忆。进一步说来，在沿线名城名镇保护修复、文化旅游融合发展等领域，这些大运河鲁南苏北地区饮食类民间传说，既可以为运河沿线名城名镇保护注入文化内涵，同时可以为大运河文旅融合发展提供重要的文化资源支撑。借助这些在地方社会中自觉或不自觉加工改造而成的运河饮食类民间传说，再通过简洁精练、朗朗上口的民间语言展演和讲述，能够彰显出运河沿线地方社会的独特人文精神，有助于增强运河沿线民众对于乡土饮食文化的自豪感和认同感。

三、地区饮食类民间传说的非遗价值转化路径

冯骥才先生曾指出:"代代相传是文化乃至文明传承的最重要的渠道,传承人是民间文化代代薪火相传的关键。"[1]若从当下非物质文化遗产保护传承的实践视角来看,目前尽管大运河鲁南苏北段地区沿线各地的诸多饮食文化遗产已被纳入国家级、省市级非物质文化遗产保护名录之中,但是对于那些与运河饮食非物质文化遗产保护传承密切相关的民间传说和传承人群体,尚未得到充分的重视和利用。

一方面,应当继续加强对地区饮食类民间传说的田野调查研究。由于运河饮食类民间传说的特殊性,其在传承发展过程中往往缺乏文字性的记录和保留,特别是一些传承人去世以后,这一类民间传说往往面临着难以为继的窘境,更不用说对此种民间传说的再利用。因此,应当依托民俗学、民间文学的"深井式"田野调查研究范式,做好运河饮食类民间传说的采录和搜集整理工作,摸清这一地区饮食类民间传说的家底,这也是未来对其挖掘利用的基本前提。注意从作品题材角度出发,看看哪类题材代表了本地的标志性文化,然后集中精力,对这类标志性遗产进行深度挖掘。[2]同时联合江苏省、山东省等民俗学及非遗学领域的高校、科研院所力量,开展与运河饮食相关的民间传说系列田野调查研究,注意对运河饮食类口传文学题材的流布版本予以区分研究。例如,宿迁作为江苏著名的酒

---

[1] 刘锡诚《非物质文化遗产:理论与实践》,学苑出版社2009年,第140—141页。
[2] 苑利、顾军《非物质文化遗产学》,高等教育出版社2009年,第107页。

乡，当地的蒸馏酒传统酿造技艺（洋河酒酿造技艺）也是一项重要的传统技艺类非物质文化遗产。在当地流传的与洋河酒起源相关的民间故事中，虽都提及了"美人泉"以表达对美人梅香的感激，但叙事方式各有不同，现有"恶霸欺女""九香仙女""无心之失"等不同版本。对当下现存的运河饮食类民间传说等进行搜集和整理，还需要注意这些口传文本产生的文化情境及讲述场域。此外，也要充分发挥地方民众在运河饮食民间传说发掘与利用过程中的主体性作用，不断探究运河饮食类非物质文化遗产保护传承的新理念和新方法，为大运河鲁南苏北地区饮食类非物质文化遗产保护传承提供理论和实践支撑。

另一方面，应当持续提升地区饮食类民间传说的创新转化能力。饮食类民间传说，兼具趣味性、历史性和故事性等特征，它不仅是一种乡土民众喜闻乐见的艺术表现形式，还能够为运河沿线城市带来良好的经济、社会和文化效益。因此，未来应当在进一步提升运河饮食类民间传说的创新转化能力方面多下功夫。首先，大运河鲁南苏北段地区各地饮食文化遗产种类繁多，口味各异，技法不同，依靠老字号、名店名品等资源打造运河美食聚集区；探索开发运河饮食文化精品旅游线路，让游人能够品尝运河美食，感受运河民间传说的文化魅力。在感知、理解运河饮食文化的同时，不断提升大运河鲁南苏北段地区饮食文化的美誉度和知名度。其次，充分融合大运河、饮食文化、民间传说三个要素，应当尊重其文化形式和内涵，依托运河饮食非物质文化遗产，将此类民间传说予以景观化、舞台化，借助民间小戏等文艺形式，讲述好大运河鲁南苏北段地区背后的历史故事与文化渊源；可以采用社会教育和学校教育等途径，充分利用节庆民俗活动、展览会等方式，促进运河沿线饮食文化消费，增强其文化辐射能力，充分发挥运河饮食类民间传说的标志性文化资源转化能力，打造文化消费网红打卡地和运河饮食文化地标，推动地区饮食文化遗产走出去。再次，充分利用新媒体，创新大运河鲁南苏北地区饮食类民间传说的传播方式，增强运河饮食文化的社会影响力。尝试将一些代表性运河饮食类民间传说与虚拟现实技术相结合，让游人在特定文化场馆中"沉浸式"感受体验运河饮食文化的独特魅力。依靠新媒体在语音、图像整合等方面技术优势，探索把静态的运河饮食类民间传说转化成可知、可触、可感的综合性艺术表现形式，从而进一步凸显大运河鲁南苏北段地区饮食类民间传说的人文价值。

大运河浙江段文化传播的实践探索与优化路径

何 盈[*]

大运河浙江段是中国大运河的核心组成部分，历史积淀深厚，文化资源丰富，在中国大运河体系中具有一定的代表性。在中华文化"走出去"的背景下，向世界讲好大运河的中国故事对于延续千年运河文脉、提升中华文化国际影响力具有重要意义。展现开放与包容的运河精神，加强与国际社会的互动与交流是浙江大运河文化传播的重要使命。近年来，浙江为提升大运河品牌影响力，取得了一些国际文化交流成果。针对当前浙江大运河文化对外传播的优势和实践探索，建议推进传播主体的多元化，挖掘运河故事、创新传播内容，丰富传播途径等，打响浙江大运河文化品牌，提升浙江大运河文化带的国际影响力和知名度。

中国大运河在2500多年的历史长河中，以开放、包容的

---

[*] 何盈，宁波财经学院人文学院讲师。

姿态沟通南北、连接世界。作为中国历史上最重要的水运通道，大运河不仅具有重大的科技价值，便利了南北的往来，孕育了运河两岸特有的民俗风情，还促进了中国与世界的连通。所以大运河被定义为"交融统一之路"、中国文化的"认同之路"[1]。大运河浙江段，处于京杭大运河的南端，地理位置独特，通江达海。该段运河主要包括江南运河浙江段、浙东运河及其故道、复线等河道，与入海口交汇，与海上丝绸之路相连。大运河浙江段所经流域经济发达，文化底蕴深厚且具有河海特色。运河流经嘉兴、杭州、绍兴、湖州、宁波五座城市，形成了独特的运河文化景观。2014年，中国大运河及其沿线城市虽已成功列入世界文化遗产名录，但其知名度和国际影响力依然不足。随着申遗成功，大运河文化交流与传播迎来了新的发展机遇。杭州、绍兴、宁波、嘉兴、湖州等地，每年都组织与运河相关的文化交流活动，展现南北交流、中外交融的魅力。当前，就如何发挥大运河浙江段文化互鉴的纽带作用、架设国际沟通的桥梁，彰显大运河文化带浙江段的独特魅力，已引起不少有识之士的关注。

一、浙江大运河文化国际传播的资源优势

大运河浙江段位于中国大运河最南端，是内河航运通道与外海连接的纽带，也是古代海上丝绸之路重要的联通通道。江

---

[1] 丁援、宋奕《中国文化线路遗产》，东方出版中心2015年，第116页。

南运河浙江段北起苏州与嘉兴交界处，南至钱塘江；浙东运河西起钱塘江南岸，跨曹娥江，经绍兴市，向东汇入宁波市甬江入海，与海上丝绸之路相连。浙江段遗产点及非物质文化遗产众多，仅大运河（杭州段）就包含4项世界级非遗、44项国家级非遗、168项省级非遗、703项市级和区级非遗。13个中国大运河遗产点分布在11段河道，包括桥梁、粮仓、道闸、历史街区等遗存[1]。政府高度重视大运河文化遗产的传承与保护工作，2020年4月，浙江省发展改革委、省自然资源厅、省文化和旅游厅、省委宣传部等单位，联合发布了《浙江省大运河文化保护传承利用实施规划》，提出"1+5"战略定位，推动大运河浙江段成为国际国内运河文化交流核心区，提升其国际影响力。浙江作为大运河世界文化遗产的重要区域，在历史文化积淀、经济发展水平、对外开放程度、政策支持等方面存在优势，有利于大运河文化的交流与传播。

（一）河海交汇之处，中西交融之地

浙江境内河流众多，水系发达，是著名的江南水乡。古代人民在自然河流的基础上，又改造出四通八达的人工水道以满足水利、航运、灌溉等需求。大运河浙江段流经杭、嘉、湖、绍、甬五座历史文化名城，在宁波三江口与姚江、奉化江汇合成甬江流入东海，实现江海联运、通达世界。浙江境内的浙东运河是中国大运河的重要组成部分，也是海上丝绸之路南起始

---

[1] 伍鹏《浙江海上丝绸之路文化》，经济科学出版社2016年，第119页。

段之一，因而是交融中外文化的承载之河。浙东运河的历史可以追溯到春秋时期的山阴故水道。汉晋时期，人们修建了从钱塘江东岸的西兴至会稽城的西兴运河，此后，这段运河与上虞以东运河以及姚江、甬江的自然水道形成了浙东运河，向东开拓至渤海湾，台湾岛、海南岛以及越南等港口的海上航路，与海外建立起了广泛的通商贸易。到唐代，浙东运河已经成为连接内陆和海外贸易的重要通道。在政治中心、经济中心全面南移的宋朝，大量对外贸易及中外交流使者通过海上丝绸之路来到大运河最东端，开展商贸互通和中外交流活动，当时的明州港一跃成为国际性的海陆交通和贸易枢纽。同时，从东南亚、日本、韩国来的海船，在明州驻泊后，改乘内河船，经浙东运河至杭州，与京杭大运河对接，直达扬州等商业城市，因而这个时期的浙东运河航运条件和繁荣程度大大提升，成为国家主航道。明清时期，作为五口通商口岸之一的宁波，西方外国使者、传教士将商帮文化、中医中药文化等传入欧洲，促进了文化科技领域的交融。如今，浙江持续发挥与"一带一路"沿线国家的交流与合作的优势。可以说，处于"一带"与"一路"交汇地带的浙江因其天然的区位优势成为东西方文明交汇枢纽，促进了不同文明之间的沟通与互鉴。

（二）江南富庶之乡，国际商贸之港

浙江素以"鱼米之乡、丝茶之府、物华天宝"而誉满中外。大运河的开凿沟通了南北交通，促进了南北地区的文化交流。北方的小麦、棉花、煤炭、食盐，南方的稻米、陶瓷、丝绸、茶叶通过大运河"黄金水道"南下北上,有效地促进了中国南北经济的发展和文化交融。两宋时期,浙江商品经济日臻繁荣,在全国范围内处于领先的地位。杭州、湖州、宁波等地是江南举足轻重的丝织生产中心,丝绸贸易非常繁盛。浙江地区的丝绸大多通过明州港销往太平洋西岸诸国,以及东南亚岛国与朝鲜半岛[1]。浙东越窑青瓷工艺精湛,在世界上久负盛名。从唐代开始,越窑成为对外文化交流、商品交换的主要物品之一。市舶司是掌管海外贸易的重要机构,宋元时期,在东南沿海多个城市设置了市舶司,颁布"市舶则法",大力发展海外贸易。京杭大运河和海运的全线贯通进一步促进了商贸往来和文化交流,嘉兴、湖州等地不仅交通便利,且农业、手工业发达,一批典型的江南市镇在贸易港口和运河沿岸崛起。如今,集内河港、河口港和海港于一体的宁波舟山港货物依然繁忙,连续13年保持货物吞吐量全球第一。雄厚的经济实力是走出去与海外交流的经济基础和物质保障。近年来,浙江积极构筑贸易物流全球通达的"浙江通道"。"一带一路"外贸发展逆势增长,增速稳居全国前列,"一带一路"国际航线创历史新高,海丝港口国际合作论坛成果丰硕。

(三)海洋文化之源,东亚文明之都

井头山遗址是浙江和长三角地区发现的首个贝丘遗址,挖掘出的大量贝壳堆积是古人海边生活,迈出对海洋探索步伐的

---

[1] 林士民《三江变迁——宁波城市发展史话》,宁波出版社 2002 年,第 67 页。

最好例证。7000 年前的河姆渡遗址出土的木板船残片及完整的木桨表明，当时的河姆渡先民已经能泛舟于江河湖海之上。因此，从近年来的考古发现可以确定浙江不仅是中华古代文明的发祥地之一，也是中国海洋文化的源头之一。海洋文化包罗万象，凡是人类社会实践过程中受海洋影响所创造的物质财富和精神财富的总和就是海洋文化[1]。浙江海洋文化是中国海洋文化的重要组成部分，无论是浙江的海洋历史文化、民俗文化、民间文学艺术还是海洋宗教信仰文化、海防文化、港口文化，都有厚重的积淀和璀璨的历史。从井头山、河姆渡、良渚文明开始，浙江沿海的原始海洋文明、秦时徐福东渡、唐宋时"海上丝绸之路"、郑和下西洋、近代"宁波帮"以及现代甬商、温商的兴起，无不见证了浙江海洋文化海纳百川、兼容并蓄的特质。同时，浙江历史文化名城众多，京杭大运河南端的杭州是中国七大古都之一，镶嵌在浙东运河沿线的宁波、绍兴不仅是国家级历史文化名城，也收获了中日韩三国携手创建的"东亚文化之都"之殊荣。历史上，绍兴的大禹文化、书法文化、阳明心学，宁波的藏书文化、禅宗文化等通过浙东运河、海上丝绸之路传入东亚地区，对日韩，乃至世界产生了重要影响。因此，在建设文化强省、文化强国的背景下，应赓续历史文脉，立足现实、把握未来，发挥浙江的人文优势，助力浙江优秀传统文化走出去。

---

[1] 苏勇军《浙江海洋文化资源综合研究》，海洋出版社 2014 年，第 5 页。

二、浙江大运河文化交流与传播的实践探索

传承和弘扬运河精神，让大运河进一步成为联通世界的文化纽带，对外讲好运河故事，更好地推动中华文化"走出去"是我国对外传播实践创新的重点工作。近年来，浙江为提升大运河品牌影响力，打造了对外文化交流新平台，拍摄了一系列双语国际宣传片，并取得了一些文化国际传播的实践成果。

（一）打造双语文化宣传片，实现运河故事的国际表达

文化宣传片是一种以影像为传播形态的视觉文本，往往融合了声音、色彩、图像、镜头切换和语言阐释等多种模态来传达城市形象和人文理念。从跨文化传播学的角度来说，宣传片对地方文化的对外宣传具有积极作用，是传播城市文化和旅游资源的重要形式。在数字技术迅猛发展的今天，文化宣传片已经成为城市对外传播的一个窗口，在旅游目的地形象塑造和文化品牌打造方面具有重要意义。2022年正值中国大运河成功入选世界文化遗产名录八周年，浙江为庆祝这一重要的历史时刻，扩大运河文化的国际影响力，策划推出了《在大运河走出美》和《桥见大运河》系列宣传片，对大运河文化带浙江段的国际传播展开了富有创新意义的探索尝试。《在大运河走出美》以"运河文化"为载体，以叙事的方式描绘大运河的历史变迁和千年文脉，探寻运河申遗保护的过程，使受众从整体上感知

运河文化与市民的情感联系[1]。而《桥见大运河》双语微纪录片以运河上的桥梁为线索，以身边普通人讲故事的方式展现拱辰桥、朝晖桥、坝子桥等桥下人家的生活变迁，听见普通老百姓和文化学者与运河的故事，在共情中体会大运河的韵味。片中主人公"石头"和"左生"以亲历者身份，通过体验不同的职业和人生来感受生活、聆听心声，增加了宣传片的互动性和趣味性[2]。自中国大运河成功申遗以来，沿线各省市都在积极探索大运河文化宣传工作，拍摄了一系列体现中国大运河文化和地域运河文化特色的宣传片，如文旅部拍摄的《运河风味千万家》，在欧洲多国主流媒体以及中外各大平台网站播出，被译成英语、德语、法语、俄语、西班牙语、意大利语、日语等版本在多国主流媒体以及中外各大平台网站播出，获得了很好的反响[3]。

（二）借助国际文化交流平台，助力运河文化"扬帆出海"

目前，全球51个国家拥有500多条运河，涉及3000多个运河城市，运河是世界共有的文化符号。2022年以来，依托大运河国家文化公园建设、杭州举办亚运会等重大战略机遇，浙

---

[1] 杭州日报《杭州推出三大世界遗产文化遗产国际传播系列片，〈在大运河走出美〉全球首播》，https://hzdaily.hangzhou.com.cn/hzrb/2022/06/22/page_detail_1_20220622A12.html，2022年6月22日。

[2] 王柯宇、柳景春、徐祎琳、李雨蓁《让世界"桥"见大运河，大运河申遗成功八周年，杭州拱墅亮出这些新动作》，https://www.thehour.cn/news/525994.html，2022年6月22日。

[3] 居小春《大运河文化旅游宣传片〈运河风味千万家〉聚焦扬州》，http://news.yznews.com.cn/2022-06/09/content_7413168.htm，2022年6月9日。

江积极探索对外宣传新路径，打造了大运河国际传播交流中心和海外社交媒体账号矩阵，以期构建优质运河传播内容平台，推出多语精品视频，让大运河文化"扬帆出海"[1]。在"2022美丽中国·心睇验"暨2022对港澳文化和旅游推广季活动上，中外文化交流中心围绕"千年运河之旅"主题，联合运河沿线6省市发布了"大运河国际文化和旅游推广特别宣传"，助力港澳市民深入了解国家历史文化。在启动仪式上，浙江以"千年繁华始于浙"为主题，以文脉承古今、连川通江海、时代新风貌三个篇章为主线展示了杭州、宁波、绍兴、湖州、嘉兴5个运河沿线城市的历史文化、旅游资源及文旅新风貌，传播大运河承载的浙江故事，同时还推出了4条运河文化主题线路[2]。同时，浙江也积极探索对外传播新渠道，启动了国际传播大型融媒系列活动，希望通过数字化传播手段，做强国际传播内容矩阵，将浙江厚重的文化底蕴、优美的山水风光以融媒体的新形式打开国际传播的窗口。宁波的"滨海宁波扬帆世界"融媒传播行动，已吸引140多个国家和地区2000多家海外媒体参与，以融媒视角，向世界分享浙江故事。宁波打造的2022年海丝之路文化和旅游博览会回顾了索菲亚中国文化中心在海外传播中国声音，讲好中国故事的工作，通过数智化手段展现滨海大都市的魅力与风采。

---

[1] 徐祎琳、李雨蓁、潘婷婷《让大运河文化"扬帆出海"大运河国际传播交流中心揭牌》，载《每日商报》2022年6月23日第4版。
[2] 吴宇扬扬《2022"美丽中国·心睇验"活动启幕 以历史文脉共融港澳文旅发展》，http://hm.people.com.cn/n1/2022/0727/c42272-32487393.html，2022年7月27日。

（三）开展新型国际智库合作，推动运河传承保护利用

智库集合各学科的专家学者，以客观的态度和科学的方法，为社会重大议题提供智力支持。浙江作为长三角区域一体化发展国家战略中的重要省份，大运河浙江段文化带发挥着连接"一带一路"和长江经济带的纽带作用，不仅服务国家战略，同时也是加强对外文化交流的有效路径。近年来，中国特色新型智库在政策建议、策略支持、向世界讲述中国等方面发挥了重要作用。作为大运河文化带建设的重要参与者，新型智库可以为大运河浙江段建设提供高质量智慧成果，为政府科学决策提供高水平的智力支持。2018 年 6 月，相关高校和新型智库共同发起并成立了"中国大运河智库联盟"，这是中国大运河流域第一家新型智库联盟，希望通过整合各地智库资源，共同举办论坛，开展调查与研究，分享智库成果，为大运河文化带建设提供学术支持。2021 年 5 月，第九届中国大运河智库论坛在浙江举行，该论坛是中国大运河智库联盟发起和设立的国内第一家专门针对大运河研究的新型智库论坛。论坛联合浙江省文化和旅游厅、浙江外国语学院和杭州市运河集团，从政策、市场和理论的角度对大运河的文旅融合、文旅产品、业态以及游客的需求等进行深入探讨。同时，中国大运河智库联盟也成立了大运河国际研究中心，致力于大运河传承与保护的国际合作与交流。在 2022 年 11 月世界互联网大会上，以"Internet & Canal：互联网背景下的大运河文化传承发展"为主题的讨论在大运河桐乡乌镇段举行，致力融合互联网文化和大运河文化的相互贯

通，借助数字化新技术擦亮大运河世界文化遗产金名片。主旨演讲环节，来自政府、高校、企业等各领域的专家学者与著名国际问题专家、外交专栏作家马晓霖深入探讨如何抓住世界互联网新机遇，打响中国大运河文化品牌。近年来，浙江各高校大运河文化研究院也积极参与运河研究，并取得了一系列研究成果。高校加入运河文化研究，不仅有助于培育学校的新文科特色学科建设，更有助于推进新时代文化高地"重要窗口"建设，激发学者们对运河文化研究的多维思考，为浙江大运河文化保护传承工作提供更广阔的思路。

（四）运用"他者叙事"方式，对外讲好运河故事

文化是导致感知不一致的主要因素，在多文化的背景下，通常是以缺乏信任为特征的一种传意交流[1]。因此，在跨文化语境下，以外国民众之口讲述中国故事，成为对外传播的有效路径。《在大运河走出美》就是从外国友人的视角讲述运河故事。该宣传片邀请了两位在浙江学习和工作的外籍人士，讲述他们眼中的大运河。一位是来自南非，对中国历史和传统文化有着浓厚兴趣的大学生 Chantel。另一位是来自英国的 Tom，一位被大运河的美丽和繁荣深深吸引的在浙江工业大学任教的高校教师。该宣传片以外国人为视角，结合他们对杭州运河沿岸古街小巷的独特感悟，自然讲述大运河的历史变迁和运河故事。这种软性讲述运河故事的方式以更具亲和力的方式向国外受众传

---

[1] ［英］拉里·A. 萨姆瓦等著，陈南、龚光明译《跨文化传通》，生活·读书·新知三联书店 1988 年，第 256—257 页。

播中国文化，提高对中国文化的接受度，减少中西方文化差异所带来的文化传播阻力。在图书出版方面，海外受众成为中国大运河故事的直接讲述者，客观、理性讲述他们与中国大运河的故事。2018年底，在浙江大学任教的David写了一本"运河之书"《来自中国的明信片：大运河纪行》(*Postcards from China: Travels along the Grand Canal*)。书中，作者通过对大运河沿岸城市、城镇的描述及对相关人物的访谈，展现大运河的历史变迁和人情风俗，并试图将整个叙事置于中国政治、经济以及文化和历史的大背景下，分析大运河的象征意义[1]。因此，借他人之口，从"他者叙事"的角度对大运河的体验和感受，在国际传播中更具说服力，更能赢得海外受众对中国大运河的理解和认同[2]。

三、浙江大运河文化国际传播的优化路径

（一）提高文化传播质量，推动文化创新传播

在党的二十大报告中，明确提出了讲好中国故事，传播好中国声音，增强中华文明的传播力。这说明建设社会主义文化强国、提升中华文化的国际影响力已经成为中国式现代化的重要组成部分。大运河文化容纳了数以万计的物质文化遗产和非

---

[1] 孙雯《来自中国的明信片——美国人大卫·皮卡斯眼中的大运河》，https://www.thehour.cn/news/262514.html，2019年4月25日。
[2] 侯迎忠、玉昌林《2021年中国对外传播实践创新与未来展望》，载《对外传播》2021年第12期。

物质文化遗产，是中华文明的精神标志和文化精髓。浙江作为京杭大运河和浙东运河流经的省份和"海上丝路"重要的起点，形成了运河文化与海丝文化交相辉映的独有特质，孕育了众多人类文化遗产。大运河和海上丝绸之路绵延数千年，至今仍是"流动的文化遗产"，很大程度上是由于运河和"丝路"所蕴含的人文精神和思想观念。在以往的对外交流中，我们迫切想让国外受众了解中国文化的博大精深，文化传播过于直白，但由于价值观、语言、文化上的差异，容易产生相反的效果。因此，新时期的文化创新与传播，需贯彻落实中国特色社会主义思想，基于时代背景对运河文化价值与精神内涵进行创新发展，以共同主题作为中华文化国际传播的切入点。中国大运河的成功申遗再次将中国与世界联系起来，世界运河历史文化城市合作组织（WCCO）就是以运河为纽带，共享不同运河城市经济、社会、文化建设的经验，将"中国故事"与"运河主题"联系起来，为世界和谐发展提供普遍价值。在错综复杂的国际环境下，文化对外传播对国家发展、民族复兴、文化繁荣的意义和价值更加突出。习近平总书记多次就"加强国际传播能力，精心构建对外话语体系"发表重要讲话，因此在国际大背景下，构建大运河文化理论体系和话语体系对于构建中国话语和叙事体系有重要作用。我们要用好各方资源，官方的、民间的、国内的、国外的媒体等多方力量展开国际传播，系统梳理大运河历史脉络，深入阐释大运河文化内涵。同时，在文化多样性的语境中，在推进运河故事对外传播过程中，需要结合当代文化语境，创新对外话语表达方式，采用丰富多彩的叙事素材和多元化的叙述方式满足不同文明的文化需求。

（二）依托我国民间文化经典，深度挖掘运河故事

文化符号是具有特殊意义的标志，是一个地区人们的共有记忆。在文化对外传播过程中，文化符号的设计和培植就尤为重要。大运河文化作为世界级文化符号，在对外传播的过程中，能更有效地让世界感知中华文化的博大精深，推进国内外运河城市的文化交流。中国大运河沿线的文化资源十分丰富，拥有物质文化遗产近3000项，国家级非物质文化遗产450多项[1]。提炼并优化能够体现大运河文化特点的事物、形象、观念等要素，实现跨文化适应性转换是十分有必要的[2]。大运河沿线流传着许多动人的美丽传说，其中《梁祝传说》与《牛郎织女》《孟姜女》《白蛇传》并称为中国民间四大传说，在海内外受到了极大的关注，有着良好的传播基础。"梁祝传说"发生在上虞祝家庄一带，后在浙东会稽（今绍兴）、明州（今宁波）等地以民间故事、歌谣说唱等形式口耳相传，并向国内外各地区流传辐射。传播过程中，"梁祝传说"在内容和形式上不断发展，形成影视、戏剧、音乐等艺术作品。梁祝传说还流传到朝鲜、越南、缅甸、日本、新加坡和印度尼西亚等国家，其影响之大、范围之广，堪称中国民间传说之最。梁祝文化通过中国大运河、海上丝绸之路，以及近百年的文化交流，在东南亚、东北亚以及

---

[1] 姜师立《中国大运河文化》，中国建材工业出版社2019年，第22页。
[2] 金苗《国际传播中的大运河文化带建设：定位、路径与策略》，载《未来传播》2021年第5期。

欧美广泛传播，成为享誉世界的中国"罗密欧与朱丽叶"。因此，在运河故事国际传播的视野中，我们可以借鉴传统经典的传播路径，遴选浙江运河文化的特色符号，特别是具有深刻意义的文化遗存，提取有价值的传播内容，形成有特色的文化传播符号。如，以虞舜传说、曹娥投江寻父故事、徐福东渡传说等为文化符号，举办文化交流活动，打响地方文化品牌。在选取有典型性、代表性的运河故事的基础上，加强文化符号的普适性，便于文化受众建立与原有文化经验成分的关联。此外，在地方历史文化符号的国际拓展中，还应注意跨文化比较的方法，与传播目的国典型的文化符号进行类比，形成自身的文化特色与亮点，提升文化交流的对外吸引力。

（三）打造大运河 IP 名片，搭建立体传播形式

运河文化蕴含着浙江人民包容开放、开拓进取的时代价值。在新文创时代，打造大运河文化 IP，深入挖掘和开发其蕴含的内容和精神，借助"内容＋流量"的方式，实现传统文化与现代审美的结合，让千年流淌的运河文化迸发新生机。文化的传播依赖于媒介的发展，随着互联网技术的不断提升，以网络、手机为主的新媒体形式为大运河文化传播提供了新的机遇。因此我们要充分发挥数字化科技化的优势，利用新媒体互动性强、参与度高的特点，更好地弘扬和传播中国传统文化。一方面，要加强大运河文化数据库、档案馆和图书馆等数字资源建设，另一方面则是运河文化的数字传播，利用网络视频、文字图片、动画视频和 VR 虚拟实景等方式展现大运河沿途的历史

遗迹和民俗风情，通过 Facebook、YouTube 等全球媒体以及微信、微博等发布链接和视频，更好地向国内外宣传和传播大运河文化。2022年3月，《运河·中国》纳入广播电视重点节目，20余家媒体同时上线广播（音频）文化节目，并形成了强大的宣传矩阵。浙江大运河国际传播交流中心海外社交媒体矩阵核心账号也将在国际社交平台持续推出运河文化精品视频、"媒眼看运河"优质图文等内容，展现运河城市的独特韵味，力争成为传播大运河文化的高品质国际账号。《在大运河走出美》国际宣传片也通过打造国际融媒矩阵在全球推广。当然，除了积极利用新兴媒体传播手段，搭建多样化的文化传播交流平台也是十分有必要的。文化的传播是一种双向的互动，文艺演出、文化展览、教育交流等活动的开展以及长期的文化交流合作机制的建立，能够使大运河文化以更广泛的形式传播出去，也能增进世界运河城市先进经验的交流与引进。2022年11月江苏扬州举办的"马可·波罗杯"中国大运河游记全球征文活动吸引了海内外各界人士的热情参与，寄托了世界人民对大运河的美好回忆和深情展望。因此，通过各类文化交流平台和媒体矩阵传播渠道的搭建有利于形成融通大运河文化互动机制。

（四）形成官民传播合力，精准把握传播受众

加强国际传播能力建设，建立全方位的中华文化国际传播力量，需要强化主体建设[1]。在大运河文化传播中，官方承担着

---

[1] 陈斯拉《以文化为基底提升国际传播能力》，载《中国社会科学报》2021年12月7日第8版。

平台搭建、协调推广、完善机制的任务,而民间力量则是传播的重要载体。随着新兴媒体的飞速发展,民众间的交流不断增多,民间传播作用日益凸显。因而要发挥政府在文化传播方面的引领作用,制定完善的文化传播宏观规划,鼓励社会、高校、社会组织等民间机构形成多元主体,多角度展示生动立体的文化大国形象。大运河文化带建设是党中央、国务院做出的一项重大决策部署,大运河文化带(浙江段)建设应全面做好传承保护利用各项工作,遵循"一带一路"倡议的基本内容,完善文化管理制度体系,加强各职能部门的沟通交流。与此同时,增强民间主动传播意识,创造民间参与文化传播的多样路径,采用民众喜闻乐见的方式开展运河文化传播相关活动,强化民众对运河文化的认识。全球1000多条运河沿线坐落着4000多座城市,运河是世界许多城市民众共通的文化元素。比如位于湄公河三角洲的越南芹苴,不仅是世界上最大的运河城市之一,也是海上丝绸之路重要一站。中越文化交往渊源很深,越南语言文字、艺术形式、茶文化、服饰、节日等深受中国文化影响,这些都是文化共通元素,"民相亲在于心相通",只有深入挖掘当地文化元素,把握微观自主的人文交流方向,才能使运河文化传播深入人心。

结语

中国大运河不仅是巧夺天工的水利工程,更是规模巨大的文化遗产宝库。在当前中国大运河文化国际传播过程中,我们要对大运河文化价值和精神内涵做深度挖掘和梳理，系统规划运河文化旅游深度融合、利用新兴媒介丰富运河文化的传播形态，提高对外交流的深度和广度，让开放包容、兼容并蓄的中国大运河文化在国际化中产生共情，成为人类共有的精神财富。

从大运河徐州段民间故事浅论运河文化的传承利用

李姗姗[*]

大运河绵延千里,跨越古今,是中国人民伟大的创造和中华文明的重要标志。作为世界上开挖最先、体量最大、总长最长的人工河流,始建于公元前456年,迄今有2000多年的发展史,是中国劳动者缔造的伟大工程。徐州地处苏鲁豫皖交界,旧称"彭城",有2600多年的建城史,是江苏境内出现较早的城邑。大运河徐州段则处于中运河的位置,连通南北,是中国大运河"咽喉之地"。"汴水流,泗水流,流到瓜州古渡头。"唐代白居易在诗中勾勒出汴水、泗水,于此处合流,经渡口相会进入长江的画卷。在悠久的光阴里,大运河深刻影响了中国政治、经济、文学艺术,促进了社会进步,奠定了多样独特的大运河文化。

千年来,大运河的生生不息,推动了沿岸地区城市的经济

---

[*] 李姗姗,徐州市文学艺术发展中心馆员、徐州市民间文艺家协会秘书长。

发展和文化进步，大运河徐州段的民间文化同整条大运河融为一体，成为大运河文化的重要部分。徐州的地域文化，因徐州地理位置的"中位性"，形成了上传下达、南北融合的独特风格。传布于大运河两岸老百姓间的民间文学和民间手工艺，更为中运河的文化意蕴添砖加瓦，成为了解和传承中华优秀传统文化的重要路径。进行大运河沿线民间文学的深入探索，有助于巩固本土文化之根，承续城市文脉。

一、大运河徐州段的民间文化特点及现状

大运河徐州段，北起微山湖蔺家坝，向南流经窑湾后，同骆马湖交汇，贯穿徐州下辖的6个县（市、区）。作为大运河沿岸的关键纽带，徐州因为黄、运相交的地理位置，不仅形成了独具一格的自然生态景观，还拥有浓厚的文化底蕴。徐州身居南北文化的融合汇集地，是汉文化的发祥地，与大运河深深结缘。运河两岸世代居住的人们，依然沿袭着淳朴的乡风民俗，大运河文化已经融入徐州城市文化和乡土民俗。

大运河徐州段孕育了丰富的民间艺术，形式多样。其中，国家级非遗项目有剪纸、香包、纸塑狮子头、糖人贡、拉魂腔等，还有11个省级、32个市级非遗项目[1]。这些艺术形式具有浓郁的地方特色，反映了徐州人民的生活智慧和审美追求。独特的民俗活动，如三月三云龙山庙会、五月初五五毒庙会，跑

---

[1] 仇琛《"两创"视域下徐州地区传统手工艺类非物质文化遗产的产业化发展思考》，载《理论观察》2018年第7期。

竹马、跑旱船、船工号子、彭祖伏羊节等，具有深厚的历史底蕴，体现了大运河畔徐州人民的信仰和习俗。

大运河除了滋养出独具特色的民间艺术和民俗活动，还有世代相传的民间故事。汩汩不绝的故事像运河水一样，传颂数千载，倾注了沿岸劳动百姓对正义正道和美好生活的追求，其饱含的价值观、人生观与运河精神融合成质朴的民间信仰，在过去发挥着不可或缺的社会功能。由于当代社会运输系统的进步，大运河旧有功能日渐丧失，随之湮没的还有运河两岸的民间故事，但大运河文化的精神实质依然值得被珍视和传承。这些民间故事体现出多元厚重的大运河文化，展现出运河两岸民间生活的丰富多彩，体现了中华优秀传统文化的深厚意蕴。

"民间文学是指民众在生活文化和生活世界里传承、传播、共享的口头传统和语词艺术。"[1] 从本质上看，民间文学是先民的心理历程和经验技艺所呈现出的语言符号，是一定区域内百姓的群体意识在生活中不断演化并流传的过程。

大运河徐州段位于大运河的中段，具有得天独厚的"要塞"作用，两岸百姓的思想风俗、生活习惯、信仰心理都带有独特的运河印记，形成大运河徐州段独特的民间文化及其精神内涵。比如省级非遗项目《周七猴子的传说》，就是在300多年的民间口头流传过程中，当地民众、民间艺人、地方文人根据"周七猴子"的奇闻逸事，融入自己的好恶和向往，赋予其无限智慧和才能，增添愈来愈丰富的传奇色彩，所以它是人民群众集体

---

[1] 陈学璞《民间文学到文人文学再到民间文学——以"文学桂军研究资料丛书"之一〈韦其麟研究〉为中心说开去》，载《广西社会科学》2020年第7期。

智慧的结晶。

二、大运河徐州段的民间故事内容及特色

徐州的窑湾镇，始建于唐朝，大运河经此向南汇入骆马湖，来往船只为窑湾带来了兴盛和繁荣。窑湾融合了南方水乡的柔美婉约，又秉承了北方城镇的粗犷豪迈，不仅在地理上是中运河的重要节点，也因其曾经的经济发展繁盛、人员往来密集，在大运河沿线的文化传播上成为重要枢纽之一。

民间故事并非简单的口头文学，而是涵括丰富信仰与哲理的载体，"是村落民众在长期的历史发展中，在多种因素共同的作用下创造的地方精神文化的一个鲜明表象"[1]。运河民间故事是生活在运河沿岸的劳动人民创作和传播的口头叙事文学。在大运河徐州段，人民群众将运河流域的社会生活内容集中于个别的历史人物、事件、风物，并予以艺术化的呈现，凝结了运河民众的社会集体记忆和文化认同。主要有以下几类：

（一）帝王将相与统治王权

这一类故事主要以刘邦项羽争斗、开凿大运河的隋炀帝和喜爱到江南游玩的乾隆皇帝为主人公，或颂扬统治阶级为穷苦百姓做主，或贬斥贪官污吏假传圣旨欺凌百姓。其中夹杂着虚幻和神力相助等情节，比如在邳州运河镇流传的《盘龙窝》讲

---

[1] 孙英芳《非遗保护语境下民间传说的传承与发展——以晋南"赵氏孤儿传说"为例》，载《晋中学院学报》2019年第5期。

述的是隋炀帝开挖大运河的故事：千难万难，难在盘龙窝，"隋炀帝征调三万名民夫开进盘龙窝，剖土凿石，挖河筑堰……这盘龙窝的土石是活的，挖掉还能再长出来。"城南门的新娘子石柱嫂恳求喜鹊帮助，而喜鹊为了帮助民间的小夫妻放弃帮助天河的牛郎织女，"一口啄去了山，两口啄去了岭"，最终"天上夫妻又成对，人间夫妻又成双，夸喜鹊好心肠"。因为乾隆皇帝六下江南，是距离百姓最近的统治者，他多次在大运河乘船南下，所以民间关于乾隆的故事更是不胜枚举。例如《打响场》的故事：乾隆皇帝认为靠自己经济能力劳作的陈滩村村民徐士风铺张浪费，要求知县"杀风气"，知县知道徐家富裕想借机讹钱，徐士风不从，一家102口惨死。这个故事侧面反映了封建统治者的残忍，地方贪官污吏图财害命的丑恶嘴脸。

（二）民间疾苦与百姓智慧

大运河徐州段流传的民间故事，有众多展现了百姓的聪明才智，这些故事脍炙人口、长盛不衰，世代相传有序。为挖掘大运河做出贡献的忠犬立碑的《狗碑》，持家有道、聪明伶俐的《三媳妇当家》，生于民间、向民间百姓学习请教最终心想事成的《刘秀才中状元》等故事，反映了民间疾苦，歌颂了百姓勇于同悲惨命运做斗争，最终赢得了善有善报、天道酬勤的圆满结局。其中，最著名的就是省级非遗《周七猴子机智故事》，周七猴子是以邳州人"周七"为原型，塑造了一位仗义悯人、机警过人、疾恶如仇的机智人物，被称为苏北地区"阿凡提"。故事传说产生于清康熙、乾隆年间，一直以口头形式在大运河畔的邳州全境及周边接壤地区流传,具有广泛的群众性和民间传承性。过去的民间曲艺人经常以此插科打诨,逢场必讲;普通百姓茶余饭后,也都能说上几段。与其说"周七猴子"是一个人,不如说是当地群众把流传的机智故事汇集在周七身上,集中展现了百姓集体智慧。比如《斗河霸》的故事中,讲述的是大运河畔窑湾钱口村的钱三娃饱受河霸欺负,生活苦不堪言,在表叔"周七猴子"的帮助下,智斗大运河上的河霸,过程跌宕起伏,语言诙谐幽默。

(三)奇闻逸事与民间信仰

在大运河徐州段还流传一类民间故事,与当地的民俗逸闻相关,其中夹杂着民间信仰和对生活现象的解释。比如《蜂鸦大战》,就讲述了运河北岸坝头村在1938年春天发生的"蜜蜂战乌鸦"传奇故事。因为至今不到100年,很多老人都曾见过,所以故事本身的"真实性"就获得了认可,在当地广泛流传。还有些故事又与主流故事有所重叠。比如,上文提到的《盘龙窝》以及《白菜与兔子》,都与《牛郎织女》故事有所重叠并发展演变:《白菜与兔子》讲述的是月宫嫦娥的侍女白姑娘与勤劳的菘郎相爱,遇到旱天,为救百姓返回偷取仙菜籽,被王母折磨分离,白姑娘留下"白菜"和"兔子"的故事。《猪八戒出世》可以说是《西游记》的"前传",生动诙谐地讲了天蓬水神猪八戒在徐州附近降生,在母猪泉、季山发生的趣事。在民间信仰中,百姓对"年俗"的重视程度,从《淘气王躲岁》中也能窥见一二:大运河畔的小孩王淘气在年三十躲在枯井中想要避免神仙来添岁,没想到太白李金星、老寿星和大力神三位神仙把没添完的岁倒入枯井,让小孩变老爷爷的故事。这则故事既包含了"守岁"的民俗,家家户户过年时候讲起来又是趣事笑话。

(四)因河而生、因河而兴

在徐州周边流传的运河民间故事,还有很多是围绕大运河发生,以运河的"挖掘"为目标、"运输"为追求而形成的民间故事。为开凿和维系运河,中国历代匠人付出了巨大心血。工匠们千方百计同大自然斗争,扫除种种困难,来维护运河巷道。与运河"挖掘"有关的民间故事如《蟋蟀》,由蟋蟀在不同季节的不同叫声,引出大运河开凿民工汤小为了开凿运河付出生命,因放心不下家人化身蟋蟀陪伴左右的故事。《依姑林》则讲述了邳城周边的运河、沂河、祁家河等大小河流先后决口,邳州知州依敕通阿的独生女儿依姑劝说父亲开仓赈灾救助百姓,后百姓感怀纪念依姑,为她砌了一个10亩大小的墓林。

因"运输"而结缘的故事也有很多,例如:《望夫石》讲述荷花姑娘因思念丈夫用运河里的石头雕刻丈夫的模样,终于感动上天,见到丈夫,一家团圆。后来"望夫石"被商人买走留在了西湖边。这里可以猜测,望夫石最终是通过运河运输,南下杭州。《琴结姻缘》讲述了白面书生夜里来教卜公子弹琴,卜公子弹败了家产,沿途讨饭到了江南苏州城,结识了烟云楼名妓凤仙,二人因琴相爱,后卜公子回乡祭祖,凤仙沿大运河乘船到徐州寻夫的故事。同样因为运河的南北沟通,让素不相识的男女结缘。《神针吴和尚》讲述了窑湾的吴家三少爷爱慕肖三娘，肖三娘却被迫另嫁他人，吴三少爷看破红尘出家为僧，跟随高僧学习针灸，十年后，乘船大运河，回到窑湾为百姓施针驱除瘟疫，消除人间疾苦。大运河的南北往来，促成了民间文化的南北融合传播，因大运河而结缘的还有《白蛇传》，在窑湾当地流传的《蛇精》的故事就是《白蛇传》沿大运河北上后经过口口相传，百姓传播再加工的成果。

三、大运河徐州段民间故事的传承价值

"把非物质文化遗产的保护传承和开发利用有机结合起来，实现中华文化的创造性转化和创新性发展"[1]，是习近平总书记高度重视的一件大事。在文化传承发展座谈会上，习总书记强调"让马克思主义成为中国的，中华优秀传统文化成为现代的，让经由'结合'而形成的新文化成为中国式现代化的文化形态"。[2]对于民间文学这一重要遗产，最主要的是传承和利用，通过老故事新讲法，深挖民间文学的历史、思想、文化的价值，使其在新时代的传承更具意义。

传承优秀文化，促进创新性发展。民间故事的内在价值是老故事传承新时代精神。运河民间故事对优秀传统文化的传承有以下几个方面：首先，代代相传的运河民间故事既在传承故

---

[1] 求是网《习近平总书记的非遗情结》，转引自人民网，http://politics.people.com.cn/n1/2021/0920/c1001-32232003.html，2021年9月20日。
[2] 习近平《在文化传承发展座谈会上的讲话》，载《求是》2023年第17期。

事本身，也在传承民族历史和文化，有教化和增强民族认同感的目的。其次，文学艺术是民族精神的载体，民族精神是文学艺术的呈现，运河民间故事是民间文艺重要的表现形式之一。最后，对运河两岸劳动人民生活习俗的依循，通过讲述老故事，必定会有意识地将本民族的历史、生活和文化传承下去。

实现文化创富，助力社会文明进步。运河民间故事中蕴含着极其多样的文化和经济潜力。运河民间故事本身就是一种文化资源，是人类共同创造并共享的精神密码，可以转化为优秀的文化资本。此类资源经创造性转化，可能实现创造收益和经济价值。运河民间故事不仅可以利用一定方式和手段，实现创造性转化、促进经济收益、提高经济发展效能，同时，其中的价值观、道德观、人生观又可以丰富百姓精神世界、提高民族素质，从而实现社会效益与经济效益双赢。

四、大运河徐州段民间故事的传承利用建议

大运河江苏段"历史久远、活力充沛、流域广大、内涵丰富、文化多元、遗产丰厚"[1]的特点，让其从文化资源发展水平、运河航路效率、相关城市经济体量上，在整个大运河中都具有无可争议的重要位置。而徐州段上承北京、山东段运河，下启江苏、浙江段运河，基于此，围绕大运河文化带建设，本文试图以大运河徐州段民间故事为切入点，对运河文化的传承

---

[1] 姚乐、王建《试论大运河江苏段的特性与文化带建设要点》，载《江南大学学报（人文社会科学版）》2019年第3期。

利用提出如下建议。

（一）拓宽传播渠道，扩大传播范围

网络自媒体的蓬勃发展，让信息的传播方法和路径灵活多样，更有助于民间故事传播方式的改变。目前，运河民间故事较多的传播渠道依然局限于印刷品（书籍等），这为运河民间故事留存了宝贵的历史资料，但这又是运河民间故事传承中所面临的局限。由于自媒体和网络的发展，新的传播媒介开辟了多种信息传播途径，使信息迅速、"复利式"倍增传播成为可能，使优秀民间故事被人们了解、熟悉并接受具备了优势和可能。

互联网的普及，让自媒体等新兴媒体技术下信息的传播状态与大众的日常生活密不可分。麦克卢汉"媒介是人的延伸"的观点也提示我们：利用新兴的自媒体传承运河民间故事，不断完善传播方式，以多元性的讲述形式渗入大众生活的方方面面，成为一种可能和必然。在时代飞速发展下，传统民间文学的口口相传模式难以为继，将民间故事通过短视频、影视剧、游戏等形式，转变为视觉传播模式，文字与图像相结合，利用互联网及电子媒体扩大运河民间文学的传播渠道，改变口头传授为转发、分享，积极运用新媒体技术拓宽传播广度和深度、开辟新的传承路径。在现今的"读图时代"，这种传播模式对于普通民众的吸引力是巨大的，相信充分运用网络环境下的各种信息媒体，以图、文、音等丰富形式，使之具备网络复利传播效能，让民间文学真正流传于民间。

其次，当传播渠道不仅仅局限于印刷品之后，利用高效传播手段能使运河民间故事的传播突破时空限制，实现成本低、传播广。网络自媒体使运河民间故事传播的时空维度变得不再局促，易于让运河民间故事的传播不再受限于运河两岸。此外，运河民间故事的时空维度，还将被网络自媒体重新组合，使运河民间故事不仅出现在印刷品的文字上，还能出现在更多渠道。由于网络自媒体的时效性和大数据的精准性特点，信息的传与达都将在短期内完成，运河民间故事的传播效率必将得到提高。

（二）培养文化认同，提升传承效能

网络自媒体作为新的传播方式，更利于打破时空限制，扩大运河民间故事的影响力，提升大众对传统民间文学的感知力，在传播大运河文化的同时，更利于弘扬大运河精神，增强文化凝聚力，提升民族认同感，形成普通人共识的文化自觉。

文化自觉，是对文化地位作用的深刻认识、对文化发展规律的正确把握、对发展文化历史责任的主要担当。[1] 由全民的"文化自觉"而形成的社会整体环境氛围，能有效保护与传承优秀文化。运河文化的保护与传承亟需实现这种"自觉"。我们必须承认，运用纸媒对运河民间故事的传播，是单向的、无反馈的。既不能谈感想，也无法说感受，更不能对运河民间故事进行再加工和补充。因而，让运河民间故事失去了发展的活力。建议运河文化传播应以民间故事为出发点，用新媒体丰富故事形式、老故事新人讲、老故事进校园等手段，营造浓厚的传承

---

[1] 云杉《关于文化自觉（上）》，载《党政论坛（干部文摘）》2011年第2期。

氛围。让大众了解到运河民间故事的文学价值和精神内涵,并能体会到对运河民间故事的保护和传承的重要性。

久经沧桑大运河,正日渐丧失其实际功用(运输),正慢慢远离大众的记忆,但是大运河对中国文化空间的构造,对文明的传播,却功不可没,影响深远。通过传播运河民间故事,在全社会形成大运河相关的人文精神,使大运河文化与精神的"被传承",变为民众集体有意识的主动行为。经过新媒体、传承人、教育工作者的甄选、解构、再传播的运河民间故事,拥有符合当下大众群体的精神审美。相通的精神审美,更易于人们在心理和情感上对运河民间故事接受和赞美,从而衍生出对大运河文化的认同和自豪,让运河民间故事及其精神内涵成为中华民族、全人类的文化遗产、文化资源。

(三)民间故事赋能,保护文化遗产

在运河民间文学的发掘中对民间故事进行保护,是对口传文学和华夏遗产的致礼。徐州从 1986 年开始,在全市范围内开展了大规模的民间文学普查、采录、整理、编辑,收集民间故事、歌谣、谚语 3000 余条,有近千个故事,涉及徐州山水桥梁、民俗地理、神话传说、人文知识等,在社会上产生较大影响,为传承徐州民间文化做出了积极努力,让具有地方文化特色的民间文学资料留得下,传得开。

徐州的国家级非遗项目数量相对江苏省内的苏州、扬州等地仍有不小的差距,因此,要着重梳理和探寻民间文化。《徐州市民间文学集成》出版于 20 世纪 90 年代,民间故事传讲人逐渐离世，许多经典民间故事几近散佚。因而建议广泛发动各级文化部门、高校及中小学的文学专家、学者，走到田间地头、群众身边开展田野调查，收集、整理并研究运河民间故事，让运河民间故事的传承在田野普查、文字记录、图片拍摄和音频视频等信息采集以及查阅大量历史资料的基础上，多维度、多向度、全方位、全景观地去展现徐州地区与大运河相关的民间文学的历史风貌与人文精神。此外，应联络文化部门，对特色鲜明的运河民间故事进行提炼、总结，开展非遗申报工作，为徐州的非遗项目添砖加瓦，促进徐州文化事业进步。

（四）挖掘文化资源，推动文化创富

现阶段，运河民间故事中蕴含着的文化资源还未完全开发，利用网络自媒体讲好大运河故事，其商业空间不可估量。发掘好运河民间故事中隐含的经济价值，进一步借助网络自媒体，把其中蕴含的文化资源激活成文化产业，缔造大运河新经济价值。

从受众角度看，运河民间故事衍生为文化产品，不仅能迎合消费者在民间文学、物质需要方面的追求，又利于运河民间故事在经济浪潮中接受市场检验，从而再次发展。通过网络自媒体，除了能挖掘出运河故事中的文化资源及价值，充分提炼运河文化、梳理运河文脉，让其在当下时代展现其作用，也可以选取时机同商业运作合作，为社会缔造经济价值。民间故事转化为文化产品，不仅利于为现实的文化产业创收，还是弘扬江苏文化、践行江苏精神的必经途径，助力江苏文化强省目标的跨越。

　　运河民间故事中蕴含了丰富的大运河文化和精神，以辛勤劳作、追求正义、善恶分明、乐于助人、亲仁善邻、民为邦本、自强不息的中华民族优秀品质为主基调，蕴含着丰厚的思想教育功能。在对运河民间故事进行整合、再创作、传播的过程中，还应深入挖掘运河民间故事中蕴含的教育价值，积极走进校园，促进民间故事在教育领域的转化，如精选民间故事等传统文学资源，将其改编为校园阅读教学资源，既能够通过校园阅读课程达到传播民间故事的目的，还能把民间故事蕴含的哲理、智慧根植于后代心中，逐渐向当下国家和社会的主流社会精神和价值观靠拢。

　　大运河不仅承载了优美风光、水利航运，更是中国历史文化传播的重要途径和载体。它目睹了沿岸的沧海桑田，拥有了精彩绝伦的乡土民俗，沟通了江南文化、楚汉文化、齐鲁文化、燕赵文化等不同内容的区域文化，闪耀着每座城市独有的文化符号和文化记忆，也滋养了沿岸人民共同的乡愁。对大运河衍生出的民间故事进行保护和再创造，创造经济价值的同时，将优秀的运河文化传承下去，挖掘好、开发好这座精神"富矿"，相信这必将是一条跨越时空的永载记忆的文化大河。

大运河民间文艺传承发展的地方探索实践

——以大运河聊城段为例

王友欣[*]

党的十八大以来,习近平总书记高度重视大运河文化的保护和传承,强调"大运河是祖先留给我们的宝贵遗产,是流动的文化,要统筹保护好、传承好、利用好"。聊城市是黄河与大运河唯一交汇地,形成了独具特色的黄河文化、运河文化,拥有着十分丰富的特色民间文化资源。为贯彻落实习近平总书记关于大运河的重要指示精神,近年来,聊城市打响"江北水城·两河明珠"城市品牌,扎实推进运河文化创造性转化、创新性发展,着力将大运河(聊城段)打造成"文化的河、流动的河、美丽的河、繁荣的河",大运河民间文艺传承发展实现有益探索,取得了一定经验。

---

[*] 王友欣,山东省聊城市文联办公室主任。

一、聊城与大运河的历史渊源

大运河（聊城段）自阳谷县张秋南五孔桥入聊城市，在临清市西北隅与卫河交汇，全长97.5公里，始凿于元世祖至元二十六年（1289）。为方便南粮北运，元政府决定开凿东平安山至临清的运河河道，上接济州河、下通卫河，《元史·世祖纪》记载："开魏博之渠，通江淮之运，古所未有，诏赐名会通河。"元明清时期，会通河承担着南粮北运以及南北经济文化交流的重要作用。特别是明清时期，聊城市凭借京杭大运河漕运之利，繁荣兴盛四百多年，成为鲁西平原的政治、经济、文化的枢纽，呈现"水陆交错、舟车辐辏，帆樯如林、百货如山"的景象，被誉为"漕挽之咽喉，天都之肘腋"。

聊城在大运河沿线城市中具有重要地位。"南有苏杭，北有临张"，是古人对京杭大运河沿岸四处著名商埠的描述，"临张"指的就是聊城的临清市和阳谷县张秋镇。明清时期的临清钞关，税收居运河八大钞关之首，曾被乾隆皇帝誉为"富庶甲齐郡"，目前临清还保存着最原始的元代运河河段、全国唯一存留的运河钞关以及原始风貌的中洲古城，在全国运河文化遗产中都极具代表性。阳谷县张秋镇有"小苏州"之称，清康熙年间的《张秋志》有"镇当南北孔道，水路要津，船舻云集，轮蹄纷沓，五方商贾辐辏"的记载。

千年大运河绵延3500多里，不仅带动了聊城经济的发展、城市的繁荣，依托运河的商贸、为官、求学、运输等带来的人口流动更是为聊城留下了众多历史遗迹和民间文艺。聊城不仅有"虽黄鹤、岳阳亦当望拜"的光岳楼、美轮美奂的山陕会馆、清代四大私人藏书楼之一的海源阁,以及全国著名的清真寺、舍利塔、鳌头矶、钞关等运河古迹,还传承和发展了张秋木版年画、东昌毛笔、东昌葫芦、东昌府木版年画、茌平剪纸、聊城八角鼓、山东快书等大批具有运河特色的民间文艺、民俗风情,彰显了聊城深厚的文化底蕴,聊城被评为国家历史文化名城、杂技艺术之乡、京剧艺术之乡、民间剪纸艺术之乡、民间书画艺术之乡[1]。这些依附于历史遗迹的传说故事和逸闻趣事,以及活跃在大运河聊城段百姓生活中的民间文学、民间手工艺、民间表演、民俗信仰等,共同构成了聊城民间文艺丰富多彩的文化谱系。运河带来的经济发展和文化兴盛,为民间文艺的发展提供了广阔的市场和舞台,营造出保护、发展、传承运河民间文艺的浓厚社会氛围。

二、聊城市运河文化和民间文艺的保护传承探索实践

聊城是大运河沿线的重要节点城市,是大运河申遗城市联盟35个成员之一。在党中央、国务院大力开展大运河国家文化公园建设的有利契机下,聊城市立足黄河、运河交汇优势,提出了"深度挖掘黄河、运河文化内涵和时代价值,全力打造'两河'交汇明珠城市"的目标任务,谋划建设"两园两带"(临清运河钞关核心展示园、临清元明大运河文卫交汇集中展示

---

[1] 赵宏磊、曹天伟《风从运河来——京杭大运河与聊城》,载《聊城日报》2019年10月21日第2版。

带、阳谷梯级船闸核心展示园、会通河集中展示带），串联起大运河沿线的历史文化和民间文艺，为运河文化和民间文艺提供了广阔的发展前景。

（一）高标准编制运河文化保护规划

政府在地方文化保护中具有重要责任，合理、完善的机制建设能够促进文化保护的有力有序开展。为更深入、持续、有效地推进运河文化保护，近年来，聊城市先后编制了《大运河遗产山东聊城段保护规划》《大运河国家文化公园（聊城段）建设保护方案》《关于保护传承弘扬黄河文化、运河文化助力聊城乡村振兴的实施方案》等规划和方案[1]，成立了工作专班，形成了协同机制，建立起运河文化长久保护、传承与利用的工作体系。加强与山东省相关规划方案对接，将山陕会馆景区历史街区改造提升、临清中洲古城钞关片区建设、水城旅游区（古城、东昌湖景区）创建国家 5A 级景区等重点项目纳入《大运河（山东段）文化和旅游融合发展实施方案》，在更高层面、更广角度推进大运河文化建设[2]。编制沿运河文化发展专项规划，如阳谷县出台大运河沿线《景阳冈景区扩建总体策划》专项规划，组建山东景阳冈文化旅游产业发展集团有限公司，充分整合阳谷特色的水浒文化、运河文化、红色文化等核心旅游资源，发展民俗游、风情游、文化游等旅游项目，引入传统民间艺术

---

[1] 胡梦飞、王雪莹《聊城大运河国家文化公园建设策略探究》，载《济宁学院学报》2022 年第 1 期。
[2] 刘亚杰《两城七镇百村一体，运河遗产串珠成链！聊城运河故事越来越精彩》，载《聊城晚报》2019 年 10 月 28 日第 2 版。

表演，有效推动了运河文化和民间文艺的传承发展。

（二）大力推动运河文化和民间文艺保护

聊城民间文艺琳琅满目、丰富多彩，培育有国家级非遗项目 12 项、省级 65 项、市级 261 项。如临清市的临清贡砖烧制技艺、山东快书，阳谷县的阳谷木雕、景阳冈陈酿酒传统酿造技艺，东昌府区的木版年画、泥塑、剪纸等，都是大运河文明孕育出来的文化瑰宝[1]。依托具有地方特色的非遗项目，打造内容丰富、形式新颖、互动体验性强的运河文化展示场所，探索开展黄河运河交汇带（聊城）文化生态保护实验区创建，目前建设有省级非遗生产性保护基地 5 处，市级非遗传习所 27 家、非遗工坊 48 个。国内第一座以运河文化为主题的大型专题博物馆——聊城中国运河文化博物馆，为运河的古老历史、民俗风情、民间文艺等内容搭建了全方位、多角度的展示平台。持续推动文化品牌建设，打造"山东手造·聊城有礼"品牌，对运河民间手工艺产品进行包装和提升，推出了一批具有运河特色、高品质的手造产品。如临清市推出临清贡砖、临清泥塑、老虎鞋等"山东手造 临清·尚礼"文创产品 30 余种，着力丰富运河主题民间文艺产品和服务供给。

（三）丰富运河主题民间文艺精品创作

新时代新形势下，聊城不断创新发展思路，围绕地方标志

---

[1] 李海龙、于浩《大数据背景下聊城运河文化带非物质文化遗产译介研究》，载《今古文创》2021 年第 35 期。

性、代表性文化符号，推出了一批展现运河文化和人民生产生活的优秀民间文艺作品，产生了积极的社会反响。聊城市豫剧院围绕大运河西岸"江北第一藏书楼"海源阁，编创大型山东梆子《海源阁》，该剧入选山东省第十二届文艺精品工程；围绕运河岸边成长起来的领导干部楷模孔繁森的感人事迹，创排了山东梆子《孔繁森》，入选庆祝中国共产党成立100周年山东省优秀奖展演剧目，并在第十二届山东文化艺术节大型优秀戏剧展演中荣获"优秀演员"奖[1]。深入挖掘运河沿线民间文艺资源，推动民间文艺进校园、进景区、进商场、进剧场活动，常态化举办"遇见·聊城"实景展示秀、"非遗小剧场"夜间曲艺秀非遗演艺活动，让运河文化融入生活、走进群众。如临清市打造以运河文化为内涵的临清宛园，举办以非遗和民间文艺展示体验为主题的活动项目，推动驾鼓、龙灯、面塑、京剧等活动项目亮相景区，供游客参观、体验、购买，增强了项目的体验性、娱乐性，丰富提升了景区文化内涵和业态，推动运河文化和民间文艺可见可感可亲。

（四）深化运河文化研究阐释和宣传推介

运河文化蕴含着丰富的民间哲学、民间美学和民间信仰，深入挖掘文化内涵，深刻理解文化逻辑，深情推广文化精神，具有重要的文化价值和社会价值。依托聊城大学成立的运河学研究院，加大运河文化研究阐释，出版了《中国运河文献集成》

---

[1] 聊城日报《深挖运河文化内涵 聊城让大运河音符"跳"动起来》，http://liaocheng.iqilu.com/lcminsheng/2023/0525/5435048.shtml，2023年5月25日。

《中国大运河蓝皮书：中国大运河发展报告》等著作 20 余部[1]。连续举办五届运河学论坛，承办山东省"千年运河·齐鲁华章"大运河国家文化公园文旅融合集中宣传活动，积极参与大运河沿线城市推广活动，全面展现聊城大运河文化保护和传承利用建设成果，有效提升大运河聊城段的文化影响力[2]。如推动国家级非遗项目"临清驾鼓"参展北京大运河博物馆开馆活动，释放"北京大运河博物馆里的聊城非遗声音"，不断扩大聊城运河文化影响力，讲好聊城运河文化故事。

三、聊城推进运河文化和民间文艺传承保护面临的困境

聊城积极探索运河文化和民间文艺发展的有效路径，在运河文化和民间文艺的保护传承方面取得了一些成绩，但在运河文化和民间文艺内涵挖掘、活化利用等方面还存在一些不足。

（一）运河文化和民间文艺资源挖掘不够深入

对运河文化资源缺少系统的梳理和深度挖掘，整体开发利用水平有待提高。运河文化资源在内涵挖掘、传播推介等方面不够深入，民间文艺资源开发力度不足。如阳谷的张秋木版年画虽然在当地受到热烈追捧并引起了强烈反响，但是其影响力、

---

[1] 吴欣主编《中国大运河发展报告》，社会科学文献出版社 2020 年。
[2] 《聊城：文旅兴市 擦亮"两河之约"文旅品牌》，载《中国旅游报》2023 年 1 月 2 日第 12 版。

知名度还始终比不上天津的杨柳青木版年画、四川的绵竹木版年画、苏州的桃花坞木版年画等。在山东范围内，潍坊的杨家埠木版年画已经成为山东对外宣传形象的有力品牌之一，曾获得了多项省级、国家级文艺大奖，相比之下，张秋木版年画的传承保护、宣传推介力度有所欠缺，没有形成较大规模的优势产业链。

（二）运河文化和民间文艺作品活化利用存在不足

当前，运河非遗和民间文艺的活化利用程度偏低，资源开发和展示手段相对单一，一些运河主题展览展示活动主要依托传统节假日，常态长效的宣传展示较少，展示频次相对较低，难以满足新时代下人民群众日益增长的精神文化生活需求，无法有效实现运河文化和民间文艺的传承和传播。运河文化和民间文艺要回归生活、走进生活，成为生活中的组成部分，需要创新活化利用思路，拓展新场景新路径新方向。

（三）专项资金和阵地建设投入不足

大运河（聊城段）拥有丰富多样的民间文艺，与之相对应的却是普遍缺乏整体性、系统性的运河文化主题民间文艺传播展示场所，综合性运河主题民间文艺传习基地、集聚区尚未建立。运河文化资源系统性、规模化发展程度较低，缺少有组织、有规模、有系统的宣传策划，专项资金不足，制约了运河文化和民间文艺的传播展示、品牌塑造。资源整合、政策扶持、阵地建设不到位，民间文艺传承发展缺少有力支持，发展后劲乏力。

四、聊城市运河文化和民间文艺传承保护的路径探讨

聊城市依水而建、因水而兴，具有"湖水相连，城湖相依，城在水中，水在城中"的独特水城风貌，大运河的深厚文化底蕴铸造了聊城"文旅兴市"的重要一笔。在全市大力推动运河文化高质量发展的有利契机下，聊城市应抓住大运河国家文化公园建设的战略机遇，进一步深化运河文化和民间文艺的活化利用，扩大聊城运河文化的知名度和影响力。

（一）做好顶层设计，为运河文化发展谋篇布局

一是坚持规划引领，完善大运河（聊城段）文化保护和发展的实施方案，明确聊城运河文化和民间文艺发展的总体要求、发展目标、主要任务等，为推进聊城市运河文化保护和民间文艺发展工作提供总抓手、制定任务书。二是对接国家重大机遇。把握大运河国家文化公园建设重大机遇，谋划建设一批沿运河重大项目，争取将更多的运河文化项目纳入国家和省级重点项目库、新旧动能转换项目库，纳入上级财政资金、政府债券和专项资金扶持范围，为运河文化和民间文艺传承保护提供坚实资金和政策支持[1]。三是做好沿运河区域民间文艺的开发利用，办好重点传统节日民俗活动，将民间文艺体验项目融入运河文化旅游、乡村旅游项目中，深化文旅融合创新发展。

---

[1] 卢丽媛《山东省黄河流域文化旅游产业经济高质量发展路径研究》，载《商业观察》2022 年第 12 期。

（二）打造运河主题民间文艺体验馆，为运河文化保护注入新活力

2023年以来，山东省创建了山东老字号暨非遗文化体验馆，通过"馆中馆"的形式入驻博物馆，更好地传承优秀传统文化。山东非遗文化体验馆项目为打造运河民间文艺传承创新平台提供了可资借鉴的发展思路。聊城可以结合自身资源禀赋打造运河民间文艺体验馆，让聊城运河流域的民间文艺"活"起来、"火"起来。一是在摸清民间文艺资源和场馆建设基本条件的基础上，对运河民间文艺体验馆进行深入的研究和论证，做到"人有我有"，更要做到"人有我强"，让聊城运河民间文艺体验馆的建设不仅规划合理，而且能够突出区域性运河文化特色。二是加大政策和资金支持力度，踔厉打造"一展馆一特色"的运河民间文艺展示体系，更生动鲜活地展现运河民间文艺魅力。三是全面梳理聊城市沿运河流域的文化资源，持续挖掘整理民间文学和传统美术、音乐、曲艺等民间文艺，收集关于运河文化的书籍、影像资料、实物访谈等材料，积极探索建设"运河民间文艺数字博物馆"，运用互联网平台和数字化的技术展示运河民间文艺资源，构建运河民间文艺资源公共数据平台。

（三）做好运河民间文艺内涵阐释

一是整合梳理聊城市运河流域的红色文化、重点保护文物、非遗、生态资源等，开展聊城运河老照片、故事传说、文人逸

事、特色美食等系列征集活动,通过摄影、短视频、书画展、新媒体营销等多种形式,进一步扩大聊城运河文化的知名度和影响力。二是组织文艺工作者围绕大运河文化开展创作,利用文艺作品生动反映运河文化的内涵,努力推出更多优秀民间文艺作品,助力打造"两河"交汇明珠城市。三是充分利用民间艺术展演、文博会、旅游商品交易会等诸多平台,举办运河文化旅游节、民间文艺活动体验展等丰富多彩的活动,为运河主题民间艺术搭建集展示、制作、体验、观赏、交易为一体的展示舞台,扩大民间文艺作品和产品的知名度,为民间文艺的发展注入生机与活力,让运河文化在新时代绽放新光彩[1]。四是加强运河民间文艺学术研究力度,鼓励高等院校、科研院所相关学者开展田野调查、理论阐释、案例分析,为学术研究和交流研讨提供机会和平台,以高质量学术成果指导实践。

五、结语

聊城运河文化历史悠久、资源丰富,保护好、传承好、弘扬好运河文化和民间文艺,是新时代聊城高质量发展的紧迫任务和光荣使命。要紧紧抓住大运河发展建设机遇期,深入实施"运河文化+"引擎工程,整合以运河文化和民间文艺为重点的特色文化资源,找准运河民间文艺保护传承的抓手,多措并举探索运河文化和民间文艺的创新性、科学性发展路径,让更多

---

[1] 屈小爽《旅游经济与生态环境耦合度及协同发展机制研究——以黄河流域省会城市为例》,载《生态经济》2022年第10期。

人认识运河文化，感受运河民间文艺的魅力，推动运河文化传承保护高质量发展。民间文艺表现民众生活，彰显文化底蕴，理解了聊城段运河文化和民间文艺，对于推进大运河文化带和大运河国家文化公园建设、引领文化一体化发展、建立文化自信和文化认同具有重要的启发意义和指导价值。

一部流动的记忆

梁祝传说在大运河文化带的发祥与流布

周静书 *

世界文化遗产中国大运河始建于春秋末期（公元前486年），为吴王夫差肇始。至隋代大业六年（610），以都城洛阳为中心开始大幅扩修，开凿1000公里通济渠，疏通邗沟，开通淮安至江都而入长江。向北开永济渠1100公里，从洛阳古黄河至涿郡（今北京），南凿江南河800余里，从镇江到余杭（今杭州），为600年后元朝京杭大运河进一步开通打下了基础。至元代，因定都北京，经地理学家郭守敬谋划，将隋代大运河截弯取直，保留永济渠河北段，开辟从山东德州经临清、聊城、济宁、微山湖，南下苏北，经扬州过长江，与江南运河联通，直达南端杭州，于1293年开通，形成了历史意义上的京杭大运河。它途经浙江、江苏、山东、河北四省及天津、北京两市，贯通海河、黄河、淮河、长江、钱塘江等五大水系，全长1794公里。2007年6月，我国为大运河申报世界文化遗产，将京杭

---

* 周静书，宁波市文联原巡视员，宁波大学兼职教授、硕士生导师。

大运河扩容为"中国大运河",连接历史上一直相通的曹娥江,从历史意义上贯通了浙东运河上虞、余姚、宁波段,还有隋唐大运河,在理论与实践意义上沟通了不同水系之间的水路交通,江河与人工塘河并行结合,复线运行,在中国大运河体系中呈现独一无二的地理特色。

历代形成的大运河对中国南北地区的经济、文化发展与交流,特别是对沿岸地区的文化交流起到了巨大的推动作用。从隋唐开始到元明清,把南方的文化带到了北方,北方的文化也迅速影响到了南方,实现了中华文化多元互补,多民族共融。这种文化交流局面,因大运河的逐代开通而大放异彩,使很多文化类型大飞跃大发展。如大运河哺育了《牛郎织女》《孟姜女哭长城》《梁山伯与祝英台》《白蛇传》四大民间传说等中华文化成果。本文试以梁祝文化为例,来观察中国古代四大民间传说之一的梁祝传说在浙东运河的发祥,又因大运河逐渐开通带来的文化交流便利,而不断走向祖国大江南北。

一、梁祝传说在浙东运河发祥

据已有史料考证,梁祝传说发端于东晋末,比隋代大运河开通早得多,而浙东运河以自然江河为主,人工塘河为辅,早已形成上千年。梁祝传说是中国最具盛名的民间传说,在全国每一个地区每一个民族普遍传播,在世界各地具有广泛的影响,它是中华民族共同创造的标志性民间文化,但它首先发祥于浙东运河一带。现今发现的最早梁祝故事文字记载,是清人引用

的唐代张读的《宣室志》。全文如下:

> 英台,上虞祝氏女,伪为男装游学,与会稽梁山伯者,同肄业。山伯,字处仁。祝先归。二年,山伯访友,方知其为女子,怅然如有所失。其告父母求聘,而祝已字(事)马氏子矣。山伯后为鄞令,病死,葬鄮城西。祝适马氏,舟过墓所,风涛不能进。问知有山伯墓,祝登号恸,地忽自裂陷,祝氏遂并埋焉。晋丞相谢安奏表其墓曰:"义妇冢。"[1]

这段文字目前被公认为至今发现的最早叙述"梁祝故事"的记载,在这里,梁祝传说的"同装、同窗、同葬"的主体情节已得到比较完整的体现。故事人物的活动地点也很清楚:"上虞""会稽(今绍、甬一带)""鄮"(鄮州)"鄮城西(今宁波城西)",都在浙东运河边上,时间是"东晋"。这里还没有指明读书地点。而更完整和次早的梁祝传说则发现在北宋大观元年(1107)明州知府李茂诚写的《义忠王庙记》,又名《梁山伯庙记》[2],文中点明了梁祝读书地:"尝从名师过钱塘",过了钱塘江即读书地点是杭州。祝英台嫁马家地点是"鄮城廊头马家"(今宁波西),梁祝合葬地为"鄮西清道源九龙墟"(今宁波梁祝文化园所在地)。此文传说主体情节与张读《宣室志》记载的没有大变化,而细节更丰满,地域更清楚,被历代认为是最完整的

---

[1] 《民俗》1930年第93、94、95期合刊,第13页。
[2] 周静书主编《梁祝文化大观》故事歌谣卷,中华书局1999年,第289—290页。

早期梁祝传说文字记载。

由此基本构成了梁祝传说发生在浙东运河一带的地理图。绍兴、宁波两地是梁祝传说人物的产生地；结识、同窗、访友、逼嫁、合葬的故事情节都发生在浙东运河边上，包括杭州的三地。而且传说人物的基本交通工具是"舟"，《宣室志》说"舟过墓所，风涛不能进"，《义忠王庙记》说"负笈担簦渡航"，说明梁山伯与祝英台最初相遇是在过钱塘江的船上，并非后来传说的"草桥"。"祝适马氏，乘流西来，波涛勃兴，舟航萦回莫进。"祝英台是在浙东运河上乘船出嫁的。

由此可见，梁祝传说中人物是浙东运河边上人，即在上虞、鄞、鄮等会稽郡境内。故明代学者徐树丕在《识小录》中评说："梁祝事异矣，《金楼子》及《会稽异闻》皆载之。"将梁祝故事框定在《会稽异闻》地域概念。而《金楼子》成书距梁祝故事发生仅100多年时间。梁祝传说故事情节演化，在"上虞""钱塘""鄮""鄮城西"和"九龙墟"等浙东运河和沿岸地域，而梁祝人物交集基本方式竟是用"舟"行走在浙东运河地理生态环境中，所以，梁祝传说发祥于浙东运河一带。如今宁波仍保存着梁祝晋代古墓、梁山伯庙和姚江九龙墟遗址，绍兴上虞有祝家庄古址，杭州有读书处遗迹及纪念地万松书院。

需要特别申明的是，这个流传千载的典型梁祝传说，从东晋时公元373年左右发生至南宋咸淳年间（1268）《毗陵志》问世的800多年中，全国其他地方至今没有发现有故事情节的梁祝传说记载。虽然各地说发现了与之相关的人名、地名，但如果单凭"英台""英台堰"这类人名、地名等只字片语记载来证明其发源，即使有，亦实在不足以为凭。即使最初出现在宜兴《毗陵志》中的梁祝故事记载，其传说主体仍是浙东运河上发生的梁祝故事。至于后来元明清时期流传的各地梁祝传说地点变异，情节多姿，风貌各异，这是毫不足奇的，也正是民间传说传播中异化的普遍规律，这同时印证了中国大运河通航带来的文化交流发展加速的历史。但千百年来，一个铁的事实是，梁祝传说的经典主题和典型情节，仍是浙东运河上产生的梁祝传说，这是全国各地各民族共同喜爱的经典梁祝！

梁祝传说因大运河畅通而传播辐射。现代梁祝研究先驱钱南扬先生曾在20世纪20年代发表了《祝英台故事叙论》一文，对梁祝"故事流布"做过很精辟的论述。他列举了浙江、江苏、安徽、山东、河北及甘肃等六省八处梁祝传说遗迹后，分析认为："看它从浙江向北，而江苏安徽，而山东，而河北，折而向西，到甘肃。"[1] 从钱南扬先生的论断中，我们不难发现，钱先生描述的梁祝传播路线，正与大运河南北走向主轴高度吻合。在这里，我们可以清晰地看到梁祝传说从浙东运河向全国传播的详细路径：梁祝传说从浙东运河产生，沿着京杭大运河一路向北，途经目前梁祝文化重点传播地江苏、安徽、河南、山东、河北，折而向西，在四川、重庆及甘肃等地持续流传，又从大运河沿线两岸向全国内地辐射，形成了如今国内众多的梁祝传说圈。本文下面重点简述沿大运河及贯通各水系的宜兴、淮安舒城、济宁、汝南、河间、铜梁和清水等地的梁祝文化流布情况。

---

[1] 《民俗》1930年第93、94、95期合刊，第19页。

二、梁祝传说在江苏运河段传播

目前我们看到的梁祝传说较早的是传到紧邻浙江西北的江苏宜兴。从零星史料中，我们看到转引的唐代梁载言著《十道志》记载："善卷山南，上有石刻，曰祝英台读书处。"这是宜兴最早涉及梁祝的古迹记载，《十道志》成书时间大约在公元684年左右，距梁祝故事发生约300年时间，但这里只记录古迹，还没有梁祝故事情节。如果这个记载确切的话，从石刻古迹"祝英台读书处"来看，可以推论梁祝传说在当时宜兴民间已经流传了。

我们今天能看到较早可靠的宜兴梁祝记载是南宋（1268）《咸淳毗陵志》中文字：

> 祝陵，在善权山。岩前有巨石刻，云："祝英台读书处"，号"碧鲜庵"。昔有诗云："蝴蝶满园飞不见，碧鲜空有读书坛"。俗传英台本女子，幼与梁山伯共学，后化为蝶。其说类诞。然考寺记，谓齐武帝赎英台旧产建，意必有人第，恐非女子耳。[1]

这段文字有"共学"和"化为蝶"的梁祝故事情节，说明当时宜兴一带民间已广泛流传梁祝了。《咸淳毗陵志》是我国古代著名的方志，而这部方志的编成者竟是时任常州知州的宁波人史能之。史能之系鄞县史氏世家史弥巩之子，淳祐元年进

---

[1] 周静书主编《梁祝文化大观》故事歌谣卷，中华书局1999年，第292页。

士,博学才俊,谙熟史志乡风,考据严谨。可能对家乡浙东的梁祝耳熟能详,撰这段文字时触景生情,这简洁的记述,或许仍是宁波梁祝的记忆。后在明代《宜兴县志》也有类似梁祝文字记载。

值得一提的是,明代冯梦龙的两部作品也记载了梁祝故事。他在《情史类略》中讲祝英台籍贯是"祝家上虞"[1],而在《古今小说》中则说祝英台是"常州义兴人氏"[2],梁山伯是"苏州人氏",读书处则是"余杭"(今浙江杭州),说明在文人创作与民间传说交替中,梁祝故事人物地点在发生不断变异。至清代《光绪宜兴荆溪县新志》,其中宜兴人邵金彪撰的《祝英台小传》[3],整体仍是浙东运河的梁祝传说。

清康熙年间的《仙踪记略》记述梁山伯是"吴郡江苏"人,祝英台是"国山"(今宜兴)人,但后"梁为鄞县令","葬四明山下"[4],说明宜兴流传的梁祝仍脱胎于浙东运河上的梁祝传说,而时间上大大迟于浙东,只是人物籍贯变换了。现当代宜兴有很多的梁祝传说,主体情节没有大的变化,只是人物的籍贯、活动地点基本上移到了宜兴境内,连"苏州"也没有了。宜兴如今还有善卷洞、英台阁和梁祝琴剑之冢等古迹遗址。

梁祝传说在大运河经过江苏扬州的江都,也是一个重要的

---

[1] (明)冯梦龙《情史》(《情史类略》),芥子园藏本。
[2] 周静书主编《梁祝文化大观》故事歌谣卷,中华书局1999年,第287—289页。
[3] (清)俞樾撰,贞凡、顾馨、徐敏霞点校《茶香室丛钞》,中华书局1995年,第1526—1528页。
[4] (清)张鹤《仙踪记略》(续录)卷下"梁山伯祝英台条",光绪七年(1881)刻本,第136页。

传播节点。清代扬州学者焦循在《剧说》中提道:"吾郡(甘泉,今属江都)城北槐子河旁有高土,也呼为祝英台坟。"[1] 钱南扬先生在《祝英台故事叙论》中也列举了梁祝遗迹:"江苏江都(墓)。"全国各地梁祝传说遗迹达几十处,凡古代有建梁祝纪念性建筑的地方,梁祝传说必定盛传。虽然至今江都没有收集到具体的传说,这里"祝英台坟"也历经沧桑,已无踪迹,但曾经有过的梁祝遗迹,仍抹不去梁祝广为传颂的历史轨迹。

明清之际,梁祝在浙江至江苏流传过程中互为交替,相互融合,但主体仍是浙东运河梁祝传说的原型。

大运河穿越长江至江北,梁祝传说在江苏淮安传播。2023年11月,我们在淮安洪泽湖区考察,由夏宝国先生引荐,岔河镇高锦标先生向我提供了淮安梁祝传播的信息。在淮安白马湖畔岔河镇原河桥镇(后改名胡桥村),今为前进村郭庄组境内,曾有一座梁祝大墓,墓址在古乾宁河河心。古乾宁河向北直达古浔河,向东与十里长河交汇,向南可达草泽河,两河向东进入白马湖,从水道可直抵京杭大运河。古乾宁河流经古胡桥镇内时,河面陡然变宽,河心突兀起一方高大土丘,来往船只从两边月牙形的河道通过。整个高丘占地约2亩左右,这就是当地人口口相传的梁祝大墓。据他们描述,这大墓四季花草繁盛,花色黄白相间,黄色若彩蝶,白色若星辰,蝶飞蜂舞,远远望去,分不清花与蝶。一直保存到20世纪90年代。1995年,当地统筹规划低产田改造,乾宁河被填平,梁祝墓夷为粮田。据

---

[1]《民俗》1930年第93、94、95期合刊,第18页。

说梁祝墓没有遭到挖掘。

梁祝传说在当地流传，有它的地域环境存在。白马湖边有梁王庄，传为隋代梁王封地。淮安是大运河漕运中心，梁王负责粮食储存与调运。后梁王后裔为避难，易姓埋名，以封号为姓，改姓"梁"，退居老庄台，后世称此地为"梁王庄"，但如今，梁姓人已不在此处居住。与梁王庄隔一条古浔河有个祝桥村，四面环水，一桥连接外界。因当地祝姓大户人家出资建造这座吊桥，故命名为"祝桥"，地名也由此称为祝桥庄台。但此地也已无祝姓人家。

古胡桥镇境内有个村叫马圩，与梁王庄、祝桥相距20里左右，至今仍有很多马氏后裔居住，毗邻梁祝大墓。

梁祝传说在淮安地区广泛流传，梁祝求学在胡桥镇，梁祝合葬也在胡桥镇。尽管他们也是版本不一，但与这里的地理环境和深厚历史积淀相印证。岔河镇西南有多处汉代古墓葬，表明曾是淮安西南地区经济、文化兴盛地。梁祝传说也因运河畅通，传到洪泽湖地区，并与当地的民俗风情和村落生态相融合，衍生了独特的梁祝文化。

梁祝文化在江淮宿迁传播，除了《祝英台传说》外，还有柳琴戏《梁山伯与祝英台》、泗州戏《梁祝》在传承，在群众文化活动中多是演折子戏《十八相送》等。

三、梁祝传说由运河入长江传播至安徽

安徽与江苏一样，紧邻浙江，其中六安市舒城几百年来盛

传梁祝。舒城地处江淮之间，水系与大运河相通。近百万人口中，梁祝二姓占了相当比重。而当地有多处祝家庄、梁家庄，如南港祝家庄、干镇泉水堰祝家庄、南港向山梁家庄，还有鹿起山马家庄（南马）、官塘马家（北马）等地名。在舒城曾有两座古老的书院，一座是花梨山上的"梨山书院"，另一座是春秋山上的"春秋学堂"，这些地理人文环境为梁祝传说传播提供了有利的文化生态条件。

  舒城流传的梁祝传说，明显传承了浙东运河边上的梁祝。如舒城的《金童玉女下凡》，与宁波流传的《金童玉女下凡记》的梁祝出世的传说如出一辙；《祝英台传奇》中扮妆求学时"姑嫂打赌"情节，访祝、同窗读书等情节，与宁波、杭州、绍兴的传说基本类似。还有舒城流传的《梁山伯与祝英台的传说》讲到梁山伯学成后，当上了县令，"鞠躬尽瘁，勤政为民""清正廉洁，爱民如子"，组织民众救灾抗旱，"修塘筑坝，疏通河道"，最后累倒在任上，这简直是宁波鄞县"梁山伯清官传说"的翻版。甚至梁山伯殉职的年龄，终年只有"21岁"，与鄞县令梁山伯也不差分毫。[1]

  因此，舒城流传的梁祝传说与浙东运河产生的梁祝在主题思想、主体情节和主要人物上，基本上没有大的变化，其主要变化在于人物籍贯、故事发生地点完全移到了舒城区域范围，并且结合了当地的风俗习惯、文化心理和自然环境，衍生了丰富的故事细节，使舒城的梁祝传说显得别有风姿，具有特有的

---

[1] 龙舒诗词学会编《梁祝文化在舒城》，作家出版社2006年，第78—90页。

引人魅力。

舒城的梁祝文化传播，除了民间传说外，还在于产生了众多具有浓郁地方特色的民间歌谣、曲艺、戏剧等。如《龙舒小调唱梁祝》《龙舒十二月小调》、民间歌谣《十二月花名唱梁祝》《赞梨山书院》等；民间曲艺龙舒大鼓《牡丹仙子祝英台》、龙舒胡琴书《梁祝》等；更有民间戏曲庐剧《山伯闯帘》《梁祝闯帘》等。还有历代的诗词歌赋。因此安徽舒城是国内梁祝传说的重要传播地，梁祝文化因广大民众的深深喜爱而繁盛发展。但由于旧时代封建传统观念的影响，因梁祝传说冲破旧道德婚恋自主，突破了"父母之命，媒妁之言"的旧礼教，舒城一些地方乡风习俗中认为，这有辱祖颜而被禁止传唱。有的甚至戏班子来演梁祝戏时，发生了砸场子、伤演员的过激行为，致使梁祝在部分地区传播被严重抑制。但舒城大多地区以及安徽一带还是广泛传播梁祝文化，如黄梅戏《梁祝》，就是安徽的响亮文化名片。

大运河经长江，沿长江向西南至重庆合川、铜梁，那里也是梁祝传说的传播圈。史载合川曾有梁祝的墓及碑，但今天的合川区域内尚未发现。而今我们考察紧邻的铜梁区曾有过梁山庙和祝英寺等多处遗迹，如今梁山庙已毁，尚留有一口古井；祝英寺现改作祝英小学。清代《铜梁志》对此有记载。历史上合川曾管辖铜梁，统称合川，这梁祝墓可能原在铜梁。如今铜梁区全德镇祝英村仍流传着梁祝传说。

四、梁祝传说在山东运河段传播

山东济宁是历史上大运河北上沿岸的重要城市,是运河文化的汇集地,也是梁祝传说的重要传播圈。从古籍方志记载中来看,明代万历三十九年(1611),胡继修《邹志·卷二墓陵》曰:唐代有"梁山伯祝英台墓(在吴桥)",[1] 这个记载如确实,至少说明唐代在济宁一带已有梁祝传说传播了,但至今未有实据可以证实,而且济宁古籍和地方志也没有唐时的梁祝故事记载。现今发现的有梁祝故事记载的是,明正德十一年(1516)刻立的济宁邹县《梁山伯祝英台墓记》碑。1952年当地修浚白马河时被发现,1975年民间为保护古碑将它埋入了地下,2003年10月当地文物部门发掘出并予以保存。

邹县(现为微山县马坡乡)的《梁山伯祝英台墓记》共843字,正文756字[2]。开头曰"《外纪》二氏出处弗详",说明当时这里梁祝传说还未与当地地名挂上钩,而梁祝传说是"访诸故老传闻",说明碑记中梁祝故事是根据民间传说整理的。祝英台是富家独女,因为体恤父亲无子读书登科而叹息,于是"变笄易服,冒为子弟",与梁山伯"昼则同窗,夜则同寝,三年衣不解"。祝英台先归,邀山伯去访,"英台肃整女仪出见"。后山伯病故,祝英台为保许婚贞节,悲伤而死。乡人"谓其令节,从葬山伯之墓,以遂生前之愿"。这里的梁祝传说主体情节"女扮男装""三载同窗""死后合葬",与浙东运河的梁祝传

---

[1] 路晓农《梁祝的起源与流变》,东南大学出版社2014年,第331页。
[2] 周静书、施孝峰《梁祝文化论》,人民出版社2010年,第43—45页。

说基本相同，只是思想内容上有所变异，祝英台是为孝顺父亲，"可振门风，以谢亲忧"去读书的，对梁山伯忠贞不渝是坚守"心许为婚"，不易"初心"，但又"无父母之命，媒妁之言"，就只能"舍身取义"。这也反映了孔孟之乡济宁民间浓厚的儒家思想心理，从孝善节，守信重义。但从传说的细节上看还是显现了浙东运河梁祝的印迹，如宁波北宋《义忠王庙记》载：祝英台读书"负笈担簦"，济宁邹县碑记曰："从者负笈"；宁波庙记载："英台嫁鄮西廊头马家"，济宁邹县碑曰："西庄富室马郎"；宁波梁山伯墓在高桥东面，济宁邹县碑记说："山伯葬于吴桥迤（以）东"，实际上邹县原梁山伯墓是在吴桥西面，而且是当地梁氏祖坟群葬之地；传说中两地合葬"阴配"风俗也惊人相似，都因为梁祝两人生前相爱，忠贞不渝，亲人乡里将他们合葬成礼。因此，济宁的梁祝传说是浙东运河梁祝原型衍生传承的结果，那里至明代才兴盛起来，我们推测自元代大运河"截弯取直"贯通京城后，加速了运河沿岸文化交流。济宁的梁祝至早还是从元代传过去、发展起来的。因此济宁一带无论是梁祝墓，明代重修墓碑记，还是邹城峄山书院、梁祝读书洞及梁祝泉等梁祝传说遗迹，基本上是明清时代的产物。梁、祝、马姓氏在当地也有居住村落或聚居地，这在各地是再常见不过的现象，在民间传说中往往就近旁指，这也是口耳相传的基本规律。至于济宁的梁祝传说，也有把它说成春秋时期或汉代的民间传说，那太缺乏历史依据了，按现今资料查证记载，梁祝传说最早发生时间是在晋代，没有更早的证据。

据我们实地考察，山东济宁除了有梁祝传说流传外，还有民间歌谣《梁祝》、曲艺山东琴书《梁祝下山》、戏曲《隔帘会》等。梁、祝、马也存在互不通婚的民间习俗。

五、梁祝传说沿运河入淮河传播

大运河经江苏江都、淮阴与淮河相交，穿洪泽湖向西南通向河南汝南。河南一带梁祝传说兴盛，尤其是驻马店的汝南，是梁祝文化的重要传播圈。汝南的梁祝传说及古迹，在早期古籍中记载甚少，在明清时期出现了一批民间传说、歌谣、曲艺、戏剧后，河南及汝南才兴起梁祝文化。因为这些文艺样式中梁祝出现了河南一些地名，如开封府、洛阳等举国皆知的古都，因此纷纷把梁祝传说人物指向了河南各地。特别在汝南有朱董庄、梁岗、马乡等地名，更把梁祝故事串联在一起。汝南的梁祝为什么兴起较晚，我想与运河水系交通僻远有关，它从大运河由南到北，经洪泽湖入淮河，向西长距离间接进入汝南一带。故我们遍查当地相关古籍和地方志，也只查到清代以后的记载，当然梁祝传说在民间可能已经较早流传，梁祝歌谣和戏曲也早已在那里传唱了，但它明显不会太早，否则当地方志与古籍也是会有记录的文字，不可能没有影踪。

汝南的梁祝传说认为，故事发生在西晋，但至今全国没有发现早期古籍有记载西晋梁祝传说的，看来也只能作为民间的地方说法。中原地带历史悠久，文化积淀深厚，梁祝传说中把梁祝同窗读书地点指认在红罗山书院。红罗山说它是山，也不过是十几米高的土坡，这书院原为报恩寺，因山似高台，又称台子寺，其历史甚至可追溯到商周时期。我去实地考察时，院旁尚存一棵躯干枯死的银杏树，其生长年限也已达1000多年，当地人随手一指，称为梁祝所植。门前有一口井，也叫梁祝井，正因为中州汝南历史文化底气足，难怪他们把梁祝故事发生时代随口一传到西晋。民间传说中多有时代概念模糊性、随变性的特性。

汝南与浙东运河的梁祝传说大同小异，如女扮男装、三载同窗、十八相送等。明显的区别是汝南称祝英台为"朱英台"，所以她的家乡是朱董庄。当地人告诉我，河南语音"祝"与"朱"难分，故传成"朱英台"了，而从全国梁祝传说来考察，"祝英台"是大众所传，称"朱英台"显然是小众了。同样还有如"草桥结拜"，汝南梁祝传说是"曹桥结拜"，因为语音上也是"草"与"曹"难辨，再说他们那里是有一座曹桥，我去考察时已是一座水泥小桥了，周边长满了青草，他们说也可以称为"草桥"。

汝南现存的是马乡两座梁祝大墓，位置在沿中原古道两边，梁山伯、祝英台各自一墓，我过去论文中一直引用为"梁祝双墓"。但近几年陆续发现一些资料表明，这里原为两孝女墓。最早是一位河南籍的教授告诉我，他从小在那里长大，小时看到的是两孝女墓，现在被改成梁祝墓了。后发现康熙《汝阳县志》、嘉庆《汝宁府志》及民国《重修汝南县志》记载都证实是明代二孝女墓。特别是《重修汝南县志》卷首、古迹名胜摄影刊载着二孝女墓照片，就在这个位置，而且志中古迹名胜摄影中唯独没有"梁祝双墓"，这实在不可思议。由此可推测，现在的梁祝双墓是近几十年才出现的。路晓农先生著的《"梁祝"的起源与流变》一书中，也对此做了具体考证，[1] 在此不再赘引。

尽管这样，但不可否认，河南汝南的梁祝文化是兴盛的，这里不仅有一定数量的梁祝传说、梁祝歌谣，而且还有河南坠子《梁山伯与祝英台》、豫东琴书《梁祝姻缘》、鼓词《梁山伯下山》、大调曲子《梁祝》、三弦书《英台辞学》，以及众多的豫剧《梁祝》。这些作品里蕴含了河南丰富的文化元素和风土人情，如"梁祝指腹为婚""梁祝幼学""祝母赖婚"等，进一步丰富了梁祝传说的多样性发展。

六、梁祝传说在大运河河北段及其他地区传播

大运河穿越黄河北上，历史上在河北河间有梁祝传说遗迹。清代焦循引刘一清《钱塘遗事》云："林镇属河间府，有梁山伯祝英台墓。"[2] 作者将它归入"钱塘遗事"来述说，说明出处在浙江。钱南扬先生也将它列入梁祝遗迹之一："河北河间（林镇墓）。"日本梁祝研究学者渡边明次先生曾寻访到河间，发现有一个"梁家村镇"，但没有找到梁祝墓遗迹。当地人和文化局负责人告诉他说，河间有梁祝的传说，但没有发现梁祝墓遗存。[3]

在古代史志中，我们发现河北有不少梁祝的记载。如明嘉靖《正定府志》卷之七古迹，"吴桥古冢"条载："在元氏南佐

---

[1] 路晓农《"梁祝"的起源与流变》，东南大学出版社 2014 年，第 340—341 页。
[2] 《民俗》1930 年第 93、94、95 期合刊，第 17 页。
[3] ［日］渡边明次《梁祝故事真实性初探》，日本侨报社 2006 年，第 35—37 页。

村西北,桥南西塔有古冢,山水涨溢冲激,略不骞移,若有阴为封拥者。相传为梁山伯墓,不然,必有异人所藏蜕骨也。"[1] 明崇祯《重修元氏县志》也沿袭记载,称"相传为梁山伯祝英台氏之墓"。此外,清康熙《古今图书集成》、清乾隆《元氏县志》、清同治《元氏县志》也有类似记载,只不过是否存在梁祝古墓,争议不一。但至少可以证明,明清时期,河北正定元氏那里,梁祝传说已广为传播,不然人们不会说"相传为梁山伯墓",并载之于方志。《梁祝的传说》一书也收编了河北流传的梁祝传说。[2]

在大运河流经地区湖北、河北,有两个全国闻名的故事村。一个是湖北丹江口的伍家沟村,这里世代传颂着优美的梁祝传说,我在《梁祝的传说》一书中编入了著名故事家葛朝南讲述的《梁祝的传说》,其中"祝英台打赌",红绫不是通常说的埋在土里,而是压在又脏又臭的"猪槽"里,来显示红绫不腐不烂的"贞洁"。整个故事主干完整,枝叶丰茂、人物鲜活,富有浓厚的乡土风味。

另一个是河北耿村,流传着不少梁祝片段传说,如《兰桥断》说梁祝是金童玉女下凡,这是浙东运河梁祝前世传说的翻版,梁山伯与祝英台下凡后投河殉情转世俗人。梁祝反抗封建礼教,最后祝英台变成了蚕,梁山伯变成了老桑树,蚕整天在桑树上吃叶吐丝,永不分离。这在梁祝传说中也是比较独特的,可能与当地蚕桑农事风俗有关。

---

[1] (明)唐臣、孙续修,雷礼纂明嘉靖《正定府志》卷之七·古迹。
[2] 周静书主编《梁祝文化大观》故事歌谣卷,中华书局1999年,第291—292页。

大运河北上折而向西,经黄河,梁祝传到甘肃清水。清代《清水县志》原记载有梁祝墓及传说故事:

> 祝氏,讳英台,五代梁时人也。少有大志学儒业,为男子饰,与里人梁山伯游,同窗三年,伯不知其女郎。祝心许伯,伯也无他娶。及学成归家,父母已纳马氏聘矣。祝志唯在伯。伯闻而访之,不得而悉卒,窆邽山之麓。祝当于归,道经墓侧,乃以拜辞为名,默祷以诚,墓门忽开,祝即投入,墓复合。[1]

清水流传的梁祝仍是浙东运河上的梁祝,祝英台"为男子饰","同窗三年,伯不知其女郎","父母已纳马氏聘矣"。"道经墓侧,墓门忽开,祝即投入,墓复合。"这明显带着最早浙东梁祝传说的影子,只是时间是"五代梁时",地点在邽山之麓。推论梁祝传说在五代十国以后才流传到甘肃清水。那里流传的梁祝故事多重在结局,如《祝英台投墓殉情》与宁波梁祝殉情表述基本相似。只是清水的梁祝殉情后,分别化为红烟和绿烟融合在一起。这样表述的景象或许是全国梁祝传说中唯一的。

在大运河流域及贯通的长江、黄河、淮河等水系区域,梁祝传说几乎无处不在,梁祝遗迹也不止上述所叙,还有江苏南京高淳、山东曲阜、胶州等地。

中国大运河作为中华文化之河,在千年历史上为各地各民族的文化交流与发展做出了巨大的贡献,梁祝传说的流布是其

---

[1] 周静书主编《梁祝文化大观》故事歌谣卷,中华书局1999年,第291—292页。

中的显例。综上所述，我们根据梁祝传说历代古籍文献记载的时间先后来描述传播路线：梁祝传说最早在浙东运河发祥，并在区域内流传了数百年后，借助各个历史时期大运河陆续拓浚贯通，特别是经隋代、元代的大幅度疏通，梁祝传说沿京杭大运河北上过太湖，到江苏宜兴、淮安，顺长江向西南至安徽舒城，直至重庆合川、铜梁。继续向北到南京，越长江至扬州江都一带，穿洪泽湖，入淮河，向西至河南汝南。又从大运河北上跨淮河，经山东微山湖，至济宁邹县、曲阜一带。沿黄河向西达甘肃清水。越黄河向北至河北河间一带，使梁祝传说在一些重要的传播圈落地生根，衍生了一大批梁祝读书处、梁祝墓等梁祝遗迹，致使梁祝到处是家，四处有故里。这正是梁祝传说的文化魅力所在，正是一种优秀传统文化强大生命力的生动体现。

梁祝传说源于人民的生活，又高于真实的生活。通过中国大运河的便利交通传播交流，人民大众以深深喜爱的热情不断口耳相传，将当地的民俗信仰、风土人情融合创造，使梁祝传说的情节日益丰富、故事日益生动、流布日益广泛，铸成了具有民族风格、中国气派、举世闻名的千古经典。梁祝传说又经过历代歌谣、曲艺、戏曲以及现代的电影、音乐、电视、舞蹈等艺术形式的不断创新与传播，风靡全国，走向世界，遨游太空。梁祝传说是中华民族共同创造的文化瑰宝，梁祝文化是中华优秀传统文化的一座高峰。

流动的大运河文化

——世界灌溉工程遗产它山堰的时空维度[*]

陈爱国[**]

一、引言：民间文化的时空脉络

民间文化伴随着历史的推进在不断演变，民间传说亦是如此。民俗学家、历史学家顾颉刚先生的《孟姜女故事的转变》（1924年）在学界被认为是民间传说研究的一大经典。顾颉刚将孟姜女传说的源流追溯到《左传》所记载的杞梁之妻的故事，发现这一文本在战国时演变为杞梁妻子迎柩哀哭，至西汉时嬗变为哭城，到唐朝才蜕变为"秦人"哭长城，[1] 由此顾颉刚强调

---

[*] 基金项目：本文系教育部人文社会科学研究青年基金项目"知识、组织与利益：云南洱海水环境治理的公众参与机制研究"（项目编号：18YJC840002）阶段性成果。
[**] 陈爱国，上海交通大学人文学院副教授。
[1] 顾颉刚《孟姜女故事的转变》，王霄冰、黄媛选编《顾颉刚中山大学时期民俗学论集》，中山大学出版社2018年，第3—19页。

这一传说在各个时期因社会语境制约而不断受到重构的事实。在本次调研活动期间（2022年8月25日—9月1日），我们能再次确认到民间传说的演变历程，例如就梁祝传说而言，绍兴、宁波地区的主人公梁祝实现了时间层面的穿越，被认为是东晋时期人物的梁祝来到了改建于明代的万松书院（杭州）同窗三年，显然这不符合一般逻辑，但在民间传说的领域，附会、叠加、穿越是最为常见的现象，更是我们很有兴致也颇为必要探讨的问题。比如说，谁让他们实现了时间的穿越？按照杭州万松书院的当代解说，让梁祝传说与杭州以及万松书院建立关联的人物分别是北宋徽宗大观年间的明州知事李茂诚（《义忠王庙记》）以及清初剧作家李渔。因此，我们可以通过相关文献的收集与梳理来探讨大运河沿岸民间传说的历史演变历程，这也包括宁波市鄞江镇它山堰"（唐代县令）王元暐与十兄弟大义修堰"（833年）的史实及其传说的历史演变。比如说王元暐如何演变为浙东水域的水神，又是如何被数次加封的？而且，在宋代以后，围绕这个人物的传说，在官方和民间层面是如何互动的？这是文献调查的一个方向。

民间传说的历时性研究，顾颉刚将其归纳为"古史层累说"；若是共时性研究，我们则可以关注同一传说在不同空间维度的传播状况，探讨其地域的多样性和横向联结的契机，我们可以把它称为"空间层累说"。就大运河与民间传说的关系而言，通过此类研究我们能发现大运河叙事的文化带（文化圈），可以挖掘出大运河沿岸城镇间的横向互动与联结，甚至南北文化的融合。比如，就白蛇传而言，白蛇能从镇江的白龙洞实现穿越来到杭州；就梁祝传说而言，梁祝也从绍兴、宁波穿越到杭州及其他地区。可以说此类话题是大运河沿岸的杭州与镇江、宁波、绍兴等地在物资、信息、资金、商贾、文人、船工等层面的频繁流动与互动的象征。同一民间传说往往与各地的民间信仰或庙宇建立关联，形成一个庞大的文化圈（祭祀圈、信仰圈），而文化圈的内部呈现出传说文本的多样性，这是同一传说传承到大运河的某个区域实现在地化的必然结果，而方式手段可能是叠加、分割、附会与整合，因此，我们可以去考察为何当地人要通过这样的手段来加以传承，这其实是空间层面传承的一些显著特点。在这次调查中，我们也能发现不少相关线索。就本文重点讨论的它山堰庙会（按当地习俗，以下统称"它山庙会"）而言，宁波当地文史学者谢国旗先生告知，它山堰十月初十的庙会香火旺盛，民众来自周边多个地区，而且在余姚、新昌、镇海、鄞州都建有它山堰建造者王元暐的庙宇，据说数量多达数十处。[1] 这是庞大的文化圈，那在其内部呈现出怎样的多样性与关联性？相互之间又是如何叠加与附会呢？他们如何通过王元暐这一历史与传说构建浙东水系之间的横向联结？

基于上述思路，本文尝试从时间维度和空间维度解读它山庙会及其传说，以期发掘流动的水系与流动的文化之间的密切关联。

---

[1] 调查时间：2022 年 8 月 29 日；地点：鄞江镇。

二、时间脉络中的它山堰

它山堰位于宁波市鄞江镇，1988年列入全国重点文物保护单位名单，2015年被指定为世界灌溉工程遗产，与四川都江堰等齐名而被誉为中国四大水利工程之一。它山堰水源来自四明山樟溪，樟溪水经它山堰分流后，一路水系与奉化江汇合由甬江入海，另一路水系除灌溉鄞西平原大片农田外，还经南塘河北上，连通西塘河与姚江，可经浙东大运河北达杭州。它山堰所在的鄞江镇（旧属鄞县）凭借这一水系连通三江（奉化江、姚江与甬江），是鄞西地区的经济、文化中心。

它山堰始建于唐代，兼有阻咸蓄淡功能的这一水利工程由时任县令王元暐主持建造。关于王元暐及其水利工程的历史脉络，南宋淳祐二年（1242）魏岘编撰的《四明它山水利备览》记载最为详尽，可以说是我们考察它山堰这一文化遗产的重要历史文献。魏岘为鄞县人，曾在当地主持堰口淘沙，筑治江堤，疏浚河道。他所编撰的《四明它山水利备览》堪称我国第一部详细记载筑堰工程的水利专著。[1]

关于它山水源及修筑始末，《四明它山水利备览》有如下记载：

> 它山之水，源自越山，委蛇绵历，几二百里。由上虞县分水岭（一名斤岭，自趾至巅，凡十六里，故名）百余

---

[1] 傅璇琮主编《宁波通史2宋代卷》，宁波出版社2009年，第293页。

里,然后历大小皎、密岩、樟村、桓村、平水村,此其大派也。又一派出杖锡山,并合众山之流会于大溪,至于它山。溪通大江,潮汐上下。清甘之流酾泄出海,泻卤之水冲接入溪。来则沟浍皆盈,去则河港俱涸。田不可稼,人渴于饮。唐太和七年,邑令王侯元𬀩相地之宜,以此为水道所历喉襟之处,规而作堰,截断咸汐。导大溪之流,自堰之上,北入于溪百余丈,折而东之,经新安,历洞桥,此前港也。自镇都入惠明桥,至仲夏,此后港也。二水至新堰面合流,经北渡、栎社、新桥,入南城甬水门,潴为二湖:曰日、曰月。畅为支渠,脉络城市,以饮以灌。出西城望京门,由望春桥接大雷、林村之水,直抵西渡。其间支分派别,流贯诸港,灌溉七乡田数千公顷。天之旱潦有不可必,此水岁可恃以为常,田事仰之,实为霖雨。自唐逮今,四百十有六年,民食之所资,官赋之所出,家饮清泉,舟通物货,公私所赖,为利无穷。先贤堰是,而以此水赐吾邦人,所以为生民立命也。[1]

借助上述引文,我们可以知晓它山水源的特点以及它山堰修建历程。

首先,它山之水,"清甘之流酾泄出海,泻卤之水冲接入溪。来则沟浍皆盈,去则河港俱涸。田不可稼,人渴于饮"。因此,为防止海洋咸水倒灌,在地方官王元𬀩主持下,当地民众

---

[1] (宋)魏岘《四明它山水利备览》,(明)高宇泰著,沈建国点校《敬止录》,宁波出版社 2019 年,第 135—136 页。

"规而作堰,截断咸汐"。由此可知,它山堰的水利功能之一就是设堰阻咸。

其次,它山之水,"畅为支渠,脉络城市,以饮以灌。出西城望京门,由望春桥接大雷、林村之水,直抵西渡。其间支分派别,流贯诸港,灌溉七乡田数千公顷"。此文告知,鄞县的农耕灌溉、生活饮水也与它山之水密不可分。

此外,它山之水,"自唐逮今,四百十有六年,民食之所资,官赋之所出,家饮清泉,舟通物货,公私所赖,为利无穷"。由此可知,它山水源在地域社会发挥着多元功能,而王元暐主持修建的它山堰堪称"为生民立命也"。

由时间轴来考察它山堰时,一方面我们能发现宋代以降历朝地方官员多次修缮它山堰的史实,他们都曾高度重视该水利工程在地方治理中的功效。[1] 另一方面,朝廷历次加封水利先贤王元暐的同时,民众则对其立祠加以纪念。围绕针对王元暐的加封,《四明它山水利备览》所摘录的"王侯名爵,侯封庙额"字条有以下记载:

> 侯姓王,讳元暐,琅琊人也。见苏为《记》。唐太和七年,以朝议郎行鄞县令,上柱国。筑它山堰,浚小江湖。民德之,立祠堰旁,爵曰侯,谥善政,见《鄞志》。而不言何代所封。乾道四年,邑人朱世弥等请赐庙额、增封爵。省牒云:"奏内称在唐已封善政侯,历年既久,原封文字不

---

[1] 具体内容可参见:中国人民政治协商会议浙江省鄞县委员会文史资料工作委员会编《鄞县文史资料选辑(第1辑)》,内部发行1985年,第53—54页。

存,难以于侯爵上加封。兼本朝以来,未曾封赐庙额,敕宜赐'遗德庙'。"宝庆三年,邑人复有请。时里人王公塈在朝,实主盟其事,亦以原封文字不存,仍封善政侯,庙额"遗德"。[1]

由此可知,虽然唐代县令王元暐"爵曰侯,谥善政",至南宋已无法考证,但是,南宋孝宗乾道四年(1168)对其庙堂敕封"遗德庙",理宗宝庆三年(1227)则"仍封善政侯,庙额'遗德'"。我们发现,县令王元暐不仅作为治水先贤,由朝廷封为善政侯,纳入官方祀典,而且王元暐也逐步升级为"水神"。这一形象可见于《四明它山水利备览》收录的"请加封善政侯申府列衔状"字条,具体内容如下:

> 右岘等居处海滨,涵濡圣泽,属当涝岁,转为丰年。神有显功,理难自嘿。窃见本府鄞县事,以一郡饮食,七乡灌溉,皆仰它山之水,外此则无大源。而咸潮混杂,大为民病。兼水大则涌入于河,水少则多泄于江。建置一堰,民到于今享其利。血食滋久,灵著如初,曰雨曰旸,有祷必应。一郡七乡之民恃为司命。今岁秋初,淫雨不止,稼穑几坏于垂成。乡人老稚群祷祠下片云阁,雨雾日开明,屡祷屡孚,其答如应。今岁一饱,厥有由来。缘神在于唐朝已封善政侯,本朝乾道四年,邦人有请准省札仍封善政

---

[1] (宋)魏岘《四明它山水利备览》,(明)高宇泰著,沈建国点校《敬止录》,宁波出版社2019年,第143页。

侯,赐"遗德"庙额。兹者恭睹明堂赦文,应诸路保奏,神祠祷祈应验者,并与加封。今来善政侯有此莫大之功,灵著之迹,所合敷陈。况使府近创回沙一闸,为民兴利,迓续神休。谨录白封告、庙额、陈牒在前,且状申,伏望台判备申朝省,乞与峻加美号,以答神贶。岘等下情不胜真切之祷,谨状。[1]

此文的目的是为当地神灵"善政侯"向官方申请加封,理由则是"血食滋久,灵著如初,曰雨曰旸,有祷必应。一郡七乡之民恃为司命",此类文字呈现了王元𬀩的"水神"特征。如今已列入国家重点保护文物的它山堰旁仍有它山遗德庙(俗称它山庙),庙前的碑亭中立有"加封遗德庙善政灵德侯王公碑记",依据清嘉庆十一年(1806)的该碑刻记载,南宋淳祐年间曾加封灵德侯,而嘉庆年间则再次加封孚惠侯。[2]

由上所述,根据历史脉络我们可知,主持筑堰的王元𬀩历次获得官方加封,至清嘉庆年间已被封为"善政灵德孚惠侯",岁时享祭。同时,我们也发现,至迟在魏岘执笔《四明它山水利备览》的南宋淳祐年间,善政侯已在地域社会附有"水神"的象征意义。而且,就如下文所述,水神形象也成为它山堰文化实现横向空间拓展的先决因素之一。

---

[1] (宋)魏岘《四明它山水利备览》,(明)高宇泰著,沈建国点校《敬止录》,宁波出版社2019年,第145页。
[2] 碑文可参见:陈思光《它山堰(唐代)》,鄞县鄞江镇人民政府内部发行2000年,第90—92页。

三、空间脉络中的它山堰

浙东运河是世界文化遗产"中国大运河"的重要组成部分，而它山堰凭借着宁波地区的密集水系与浙东运河连为一体，借助河道实现了物资、人员、信息与文化的交流与互动。在田野调查中[1]，我们了解到近年得以恢复的它山庙会（又称鄞江庙会）在当地影响甚大，可以说，它山堰及其庙会构建了同一文化圈，形成了区域性的社会整合，而这一现象与流动的河道、运河一样，实现了空间层面的横向流动，使得水系网络与商贸圈、文化圈实现重合。

（一）庙会影响广泛，水神传说跨界传播

每年农历三月初三、六月初六和十月初十，它山庙举办庙会，尤其是迎神赛会颇为隆重。如前文所述，除本地乡民外，参会民众甚至来自新昌、余姚、镇海、鄞州等地。这也可以从当地学者李广志的调查报告中得到印证，他曾指出2009年时隔64年得以恢复的十月初十庙会的参会群众达10余万人，而且"因它山堰而得名的它山庙会在浙东地区影响甚广，每当庙会之际，龙观、章水、奉化、慈溪、义乌、诸暨和舟山等地的民众蜂拥而至。届时祭神演戏，神轿出殿，行会巡游，市集繁荣，盛况不绝"；他还发现，它山庙会的民间力量及其组织与它山庙会紧密相关，他曾指出"它山庙界下共有4大堡，12小

---

[1] 调查时间：2022年8月29日；地点：鄞江镇。

堡,下有15个自然村落,每村设一柱首,柱首由各村、堡推选贤达充任,负责主办庙会及磋商庙界下的一切事宜"。[1] 由此可见,它山庙会在它山堰周边15个村落形成祭祀圈,构建了水利资源共享的社会联盟。同时,不难发现,它还在更广域的空间范围内,形成了它山庙会的信仰圈或者文化圈。我们有必要探讨这是如何形成与发展的,它又是如何渐次跨越村落与城镇的空间界限,让远在义乌、舟山等地的乡民也前来参会呢?我们认为,凭借水系网络的"水神王元暐"的文化传播是其主因之一。以下关于宁波市另一辖区宁海县的"它山庙"及其传说为我们提供了部分线索。

> 明万历庚辰(1580)年间,宁海县城南门洋溪畔上建有一座"它山庙",在凫溪、朱行桥等处也同样建有"它山庙",但这些庙的规模没有洋溪的"它山庙"那么大,香火也没那么旺。
>
> 为什么要建"它山庙"呢?宁海地处山陬海隅,位于天台山脉下游,白溪、洋溪等五大溪流经宁海地域。旧时,宁海由于"地迫山海,产悭食眚",经济困难,水利工程建设规模小,质量差,达不到要求。每当暴雨、山洪暴发时,县城南门外的洋溪洪水泛滥成灾,毁田地,塌城墙,溪畔两岸的百姓深受其害。
>
> 当时的县令心急如焚,无法恩泽于民,只好在县城的

---

[1] 李广志《从世俗走向神圣的它山庙会》,载《寻根》2010年第4期;李广志《它山庙会及其民间信仰》,载《商丘职业技术学院学报》2011年第3期。

西南方洋溪畔上建起了"它山庙",以此来安定民心。
……

"它山庙"为平房三合院,围墙用块石叠砌,山门朝南,卵石天井,东西厢各两间,正殿三间,殿中塑着"水神"神像。这位"水神"神像说的是王元暐。[1]

由此可知,不仅在水利工程它山堰的所在地鄞江镇有它山庙,在宁海县等其他地域也存在多处以"它山庙"冠名的庙宇,而且祭祀的也是能够掌控风雨、排涝抗旱的"水神"王元暐。此外,据宁波当地文物管理所的研究人员陈联飞考察,"随着王元暐逐渐神化,为王元暐建庙立祠亦越来越多,据有关史料记载,祭祀王元暐的祠庙除了它山遗德庙外,在鄞西地区其他12个乡中,自唐宋至明清,先后建了18处,其中两处到清末才改祀县丞童义"。[2] 因此,就它山庙及其庙会的空间布局而言,我们可以认为,河道、运河水系所具有的流动性也促使鄞江镇的"水神王元暐"产生了空间层面的较大流动性和传播性,这使得我们能够看到它山庙会不仅在河网密布的宁波境内,在周边的绍兴市新昌、舟山市等地的民间社会也发挥着文化功能。

(二)它山庙会与物资集散地商贸圈的重合

如前文所述,鄞江镇的它山堰所在水系连通姚江、奉化江

---

[1] 王兴满主编《宁海故事精选》,宁波出版社2005年,第21页。
[2] 陈联飞《王元暐及其寺庙考》,中国水利学会水利史研究会《它山堰暨浙东水利史学术讨论会论文集》,中国科学技术出版社1997年,第149—153页。

与甬江,与浙东运河合为一体。而且,现隶属宁波市海曙区的鄞江镇旧属鄞县(2012年废置),正是由于鄞西地区河网密布,航运便捷,使得"纵横交叉的河道将鄞西与鄞东、县城以及周边其他城镇联系起来,形成一个广阔的商业市场"。[1]

颇为重要的是,旧鄞县境内的鄞江桥(它山堰附近)在它山庙会期间吸引八方商贾云集此处,是当地重要的物资集散地,因此它山庙会也被称为鄞江桥庙会或者鄞江庙会。以下文字凸显了它山庙会期间鄞江桥一带的市集盛况:

> 鄞江桥地处四明咽喉,千余年来一直是鄞西地区的政治、经济、文化中心。由于它山庙庙会的形成,吸引了鄞西各乡镇的乡民商贩,赶集,看戏,买卖盈利,并逐渐扩展到宁波府下数县商贸百姓,纷沓赶集。至民国初期,定海、舟山及浙东沿海各府县商贾多有向鄞江它山庙庙会赶集求利,它山庙庙会已成为宁波府下第一大庙会盛市。[2]

由于鄞江地处宁波西部中心,其作为商品集散地、物资交易中心的地位"至今仍然兴盛,每年会有来自龙观、章水等周边乡镇及奉化、慈溪、义乌、诸暨等县市(区)的摊主、顾客前来赶庙会,多时达10万人,蔚为壮观"。[3]关于市场圈的特性,汉学家施坚雅(G.William Skinner)认为市场圈、祭祀圈和

---

[1] 孙善根、王益澄、吴昌《近代鄞西社会变迁研究》,宁波出版社2016年,第125页。
[2] 陈思光编著《历史名镇:鄞江桥》,内部资料1999年,第34—35页。
[3] 宁波市海曙区政协文史委编《甬城古港》,宁波出版社2019年,第40—41页。

通婚圈往往具有重合性,他曾指出,"各种各样的自发组成的团体和其他正式组织——复合宗族、秘密会社分会、庙会的董事会、宗教祈祷会社——都把基层市场社区作为组织单位"。[1] 当我们强调它山庙会的祭祀圈与市场圈的关联时,我们可以发现,两者的联结以及地域社会的整合依托的重要媒介正是浙东地区的水系网络,凭借着纵横交错的水路,它山庙会与鄞江桥地区的市场圈实现了重合。

四、小结

它山堰是世界灌溉工程遗产,与浙东水系一脉相连。作为物质遗产,它山堰自唐宋以来肩负着灌溉、阻咸、供水、泄洪等多元功能。同时,作为非物质文化遗产,它山庙会及其传说既与当地民众的生活息息相关,又构建着跨越社区的社会结合。

一方面,就时间脉络来说,由唐代始建的它山堰在后世历经修缮,首次主持建造这一水利工程的地方官员王元暐则获得历朝官方加封。同时,我们也发现,地域社会治水先贤王元暐逐步被圣化为"水神",彰显着浙东水系的民众对于防洪抗旱的强烈愿望。

另一方面,就空间脉络而言,它山庙会及其传说在当地影响甚大,其传承线路则沿着流动的水系网络由鄞江镇它山地区向周边拓展,呈现着水系网络、商贸网络与文化网络的空间重合。

---

[1] [美]施坚雅著,史建云、徐秀丽译《中国农村的市场和社会结构》,中国社会科学出版社 1993 年,第 49 页。

镇江区域内大运河遗产暨民间传说保护与利用调研报告

王玉国[*]

2022年8月25日至9月1日，由中国民协主持实施的"一带一路"民间文化探源工程之"大运河叙事：民间传说与南北文化融合传播"调研活动在江苏的镇江、扬州、苏州，浙江的嘉兴、宁波、绍兴、杭州、湖州8地开展了为期8天的实地考察。通过走访江南运河和浙东运河的主要节点城市，研究以运河文化为核心的民间传说故事的形成、流传与传播，侧重其活态传承、发展利用以及对地方经济社会文化发展的重要作用与影响。考察组由来自北京、上海、江苏、浙江等地的专家学者组成。笔者有幸应邀成为考察团的成员，通过考察受益良多，既看到了镇江的优势，也看到了与兄弟城市的差距，如镇江未被列入有运河世界遗产点的城市、未建设运河博物馆或主题性文化公园等，这些对笔者触动很大，故考察结束之后吸取兄弟

---

[*] 王玉国，中国三国演义学会副会长兼副秘书长、江苏省镇江市原文化局副局长。

城市的经验,结合镇江的实践,形成本调研报告。

江苏镇江区域内大规模开凿人工河道始于秦始皇第五次东巡。镇江目前在用的大运河河道遗存主要有两处,一是江南大运河镇江段,其前身叫徒阳运河或丹徒(曲阿)水道,全长约42.55千米,北起谏壁镇,经辛丰至丹阳市区、陵口镇及吕城镇,在与常州新北区(原武进)交界处出境;二是镇江城内古运河段,它是京杭大运河镇江段(徒阳运河)进入镇江城区又分出的一条支河,沿途经谏壁三叉口、丹徒镇、丁卯桥、宝塔湾,再经老城区南门、西门经京口闸在平政桥下与长江交汇,全长16.69千米。2006年5月,国务院将京杭大运河整体公布为全国重点文物保护单位,以上两处均是其组成部分。

一、镇江区域内大运河遗产的主要价值

笔者认为镇江区域内大运河遗产的主要价值体现在以下几个方面:

(一)大运河镇江段是长江与运河在江南的交汇处

历史上,江南运河长江运口除镇江"五口"外,尚有常州之孟渎、德胜、江阴之夏港。在漫长的历史进程中,镇江运口由于具有得天独厚的优越性,一直牢牢占据江南运河长江主运口地位,其他地域的运口则发挥了辅助漕运的作用。镇江现存的小京口、丹徒口、谏壁口是全国重点文物保护单位,谏壁口是目前唯一的一处长江与运河的通航口,谏壁船闸成为"江南

运河第一闸",在这里具有"闭关可以锁钥,开关可以通航"的作用。2020年谏壁船闸船舶通过量达到了1.94亿吨,超过三峡(1.5亿吨)。1978年水利部门在此建成谏壁抽水站,成为运河沿线和太湖流域的水利枢纽,受益面积达到8000平方千米。

(二)镇江大运河是江南运河之屋脊和分水岭

"镇江大运河"处于江南丘陵地带,运河河床随地势自长江沿岸向南逐渐隆起,到丹阳北部达到最高点,这也是江南运河之屋脊和分水岭。泰山湾是镇江段运河地势最高点,标高(吴淞)达33.6米,而一般河岸仅12—20米。清早期画圣王石谷所绘,现存于故宫博物院的《舟次丹徒道》中,生动直观地展示了镇江丹徒运河穿梭于山林峡谷之间的壮美景色。

(三)大运河镇江段是我国水运科技先进发展史的见证

如闻名于世的镇江京口澳闸体系作为当时长江运口漕运通航的解决方案,综合了各地复闸和澳闸的实践经验,结合镇江江口实际情况,是宋代最先进的应用成果。镇江京口澳闸的型制、规模、功能等诸方面体现的科技水平,在中国古代通航建筑物的发展中具有明显的典型性,这是本时期运河镇江段治理中最杰出的成就。另如,漕运时期的江南运河第一水柜练湖由于蓄水量大,"湖水放一寸,运河增一尺",在冬春之季的枯水期,其济运作用就显得极其重要。另外,"北宋元符三年(1100)和南宋嘉定十一年(1218),先后两次改扩建了集航运、引潮、蓄水、供水、锚地、避风、码头、仓储为一体的京口多级澳闸,这一水运枢纽被誉为我国水运工程史上最杰出的标志性工程之一",处于世界先进水平。

(四)镇江大运河是中华民族抗击外寇的见证

1842年,英军决定发动"扬子江战役"。1842年6月13日英军进入长江口,6月16日攻陷吴淞,6月19日进占上海,此后决定直逼镇江。恩格斯曾在《英人对华的新远征》一文中深刻揭露了英国侵略军的罪恶阴谋:"长江把中国分为截然不同的南北两部分。在南京下游约40英里的地方,有一条大运河流入并穿过长江,它是南北各省之间的通商要道。采取这种进攻步骤的用意,是夺取这条重要水道就会置北京于死地,并逼迫清帝立即媾和。"

1842年7月6日清晨,英军拼凑了一支由76艘船舰组成的庞大舰队,船舰装有大炮计724门,载有海军官兵12000人左右,从吴淞口向镇江方向开进。英军在侵入镇江防线时,遭到了镇江军民的顽强抵抗,给英军以重创。镇江抗英保卫战,从7月13日到7月21日,共激战9天9夜。西门的战斗打得最为激烈。英军分水陆两路沿运河向西门进攻。在大炮的掩护下,仗着人多势众架云梯爬上城楼。英勇的清军为捍卫城头的每一寸地方,都付出了鲜血和生命。经过3个多小时的恶战,英军攻破西门。恩格斯在《英人对华的新远征》一文中,高度赞扬了镇江守军抵抗侵略的英雄气概。抗日战争时期,日本侵略军侵华的政治中心和军事中心位于南京,其掠夺我国资财的经济中心位于上海。镇江地处沪宁两地之间,距离皆不远,又有便捷的铁路、公路相连,可谓敌伪的卧榻之侧。然而,就在这里,新四军的王牌之旅——由粟裕任师长的第一师的主力部队,为执行中共中央交给的战略任务,曾三次胜利渡过位于镇江东南侧的大运河辛丰段,写下了江苏省抗战史的精彩一页。

二、镇江区域内与大运河有关的重要传说

镇江依托得天独厚的江河交汇的水运优势形成了许多名闻遐迩、家喻户晓、老幼皆知的民间传说,如刘备招亲甘露寺、梁红玉击鼓战金山、锅盖面的传说等,很多中国著名的民间传说与镇江有关。

(一)《白蛇传》传说

《白蛇传》传说距今有1000多年历史。镇江是其中的发源地和白蛇传民俗文化圈的中心点。初唐时,镇江就出现了金山寺和尚降伏白蛇的原始传说的萌芽,宋代时,这里已流传白蛇传话本《雷峰塔》,明末著名的戏曲家冯梦龙的平话《白娘子永镇雷峰塔》又把镇江在宋代的真实地名和景观,如"五条巷、镇江渡口码头、金山寺"等形象,都逼真地写进了话本的情节之中。冯梦龙曾在丹徒县(镇江市)做过儒学训导和教谕,这使他有机会了解和熟悉镇江的自然环境及地域特征。到清代,方成培改编的《雷峰塔传奇》,则描写了故事的高潮情节水漫金山,这一画龙点睛之笔,既增加了浪漫主义色彩,又表现了白娘子的人情味以及对待爱情的忠贞不渝,同时体现了人民大众

追求幸福生活的美好愿望。

该传说讲的是有条美丽的白蛇，为报答许仙的救命之恩而与之结为夫妻。后来白娘子和许仙在镇江五条街开了"保和堂药店"施药济贫，却不料惹怒了金山寺的法海方丈。端午时，法海施以计谋，唆使许仙逼迫白娘子喝下了雄黄酒，白娘子酒性上涌，现出蛇身而吓死了许仙。白娘子为救夫君，勇盗仙草；后来为找夫君，又水漫金山。白娘子在与法海的反复争斗中，被法海用紫金钵镇于雷峰塔下，最后在姊妹小青的帮助下，终于轰塔大团圆。

（二）董永与七仙女传说

镇江市管辖的丹阳是《董永传说》的重要发源地。该传说最早载于西汉文学家刘向的《孝子传》，至今有2000多年历史。三国诗人曹植的《灵芝篇》和东晋史官干宝的志怪小说《搜神记》中也有相关记载。元《至顺镇江志》云：汉董永墓在丹阳延陵，有碑记其事。明万历年间青阳腔唱本《槐荫记》中说："董永原籍为丹阳县人。"清光绪《丹阳县志》曰：丹阳延陵南有望仙桥、董永墓。2002年10月26日，国家邮政总局还在丹阳举行了《民间传说——董永与七仙女》纪念邮票首发式，并启用"董永故里风景戳"3枚。

相传董永卖身葬父，七仙女被其孝行感动，私自下凡与之结为夫妇，助其织锦还债。玉帝得知，棒打鸳鸯，将七仙女捉回，七仙女在天庭产下一子，送到人间交给董永。懂事后的小董永盼母心切，在"望仙桥"上跪了七七四十九天，母子终于相见。该传说亦在镇江市丹徒区流传。

(三)《华山畿》传说

元《至顺镇江志》载:"境内华山村,为乐府诗《华山畿》所咏悲剧发生地。"据宋郭茂倩《乐府诗集》《古今乐录》载:南朝宋时南徐有一士人,从华山畿往云阳,恋一客舍中少女,无缘接近,忧郁而死。当柩车经女家门时,牛不肯前,打拍不动。女感其至诚,奔出对棺而歌,棺应声而开,女遂纵身入内,乃将两人合葬,名"神女冢"。

我国著名南朝乐府民歌《华山畿》,也叙述了南徐士子与华山女子的爱情绝唱。姚桥镇华山村内现存神女冢、奈何桥、大帝庙、万年台、龙脊街、古银杏等。

宋《嘉定镇江志》、元《至顺镇江志》和清乾隆《镇江府志》、光绪《丹徒县志》等皆有记载,梁代镇江人徐陵的《玉台新咏》中《孔雀东南飞》(《古诗为焦仲卿妻作》),以及清代纪晓岚的《阅微草堂笔记》等也都有提及。早在20世纪二三十年代,学术界如著名学者钱南扬先生在分析了《梁山伯庙记》和《华山畿》之后说:"我们可以断定,这两个故事一定是有关系的。"更有专家认为,"华山畿"便是"梁山伯与祝英台"中"化蝶双飞"一幕的雏形。

(四)《孟姜女哭长城》传说

该传说与镇江的关系,长期以来镇江的学者掌握的资料不足,而近两年来蔡晓伟先生弥补了此项空白,在他的《孟姜女万里寻夫过镇江》一文中充分说明了孟姜女与镇江的关系。在《中国民俗文化丛书》中就有一册《孟姜女哭长城》，此册有多处提及镇江，这本书是根据1917年上海文益书局出版的弹词底本《绘图孟姜女万里寻夫全传》编写的。全传书第十四回唱道：

> 孟姜女正走中间到一城，看了看城高百雉好威风，
> 城门中来来往往有人走，所有的男男女女把香擎。
> 原来是此日正值盂兰会，慈航寺谁不说是好灵应？
> ……
> 孟姜女抬头一看有告示，才知是丹阳县也有大名。

原来孟姜女这日来到丹阳县，正遇到慈航寺举办盂兰会（就是农历七月十五中元节，民间俗称鬼节，是古人祭祀祖先的日子，也是佛教徒追念在天之灵的祭日）。孟姜女也随了众人来到慈航寺，轮到孟姜女刚要下拜时，突然半空中轰隆一声霹雳，哗喇喇乱响，震得殿宇摇动。孟姜女一惊，猛然抬头，只见座上的活菩萨已化作一只白毛老猿被打死。再看看那尊菩萨已倒在一旁，神座底下现出一个巨大的深坑。

谁知道这个白猿在丹阳山中得道之后，居然假托菩萨为人治病，专门骗奸美貌妇女，关在庙内神座下的深坑中。这天见了孟姜女，又起淫心。而寺庙的守护神韦驮受命于观音菩萨，负责暗中保护孟姜女。见此情形，不禁大怒，只一鞭就把白猿精给拍死并现了原形。

在2001年出版的《丹阳古今》一书中就载有当地至今仍在

传唱的孟姜女歌谣,分别为《送夫》《望夫》和《送寒衣》等。

接着弹词中又唱道:

> 孟姜女一路来到镇江城,看了看山高水阔路难行,
> 急得她放开喉咙号啕哭,感动了金山大王送一程。
> 身卧在蒲团之上把江过,那蒲团滴溜溜又回江东。

自从孟姜女离开丹阳慈航寺后,一直往西走到了镇江城,等她出城一看,又是一道大江挡住去路,江水滔滔,金山险峻。孟姜女一看山高水阔,不便行走,若要乘船,又身无分文,急得在江岸上走来走去,无计可施。猛然抬头,看见一座金山大王庙,便跑进庙去,纳头便拜,口中暗暗祷告:"望大王大发慈悲,助为奴得过大江,奴当朝夕奉事,顶礼不辍!"拜完已觉身心乏倦,在神台前蒙眬睡去。梦中只觉身子悠悠荡荡,如驾云雾一般,醒来一看,不知不觉,早已卧着蒲团飞过了大江。原来是金山大王暗弄神通,把她送过江去。孟姜女连忙起身,望空拜谢,只见那块蒲团又滴溜溜地飞回江南去了。

传说孟姜女是华亭县(上海松江一带)一个大富翁的女儿,而她的丈夫万杞良(一作万喜良)也是员外之后,"苏州城里的杰出青年"。至于说为什么孟姜女万里寻夫,从上海经苏州、无锡和常州,一定非要从镇江过江?这是由镇江独特的地理交通位置所决定的。因为镇江"江河交汇",自古就是长江下游"南来北往"的通江枢要,这从西津渡自三国到明清千年渡口发展史便可得到有力的印证。

以上可见，中国很多著名的民间故事都与镇江关系密切，镇江江河交汇的特殊地位，孕育、传播着这些民间传说。

三、如何保护与利用好这些遗产暨传说

（一）如何保护与利用好运河遗产

笔者参照中国大运河遗产，按照其功能划分类别，结合镇江的实际情况进行对照、梳理、遴选，确认镇江辖区内的大运河遗产主要有42处。

42处如果按照其功能划分，四个类别如下：

1. 运河水工遗存共13处（包括河道8段，含在用、废弃的河道和河道遗址，湖泊2处，水工设施3处）

（1）河道8段：其中在用的3段，即江南运河镇江段、镇江城内古运河段、丹阳萧梁河；废弃的5段，即京口（河）、东吴破冈渎、句容上容渎、镇江城内关河、伊娄河。

（2）湖泊2处：练湖、张官渡。

（3）水工设施3处：大京口（闸）、京口澳闸、江苏省镇江潮水站。

2. 运河附属遗存共5处（包括配套设施2处、管理设施3处）

（1）配套设施2处：宋元粮仓遗址、京口驿站遗址。

（2）管理设施3处：铁瓮城遗址、京口救生会旧址、清军水师标统署旧址。

3. 运河相关遗产共 22 处（包括相关古建筑群 20 处、历史文化街区 2 处）

（1）相关古建筑群 20 处：丁卯桥、开泰桥、丹阳南朝陵墓石刻、梦溪园、虎踞桥、拖板桥、登仙桥、僧伽塔、万善塔、赛珍珠旧居、镇江市图书馆、丹阳大运河捐造义渡碑记、镇江自来水厂旧址、省庐、太平天国新城城墙遗址、郭礼征旧居、大运河聚落遗产九里村、五柳堂、陆小波故居、新丰车站旧址。

（2）历史文化街区 2 处：西津渡历史文化街区、新河一条街历史文化街区。

4. 运河综合遗存 2 处（由多处河道、水工设施、相关古建筑群或遗迹组成的）

（1）江河交汇处（含谏壁口、小京口、丹徒口）及桥梁、水闸。

（2）珥陵电力灌溉区及附属设施。

如何保护与利用好以上遗产，笔者认为应从以下四个方面开展工作：

1. 建造镇江大运河博物馆

这次"一带一路"的考察中，多数沿运河城市都有大运河博物馆，如扬州的中国大运河博物馆、嘉兴的运河文化展览馆、杭州的中国京杭大运河博物馆等，镇江还没有。建议镇江市政府应该尽快建造镇江大运河博物馆，以文献史料、出土文物、音像视频等，展示镇江江河交汇、运河屋脊、澳闸技术、河湖互补、漕运要津等独特的大运河遗产特色。另外展示镇江涉水实物、碑刻、文献、治水名人、咏水涉水的诗文、文化遗产等。

2. 镇江辖区内大运河遗产单体保护与利用

要通过考古、复原、修缮等手段，加强对京口闸遗址、京口澳闸遗址、玉山大码头遗址、京口驿站遗址、新河一条街历史文化街区、铁瓮城遗址、丹阳南朝陵墓石刻、宋元粮仓遗址、梦溪园、登仙桥、练湖等处重要遗产点的保护与利用。

3. 镇江辖区内大运河遗产整体保护与利用

（1）建设镇江城区大运河遗产展示园并开辟旅游线。主要景点为赛珍珠文化公园暨赛珍珠旧居、西津渡历史文化街区暨京口救生会旧址、镇江自来水厂旧址、京口闸遗址、清军水师标统署旧址、太平天国新城城墙遗址、澳闸遗址、小京口、小京口——宝塔山运河段、新河一条街历史文化街区、石浮桥、京口驿站遗址、宋元粮仓遗址、拖板桥遗址、登仙桥遗址、江苏省镇江潮水站、铁瓮城遗址、梦溪园、僧伽塔、虎踞桥、镇江市图书馆、省庐等。

（2）建设"镇江大运河文化公园"。主要思路是：复制古运河上的埭，展示河道"截其道使其阿曲"、"三弯抵一闸"以及运河水系的河道蓄水治水技术以及"两岗相望，岗丘绵延"的镇江高岗峡河的地貌特色；仿造建设大运河上曾经有过的古桥，如辛丰桥；复制古代船舶，陈设一些纤、篙、摇橹、风帆等，尽可能让人们了解、认识或亲自泛舟运河；建筑一座水城，水城城内外建有水门、水闸、码头、护城河；建设京口驿；恢复丹徒古镇，地点可设在长江与运河交汇的丹徒口附近。

（二）如何保护与利用好民间传说

1. 保护和利用好与民间传说有关的文化遗存和景点

如与《白蛇传》传说、《孟姜女》传说、《梁红玉击鼓战金山》传说等有关的金山寺暨白龙洞、法海洞、金山宝塔、妙高台和西津渡及保和堂；与《华山畿》传说有关的姚桥华山村内现存神女冢、奈何桥、大帝庙、万年台、龙脊街、古银杏等；丹阳和丹徒境内与《董永与七仙女》传说有关的相关遗迹；与刘备招亲甘露寺传说有关的北固山景区及铁瓮城遗址、甘露寺建筑等。以上有的遗迹可公布为文物保护单位，依法保护。要充分利用以上文化遗存和景点推动旅游发展。

2. 完善白娘子爱情文化园

这一方面要学习宁波姚江之畔梁祝文化园，该园既有公园景观，也有中国梁祝文化博物馆建筑。镇江在10年前就建造了白娘子爱情文化园，位于金山公园西侧，占地108公顷，其中水面68公顷。划分为湖西、湖中、湖东、湖北四个景域，塑造再现了白娘子与许仙的爱情故事。建议市政府在该园内新建一座展厅，可取名为"镇江民间传说展示馆"。将《白蛇传》传说、《董永与七仙女》传说、《华山畿》传说、《孟姜女哭长城》传说的内涵及与镇江的关系展示其中，同时展示这些传说在全国各地的分布情况。另外，将镇江其他比较著名的民间传说展示其中，如刘备招亲甘露寺、孙权打虎、乔国老、孙尚香、梁红玉击鼓战金山、锅盖面、船山、丹阳曲阿美酒、镇江工匠、镇江抗英等。

2021年10月，国家文化公园建设工作领导小组印发了《大运河国家文化公园建设保护规划》。提出了三个阶段建设保护目标，第三个目标是到2025年，重点任务、重大工程、重要项目得到有效落实，各类文化遗产资源保护实现全覆盖，文化和旅游与相关产业深度融合，标志性项目取得明显效益，"千年运河"统一品牌基本形成。镇江应抓住这一机遇，凸显镇江运河遗产暨民间传说的优势，做好保护与利用的文章，融合到大运河国家文化公园建设中去，促进旅游业的繁荣与发展，充分展示名城镇江运河文化的风采。

民间传说故事的当代传承、发展与利用

——以《白蛇传》传说为例

周　旋[*]

在以农业为主要经济基础的过去，民间传说故事是民众生产生活中的重要组成部分，在大家的口口相传下，民间传说不断被赋予新的理解和意义，成为他们知识传承、情感宣泄、娱乐休闲的重要方式。本文将以中国四大民间传说之一——《白蛇传》传说为例，阐述民间传说故事在当代的传承、发展和利用。

一、白蛇传传说演变背景

《白蛇传》传说广泛流传于运河沿线的江苏镇江、浙江杭州等地，又名白娘子传奇、雷峰塔传奇，千百年来已家喻户晓、深入人心。这个起源于唐代、成型于南宋、成熟于明代的传说

---

[*] 周旋，镇江市非物质文化遗产保护中心办公室副主任。

讲述了修行千年的白蛇化为白娘子（白素贞），携青蛇小青来到杭州西湖，与药店伙计许仙相遇相恋结姻，不断遭到法海和尚横加干涉等一系列悲欢离合的故事。不断追求幸福的白娘子与横加干涉的法海形成了强烈的对比，这也是白蛇传传说经久不衰的重要原因。

《白蛇传》传说故事奇崛，明清至今，它由民间口头文学逐渐与各类文艺融合、渗透，使白蛇传传说成为故事、歌谣、宝卷、小说、演义、话本、戏曲、弹词，以及电影、电视、动漫、舞蹈、连环画等各种文艺成果，其影响不断扩大，并远播日本、朝鲜、越南、印度等许多国家。经文人加工、代代相传之后，许仙、白娘子、小青、法海等人物形象愈发鲜活和丰满，雷峰塔、断桥、金山寺、峨眉山等发生地也成为杭州、镇江等地的代表性景观。

2006年，随着《白蛇传》传说入选为第一批国家级非物质文化遗产项目，它的传承保护也迎来了新的发展契机与机遇，在城市形象塑造、旅游事业发展、社会价值观输出方面发挥了重要的作用，得到充分的传承、发展与利用。

二、《白蛇传》传说在当代传承发展的具体表现

（一）建成文化场馆、景点等现实场所

早在2011年，镇江民间文化艺术馆（又为"镇江市非物质文化遗产保护中心"，《白蛇传》传说保护责任单位）就设立

了《白蛇传》民间工艺美术展示厅，对外展示《白蛇传》传说主题民间工艺品。2019年，镇江民间文化艺术馆迁建新馆，馆内设立"白蛇传传说文化展示厅"，以"文化空间""工艺美术""节俗民俗"三个篇章，通过实物展示、图文资料展示、场景再现、四折幕多种展陈方式展示了传说相关的文字手稿、音像制品及民间手工艺品，内容涵盖杨柳青木版年画、芜湖铁画、苏州制扇、常州梳篦、苏州缂丝、苏绣、惠山泥人、乱针绣等多个国家级、省级非遗项目，生动地展示了"西湖借伞""保和堂施药""水漫金山"等重要故事情节，也成为群众了解白蛇传传说最直接、最有效的现实场所。在镇江金山湖风景区内，另建有白娘子爱情文化园，园内划分为湖西、湖中、湖东、湖北四个景域，通过白岛、许堤、连岛桥梁再现谢恩慕爱、灵丹普济、忠贞爱情的白娘子与许仙的爱情故事，吸引众多市民、游客前往。

（二）收集民间资料、论文等保护成果

镇江对《白蛇传》传说资料的搜集整理起步较早，在20世纪五六十年代就启动了大规模的采风工作。现如今，经过多年的积累，非遗保护中心通过文字记录、录音录像等手段，保存了异文故事近200篇、132万余字；京剧、评弹、淮剧、越剧、扬剧、电影、电视剧及动画片等音像资料52盘；照片160余张；近百张与白蛇传相关的邮票、火花贴、糖纸、醋标、烟标等老物件；收集《〈白娘子永镇雷峰塔〉中的地名考》《白蛇传故事产生地镇江地理环境和社会背景》《白蛇传中的"法海"其人》《白蛇传故事探源》《白蛇传传说刍议》《〈白蛇传传说〉异文中的道德现象》《"水漫金山"断想》等近50篇《白蛇传》传说研究文章。此外，陆续建立了镇江蒋乔文化站、镇江金山旅行社、镇江南乡孙阿英谷娃艺术团、江苏大学《白蛇传》传说传承基地、镇江康盛剧社5个《白蛇传》传说传承基地，民间、校园力量的加入赋予了《白蛇传》传说更旺盛的生命力和影响力，也进一步证实了民间传说在当代依然发挥着积极的作用。

（三）跨界融合、衍生发展多种现代作品

《白蛇传》传说中，保留了大量的传统习俗和风土人情，集中地展示了民族文化精神。得益于国家对传统文化的重视，越来越多的人将目光集聚在传统文化复兴与发展上，并潜心研究传统文化在当今时代所发挥的实用价值。近年来，关于《白蛇传》传说的非遗作品层出不穷，有《白蛇传》文化月饼、创意《白蛇传》邮票镇纸、《白蛇传》传说主题邮票、"水漫金山"紫砂壶等手工艺品，有《上金山》《水漫金山》传统戏曲……民间艺人多以"非遗"+"非遗"的形式诠释民间传说内涵，激发群众对传统文化的热爱。2022年，镇江市非遗保护中心联合江苏大学，设计"《白蛇传》传说"系列主题绘本，画面内容有"西湖借伞""喜结良缘""保和堂施药"等6个故事情节，表现形式有填色、贴纸、折纸等，造型生动、色彩优美的绘本将会大幅度提升儿童对民间传说的兴趣，传统文化得以良性发展。

（四）合理保护、自觉传习端午习俗

端午节是唯一与四大民间传说故事相关联的传统民俗节日，"端午惊变"是《白蛇传》传说中的重要情节，白娘子误饮"雄黄酒"现出原形，吓死许仙，才有了"盗仙草""水漫金山"等故事的延续。每逢端午佳节，镇江的一些社区、公园、书场会表演有关白蛇传的戏曲、曲艺；老百姓家里，门上挂菖蒲、插艾草、喝雄黄酒、吃"十二红"，孩子头戴老虎帽、手系五彩绳、胸前挂香囊、身穿五毒肚兜、脚穿虎头鞋，用雄黄在眉心画"王"字；药店分发避暑汤药等。甚至一些剧场在端午节这天表演扬剧、扬州评话、清曲等曲艺类关于白蛇传传说的节目……所有这些与白蛇传有关的特异民俗事项，都构成了镇江白蛇传文化空间的特色要素。

（五）区域联动、保护防线逐渐筑牢

除镇江以外，浙江杭州、河南鹤壁、四川乐山等地也是传说的重要流传地和发生地。2013年镇江市和河南省鹤壁市联手，两地共同举办"我听过的白蛇传"有奖征文活动，根据征集结果出版《镇江·鹤壁"白蛇传传说"故事汇编》；两地签署《白蛇传传说城市保护联盟盟约》，携手保护白蛇传传说；共同举办《千年来相会——白蛇传传说综艺晚会》，集中展演两地代表性戏曲类非遗节目。2020年，镇江再度与杭州西湖博物馆总馆联手，共同举办"西湖·遇见爱——西湖爱情故事展"，鉴于共同的保护目的，两地签署《爱情故事保护联盟》，约定共同推进爱

情故事的研究、传承和保护。2021年,镇江精选近百幅/组剪纸作品赴四川乐山举办"千年等一回——'白蛇传传说'剪纸精品(乐山)展",借助展览的契机,两地签署《非遗传承保护基地合作共建协议书》,双方约定推动非遗传承与保护,加强两地文化交流与合作。在白蛇传传说保护的道路上,镇江选择区域联动、以点带面的形式与各地加强协作,共同推动传说的活态保护。

(六)数字化赋能、媒体升级构建民间传说新局面

近年来,非遗保护传承和开发利用等各个领域的数字化发展逐渐成为新潮流、新趋势,对于民间传说来说,非遗数字化也是重要的发展途径之一。早在20世纪90年代,以《白蛇传》为蓝本创作的各种影视作品层出不穷:1992年赵雅芝主演电视剧《新白娘子传奇》,1993年张曼玉主演电影《青蛇》,2001年范文芳主演电视剧《青蛇与白蛇》,2006年刘涛主演电视剧《白蛇传》,2010年左小青主演电视剧《又见白娘子》,2011年黄圣依主演电影《白蛇传说》,2018年杨紫主演电视剧《天乩之白蛇传说》,这些影视剧将《白蛇传》传说进行了改编,或是人物性格上的再次丰满与具象,或是故事发展脉络增添了些时代元素,导演们通过大胆创新、增添音乐、动画等氛围感不断诠释白蛇传传说内涵,为群众呈现最前沿的数字化产品,构建民间传说在当代传承最有活力的发展局面。

三、"白蛇传传说"未来发展路径分析

随着国家对传统文化的重视逐步深入,越来越多的人将目光放在了传统文化上,致力于传统文化的传播与弘扬。但是在传承民间传说的过程中,我们也清晰地认识到应进一步挖掘民间传说内涵,提取精髓,将其中的民俗事项、节令特点、人物形象等转化为符合当前大众审美倾向的衍生产品,推动民间传说创造性转化和创新性发展。只有以现代人所能接受的传承方式,才能在人们心灵的共振中打通和延续文化血脉,传承优秀文化基因,形成自下而上的保护氛围。对此,笔者认为白蛇传传说的未来发展传承之路有以下几点建议:

(一)民间文学的校园传承

2017年初,中共中央办公厅、国务院办公厅印发了《关于实施中华优秀传统文化传承发展工程的意见》,要求"围绕立德树人根本任务,遵循学生认知规律和教育教学规律,按照一体化、分学段、有序推进的原则,把中华优秀传统文化全方位融入思想道德教育、文化知识教育、艺术体育教育、社会实践教育各环节"。传承中华优秀传统文化,学校是主要阵地。当前,全国上下推崇"双减"政策,"双减"政策的落地实施标志着减负治理开始走向学校教育、校外教育协同治理的格局,这是教育综合改革深入推进的重大政策创新,也是传统文化走入校园面临的重要机遇。作为传统文化中的重要组成部分,民间文学承载了国人独特的感情和记忆,是铸造文化自信的重要帮手。

对此，文化主管部门应与教育部门联手，通过编制教材、材料包，编排歌剧、小品，或邀请传承人以其他艺术形式走上课堂，为学生讲述民间故事，加深孩子们对民间文化的理解和认识，借助学生的力量促进民间文学代代传承，也加深孩子们对当地的地域文化的认同感和自豪感。

（二）民间文学的景区传承

景区具备得天独厚的集聚效应。2021年4月22日，《江苏省无限定空间非遗进景区工作指南（试行）》出台，无限定空间非遗进景区是指在保护传承非遗资源的基础上，突破时间、空间、形式的限制，在景区内吃、住、行、游、购、娱各环节，植入形式多样的非遗展陈、展示、展演、体验活动，满足游客"求新、求奇、求知、求乐"的旅游愿望，吸引更多人到江苏感受美的风光、美的味道、美的人文、美的生活，收获美的发现。民间文学包含了众多的可塑造元素，例如发生地、习俗、人物，甚至是故事场景，景区可加大对民间文学的剖析力度，从中寻求灵感，全方位、多层次推动"无限定空间非遗进景区"，以软性、全面融合的方式在景区中释放民间文学魅力：如开设文创作品礼物商店、打造特色夜间集市、增添民间文学体验区等，深层次对传说中对应的山、水进行人文改造，使之在传说的基础上更加完善、更加贴近生活，让民间传说既富有新时代新气象，又为景区增添生气与活力。

（三）建立保护传承协调机制

文化主管部门是保护传统文化的统筹力量。在今后的发展路径中，可由政府牵头，相关部门参与，形成统一高效的保护传承协调机制。如将民间文学保护发展与当地经济社会发展规划相挂钩，加大对民间文学的保护、传播的资金投入，打造节庆文化活动，开展群众性集体活动，以提升民间文学社会影响力。再如对展厅升级改造，作为开展民俗学研究、民间教育、普及民间知识、发展民俗旅游的重要场所，文化主管部门应以智能化改造和数字化转型为抓手，从群众的需求角度出发，通过虚拟现实技术和全息投影技术，对民间文学的发生场景进行虚拟还原，通过虚拟现实技术和全息投影技术使观众能够真实地进入互动场景，让消失在历史长河中的民间文学得以复兴，在新技术中发扬光大。

（四）民间文学的多媒体传承

随着互联网与新媒体技术蓬勃发展，民间文学有了更广阔的传播空间。非遗代表性传承人、民间文艺爱好者可利用新媒体渠道进行以下两种传播。一是以电视、电影、短视频方式对民间文学改编、再造。中国民间文学博大精深、种类繁多，其中所蕴含的价值观、理念大多是积极向上、扬善除恶的。民间文学以天马行空的想象、炽热的浪漫主义色彩吸引着一代代人，成为最特别的中国符号。当下，人们在休闲的时候热衷于观看电视剧、电影，其精美的画面、感人的配乐给人以无限遐想的空间，也成为当代人了解民间文学的重要途径之一。二是搭载微信、微博、抖音等媒体平台。民间文学存活于民众的日常生产、生活里，它与各类传播活动中的受众有着天然的联系，而受众是传播中的主要元素，也是传播效果最大化的重要基础。新媒体时代，人们有了更多的选择，短视频因时间短、内容精练深受人们喜爱，它的传播融声音、图片、文字、视频及炫酷特效等于一体，赢得了大批青年观众。在高速运作的今天，碎片化已成为今日大多数用户的主要阅读、观看习惯，民间文学的传承也应顺应历史潮流，进行实地跟拍、传承人采访、历史背景解析、分章分节制作短视频，为广大人民群众提供规范、严谨的民间文学观赏文本。三是拍摄制作微电影、纪录片等，将经典的民间传说、神话、史诗、民间故事等以系列片的形式走进人民生活，让传统文化"飞入寻常百姓家"。

民间文学进入一个历史最好的发展时期，它可以表达情感、愉悦身心、舒缓压力，可以培养人们对美的感知力和鉴赏力。我们应拿起接力棒，尝试创新，以更优组合形式凸显传统文化的魅力，带动其创造性转化与创新性发展，以彰显民间文学的时代魅力与精神内涵。

迁城传说、运河记忆与文化融合

——宿迁民俗"走北边"的历史考察与保护策略[*]

张福贵[**]

正月十六"走北边",是宿迁一项影响深远而又独具特色的节日习俗。有鉴于此,本文在广泛的文献搜集、实地考察和深度个人访谈基础上,深入整理和研究"走北边"习俗的传统仪式,以期深入挖掘"走北边"习俗的文化内涵,推动这一项特色习俗的保护和传承,为宿迁发展独具地域特色的民俗品牌提供历史依据。

一、"走北边"习俗的迁城传说与运河记忆

"走北边"习俗在历代所存宿迁县志书中均不见记载,宿迁

---

[*] 本文系2020年江苏高校哲学社会科学研究项目"地方文化与大学生文化自信培育研究"(项目编号:2020SJB1108)阶段性成果。
[**] 张福贵,宿迁学院马克思主义学院讲师,大运河文化带建设研究院宿迁分院研究员。

当地人存有多则迁城传说与之相关。但这些迁城传说多有分歧，对于其来龙去脉语焉不详，缺乏论证。"走北边"是习俗，没有进入国家正式仪典，缺乏文献留存也属正常，但此习俗在宿迁影响甚大。据调查，宿迁本地人都听过"走北边"习俗所流传的民间谚语"正月十六走北边，腰不疼来腿不酸"[1]。下面通过已有文献记载的迁城传说，复原"走北边"习俗的仪式细节并阐述其内涵与变迁。

关于"走北边"习俗的迁城传说描述，所见最为完整的记载见于白露发表于《大公报》的回忆文章[2]：

> 正月十六的晚上，是市民全年狂欢的沸点，无论哪一条街，都要塞满了人，嬉笑着，跳跃着，没有拘束，没有礼貌，只要天一黄昏，全城便埋在火药的浓臭里了。
>
> 从乡下来的男人女人，常年锁在闺阁里的千金，脑满肠肥的大商贾，西装革履的摩登党员，丢下书本的女学生，英风勃勃的少年兵……大家皆不妨破例来迷信的快活一下，手中点着香，口袋里装满了爆竹，边走边放着，毕剥的声音响彻了每一个角落。偶尔砰然一声，在女人的裤裆下爆炸了，可以引起她红着脸骂一句"婊子孙"。再甚一点，她的腋下南方人所谓绢头，会无端的飞到男人手里，再从手里飞上天，打？再来一下，打是疼，骂是爱，女人的耳光总是轻轻的。哭？那是撒娇。"大姐，大姐俺相好"，卖香

---

[1] 蔡兆银主编《宿迁市宿豫志》，中华书局2009年，第2220页。
[2] 白露《走北边》，载《大公报》1937年3月6日。

的孩子这样喊,年轻人这样喊,老头儿也是这样喊,喊,喊,大家一起涌上真武庙。

真武庙,据说供着的是真武大帝,建筑在城北马陵山的峰顶上(现在听说已改建为马陵公园),这里地势最高,可以看清全城每一个人家的屋脊。人潮一批一批地涌上来,绕庙环走一周,燃放几个冲天爆,爱人也好,家属也好,随便在山坡上坐一会,看看月色迷蒙下东边运河的堤柳,以及四面黄河的烟水沙洲,有说不出的轻松美妙。等到月亮转到了中天,人也在夜风里疲倦了,方才挽着臂儿踏着炮纸从狼藉的街道走回去,这便算完成了一年一度的佳节"走北边"盛会。

"走北边"这个名词,在异乡人听来也许新奇,其实就是本地人也不见得能说出什么理由及其原因,不过每年都是这样盲目地照例举行着,从不曾忘记过一次,除却是天雨。反正新正月里人们没事儿,闲着也会发闷,大家靠着祖宗所遗留下来的习俗,尽量开心一下。孩子们更可以借此机会,扭住妈妈,允许痛快地大放一次爆竹。

但是,这"走北边"据说也是有一番故事的,恍惚十年前母亲曾对我说过。也不知多少年以前,总还是黄河没有改道入鲁以前吧,那时候县城不在这里,还在城南很远的项王故里附近,当黄河的大溜还没有从徐州冲到宿迁的前些时候,当政的是一位清廉的县长。他的老太太更是乐善好施、吃斋念佛,在元宵节的晚上,她供奉的白衣大士突然讲起话来,她说:"这城里人,不久就要遭劫,若能于明天晚上前往拜祷真武大帝可免。"老太太一听这话,赶紧让她儿子出布告，要全城的人于十六日晚上一律去祈求真武大帝消灾。第二天，这布告当真布满街头了，引得一般市民捧腹大笑，信的人，当然也有，但究竟寥寥无几。晚饭后，当这位仁孝的县太爷扶着他的母亲走上马陵山峰顶时，举首南望，黄河的大溜头已经冲到城里，全城尽变作泽国，十余万的民众也就变成鱼鳖了，幸免的只有少数信佛的人。至此大家才深信菩萨的灵验。以后这少数的人便在这山麓上筑屋居住，也就是目前的县址。因为是一夜里迁过来的，所以县也就改名叫"宿迁"，我们每年"走北边"就是纪念这次浩劫的。

另一个较为完整的传说记载见于谷鸣皋发表在《江苏时事月刊》上的《宿迁妇女之迷信》一文中[1]：

> 每年在废历正月十六日这天晚上，红男绿女，手放鞭炮，人山人海，拥挤异常，往北去，沿路并有军警维持秩序，名曰"走北边"。考其取义：因为宿迁建在马陵南山之麓，往北走是取"步步登高"的意思。山之东麓，有百子堂庙一座，堂内有几个姑子，每年蒸许多泥娃娃，备人讨要，一般妇女久不生育，或生育而不产男者，在正月十六日这天晚上"走北边"的时候，均往百子堂内，摸取泥孩子，带回家中，置于卧房床里边，或枕头底下，供之以衣饭，一如生人。至于泥人之代价，是随着穷富而高下，给

---

[1] 谷鸣皋《宿迁妇女之迷信》，载《江苏时事月刊》1937年第4期。

姑子二元一元半元不等。传说将泥人带在家内，来年必能生子，究实确不确，是没人来作证明，然亦有碰着机会降生孩子，当是人越发相信。所以每年一般无子的妇女们，于正月十六日晚上，前往百子堂摸取泥娃娃，非常之多。而堂内姑子，这天收入，亦颇可观。

综合这两段迁城传说的详细记载，可以概括为"走北边"的时间为正月十六，"走北边"的核心是马陵山（今马陵公园）真武庙及百子堂。其核心信仰为真武大帝和送子观音，目的是祈福求子保平安，同时，"走北边"的传说与宿迁因水患迁城有关。

"走北边"习俗，就是宿迁民众正月十六这一晚，无论男女老幼，拖家带口地赶热闹，以求多福、生子、求财，是过去宿迁城民众重要的传统娱乐形式。人们相信"正月十六走北边，腰不疼来腿不酸"，认为正月十六走过北边以后，一年都会健健康康、顺顺利利、开开心心。

那么，"走北边"的行走路线是什么呢？通过访谈居住在宿迁城里的老居民，其中特别重要的是李文章先生所唱淮红戏《叩百子》曲目与"走北边"习俗紧密相关。《叩百子》曲目所唱为一长在富贵街的富家小姐正月十六从家里走出到百子堂求子，并顺利生子的故事。根据这一曲目梳理出"走北边"的行走路线[1]：一般由自己家里出来，向马陵山真武庙走，其主要行走路线由东大街南财神阁出发，沿东大街，到街北财神庙，经

---

[1] 李文章《叩百子》手稿，写于2020年11月4日。

教军场，到真武庙。

从民国年间宿迁城市街道图上看，"走北边"所涵盖的主要节点是：宿迁城南北有3条主要街道，也就是县志记载中南北向为直街，即富贵街（今中山路）、东大街、新盛街。如果宿迁居民到达"走北边"的目的地真武庙，从东、南、北就形成了以财神庙、显佑伯行宫（城隍庙）、真武庙为节点，以教军场为中心的祭祀信仰圈。

真武庙修建于明永乐四年（1406），供奉的是真武大帝。在道教的信仰系统中，真武大帝属水，主北方，能治水降火，解除水火之患。

显佑伯行宫（城隍庙）建于乾隆年间，此庙的修建显然与城隍有关，城隍为护城之神，具有保一方平安的功能。而且，宿迁传统正月十五庙会就是城隍庙会。

嘉庆《宿迁县志》记载了财神庙的修建。自1686年中运河开挖以后，宿迁城商业中心东移，沿黄河向东转移到中运河。财神庙的修建，是商业繁盛后世俗信仰的体现。从历时性上来看，"走北边"习俗空间发生了从官方祭祀到民间娱乐的转变。

此外，"走北边"习俗仪式中还蕴含有其他形式：其一，登高，由于宿迁城北高南低，走北边象征着步步登高，还会在走北边的过程中手持马蹄糕，边走边吃；其二，还需要在走到路口的时候用红纸或红布包裹钱币，扔到十字路口，有破财免灾之说；其三，走到一个大树跟前要围绕大树走几圈，口里还念着"柳树爹、柳树娘,保我儿郎身体强"[1]。那么"走北边"习俗到底有怎样的信仰源流呢?

二、"走北边"的信仰源流与文化融合

习俗的产生都有自身起源和流变过程。从发生时间、仪式、信仰来看,"走北边"与我国各地广泛分布的"走百病"习俗有明显的渊源关系。根据陈恩维考证,"走百病"习俗起源于南北朝时期的耗磨日,又与驱鬼逐疫仪式、汉族元宵节俗和仪式、少数民族放偷习俗相混合,汇合了逐疫、过桥、赏灯、偷青等多种仪式细节,形成了度厄、逐疫、祛病、求子、狂欢等多种内涵,是一种由多种习俗合流的变形习俗。"走百病"曾在中国南北各地普遍存在,只不过存在"游百病""过三桥""走平安路""游桥""消百病""采青"等名称差异。近代以来由于经济社会转型的冲击,各地"走百病"习俗已经基本消亡了,目前只有安徽、甘肃等地有相关习俗留存,但大多数仪式保留不完整,内涵残缺[2]。

宿迁是一个南北移民交会地区,从目前的家谱遗留来看,移民最早可追溯到元代,而最多的为明清移民。移民来到宿迁保留了"走百病"习俗,最早的记载来源于康熙年间张忭所纂修的《张忭私志》[3]。同时,这一习俗与宿迁特殊北高南低地理

---

[1] 被采访人:张氏大娘,85岁,宿迁小关庙巷人,采访时间:2021年11月5日。
[2] 陈恩维《"走百病"习俗的渊源与流变》,载《民俗研究》2017年第2期。
[3] 张忭《张忭私志》,抄本,宿豫区档案馆。

因素、宿迁迁城历史以及特殊的语言系统有关,"走百病"成了"走北边"[1]。"走北边"所行进的文化空间所显示的就是常说的"沭阳的财主,宿迁的庙",也就是宿迁人的信仰世界。

宿迁"走北边"习俗分别选取了显佑伯行宫和真武庙两个神庙作为节点,正是以地方的保护神——城隍和真武大帝来构建一个祭祀圈的共神系统,同属于道教信仰神系统,明清以来的道教信仰在中国民间信仰中具有强大的融合性。"走北边"的路线并没有覆盖城区所有神庙,核心区的极乐庵虽是苏北名刹,但在"走北边"习俗中并不占主导地位。"走北边"习俗主要目的地真武庙所产生的神灵托梦迁城、拯救宿迁城百姓的传说世代相传,达成了一种地域共同体的认同。随着东大街、新盛街众多街巷的增多,来自四乡和外邑的铺户以行业聚集而居,打破了原有的聚族而居的结构。明代以来,叶、蔡、张姓开始在东大街聚居,特别是清代中期以来,"走北边"核心区域有蔡祠堂、张祠堂、郭祠堂、高祠堂、陆祠堂等数十所家族祠堂,此外宿迁城核心区域共有庙、寺、庵、祠等100余座,居民的信仰系统是复杂而多样的,如何融合如此繁多的信仰,庙会、"走北边"习俗能够起到有效融合的作用。"走北边"习俗具有边界确认、商业交流、文化记忆等诸多功能。

"走北边"所游历的祭祀圈,在世俗层面使不同文化与利益背景的群体,为了一个共同的目标聚集在一起,无疑可以调剂各家族、族群和行业之间的关系,从而加强社区凝聚力和认

---

[1] 力量、张进《宿豫方言研究》,河海大学出版社2011年,第71页。

同感。而"走北边"的人群最终归向教军场、东大街商业市场，则说明商业也是街区整合的重要力量。

宿迁"走北边"习俗的仪式也在时代转型中发生了流变，保留了宿迁迁城的运河灾害记忆，融入了古人登高习俗，保留了求子、登高的基本仪式，是运河沿线城市完整保留而又影响巨大的传统习俗留存，具有见证南北文化融合发展的独特价值。

由此可见，如果从传统社会的信仰世界来理解，宿迁"走北边"习俗特意绕行一些关键节点，是以仪式的形式，反映人们对于宿迁城的安全、命运、福祉、秩序的一种深度关注，而不是偶然的无意识行为，也就是说在它产生之始并不是纯粹为了娱乐。

总而言之，人们之所以设计特定的"走北边"路线和节点，目的是让"走北边"的人们认可宿迁城信仰祭祀圈的空间和组织秩序，从而将神灵超越性的权威、历史的地方性意义与美好的生活愿望和心理需要巧妙地结合在一起，并通过"走北边"仪式年复一年地强化记忆，加强认同。

综上所述，"走北边"习俗是宿迁人在一个特定的时空环境里，将个人对于财产、安全、福祉、秩序的要求，与地方的空间布局、信仰系统甚至还有一些地方历史人物和事件，巧妙地交织在一起，以丰富的仪式、生动的细节、关键的节点来建构宿迁人对于地方的文化记忆。"走北边"习俗记录了宿迁人遥远的文化记忆，传承了宿迁城迁城往事，塑造了日常生活的规范和愿望。

三、"走北边"习俗文化修复与对策

宿迁作为全国文明城市，大运河文化带建设国家战略中运河沿线重要节点城市，势必在追求经济发展的同时，要扩大宿迁社会和文化的影响力，必须打造属于自己的特色文化品牌，"走北边"习俗是一个有效的突破点，但要推动此习俗的发展和传承，需要在文化修复、公众参与、城市精神三个方面进行统筹。

（一）空间修复，创造文化空间

中山路、东大街、新盛街是"走北边"习俗发生的空间。由于城市建设的发展，东大街基本无存，目前只有中山路和新盛街有所保留。但"走北边"习俗所要求的空间不是一个简单的物理空间，它需要一套历史文化地理系统。目前仅存的新盛街街区具有实现这一文化空间的可能。

不仅如此，新盛街地理空间的修复，其一，可以担负起宿迁申请历史文化名城的重任。对标历史文化名城条件，必须有两条保存完整的街道的硬指标。新盛街片区虽已拆迁重建，但就目前所存留的古建筑来看，还可以满足两个街道的要求，此外宿迁没有古街。其二，新盛街片区是宿迁建设中国酒都的理想选地，作为宿迁主城区应该有酒都元素。新盛街片区不仅有酿酒槽坊，而且宿迁老酒厂的遗址也在，厂房部分还有遗留。如果充分利用这些元素，不仅可以避免重复建设带来的成本，还可以留住老宿迁的记忆。其三，新盛街片区是宿迁展示城市特色文化的平台，根据考古发现，新盛街片区出土文物显示，此片区具有从春秋时代到现今的所有文化层，并有出土的文物。如果能够结合地下考古遗址和现存地上清以来的古建筑，展现两千年来的文化变迁历程，可建设遗存公园等，展现宿迁两千余年的文化史。地上建筑部分有庙宇、祠堂、名人旧居等传统文化要素，展示宿迁传统精神和信仰世界，结合马陵公园红色文化，在主城区内使古黄河和运河相连，形成主城区文化带。

（二）公众参与，打造城市名片

随着城市建设的进行和历次旧城改造，"走北边"习俗在宿迁老百姓城市日常生活中逐渐式微，但是并没有完全消失，每年元宵节，宿迁城区幸福路一带还会有人群自发聚集，热闹非凡，老宿迁人还保留有"走北边"的传统。如2017年宿迁城区举行的"记忆老宿迁，重走幸福路"得到了数万人的响应。2019年举行了"年味老宿迁 幸福再出发"新春嘉年华活动，取得了良好的社会效果。另外还可以进行非物质文化遗产项目的申报。淮红戏是江苏省非物质文化遗产，"走北边"习俗中所唱淮红曲目《叩百子》的流传也有数百年历史，在省级非遗的基础上，"走北边"习俗可仿照"佛山行通济"等民俗项目进行国家级非物质文化遗产项目的申报。

对"走北边"习俗进行行政介入，通过空间修复、服务保障、文化整合等行动，整合宿迁正月十五庙会、非遗项目申报和大运河文化带建设，如举行"行大运，重走幸福路"等主题巡游活动，挖掘出"走北边"习俗中所具有的现代精神，传统的登高、丢钱、绕树转换为现代的健康、慈善、生态的文化精神，打造城市文化名片，展示宿迁社会文化上的开放与包容，使"走北边"习俗成为城市建设的文化实践。

（三）赓续传统，锻造城市文化精神

"走北边"习俗不断把周边的新型社区，特别是新崛起的城市干道纳入其中，其巡游路线的扩展，与宿迁城市空间的扩展是一致的。因此，对于"走北边"的保护和传承，应该正视宿迁城市空间发生巨变的现实，将"走北边"巡游路线的调整和宿迁新的城市记忆的建构联系起来，一方面，通过新盛街文化空间的修复，保护"走北边"核心文化区；另一方面，结合宿迁当代城市空间的拓展和道路的改造，将城市文化景观纳入"走北边"路线中，通过文化空间恢复与地方特征标志文化的建设，建构"走北边"文化记忆的主要框架。新的"走北边"路线可以以马陵公园为中心往西为古黄河生态文化带，往东为沿大运河沿线，往北沿幸福路过船闸到井头三台山一带，往南走幸福路、黄河南路联通项王故里景区。

长期以来，宿迁人将"生态为归宿，创业求变迁"确定为宿迁精神。生态思想和求变意识是新宿迁人的底色。"走北边"习俗是激活老城、活力新城的文化建设，将"走北边"与宿迁的城市记忆、地方认同和新时期宿迁精神联系起来，将"走北边"习俗和宿迁的城市个性形象和建设文化宿迁有机统一起来，发展成为彰显地方文化特色和时代文化精神的文化品牌。

总之，宿迁"走北边"习俗的保护、传承和发展，其实质是迁城传说、运河记忆和南北文化融合为一体的一项传统民俗文化活态传承实践，不仅能够传承弘扬大运河文化，推动大运河世界文化遗产创造性转化、创新性发展，同时宿迁民众通过"走北边"习俗的文化参与和价值共享，形成对宿迁的地方认同，推动宿迁文化高质量发展。

运河语境中《乾隆寻父》传说的传播与流变

陈斯金[*]

自清末以来,在京杭大运河流域具有全域性乃至全国性以及海外华人圈的民间传说中,《乾隆寻父》传说可谓是颇具代表性的一例。《乾隆寻父》传说的形成与发展大致经历了三个阶段:最早产生于清朝晚期,主要在江南一带流传;然后在清末民初,受到排满情绪的影响,该传说在全国广泛流传;第三阶段是中华人民共和国成立以来,由开始的口传形式而形成各地不同的文字版本,并通过武侠小说和历史小说的演义以及舞台剧、影视剧等多种渠道的传播,使该传说成为全球华人熟知的故事。

本文就乾隆身世之谜、《乾隆寻父》传说的传播及流变情况分别做一梳理。

---

[*] 陈斯金,宿迁学院文理学院副教授。

一、乾隆的身世之谜

俗话说事出有因,民间传说也是如此。历史人物民间传说是依托一定的史实而由民众所创作出来的具有传奇性的故事。乾隆的身世之谜是形成乾隆寻父传说的主要原因。从史料来看,乾隆的身世之谜主要存在两大因素:一是乾隆的出生地在哪?二是乾隆的生母是谁?

(一)相关人物说法不一造成乾隆出生地之谜

关于乾隆出生地的史料记载,存在两种不同的说法,一说是他出生在雍和宫,二说是他出生在避暑山庄。

1.乾隆说自己出生在雍和宫

乾隆一贯认为自己出生于雍和宫。今雍和宫位于北京城安定门内,康熙时为四子胤禛的府邸雍亲王府。雍正帝搬进紫禁城后,将雍亲王府改成行宫"雍和宫"。乾隆登基之后,又把雍和宫改成了藏传佛教的寺庙,俗称喇嘛庙,并在神御殿里供奉雍正皇帝的画像,喇嘛每天诵经。乾隆几乎每年"新正"(正月初一)或"人日"(正月初七)都会去雍和宫礼佛。

乾隆是个爱写诗的皇帝,在他众多诗歌中都提到自己出生在雍和宫。乾隆四十三年(1778),乾隆在《新正诣雍和宫礼佛即景志感》这首诗中,有"到斯每忆我生初"之句,意思是我每到这里就想到我当初出生在这里。诗中的"斯"字,即指雍和宫。乾隆四十四年,乾隆在《新正雍和宫瞻礼》的诗中写道:"斋阁东厢胥熟路,忆亲唯念我初生。"乾隆皇帝不仅表示自己出生在雍和宫，而且还指出了具体的出生地点——雍和宫的东厢房。乾隆四十七年（1782），乾隆作《人日雍和宫瞻礼》一诗，并在诗下面作注："余实康熙辛卯生于是宫也。"乾隆五十四年（1789），乾隆作《新正雍和宫瞻礼》一诗，写道："岂期莅政忽焉老，尚忆生初于是孩。"诗后作注："予以康熙辛卯生于是宫，至十二岁始蒙皇祖养育宫中。"以上两首诗的诗下作注，乾隆明明白白告诉世人，自己就出生在雍和宫。

2. 嘉庆说父亲出生在避暑山庄

嘉庆是乾隆的儿子，继位当年（1796）的八月十三日在承德的避暑山庄为父亲过86岁生日。嘉庆写了首诗《万万寿节率王公大臣行庆贺礼恭纪》给父亲祝寿，其中有"肇建山庄辛卯年，寿同无量庆因缘"，诗后小注云："康熙辛卯肇建山庄，皇父以是年诞生都福之庭。"第二年，乾隆又到避暑山庄过生日，嘉庆照例又写《万万寿节率王公大臣等行庆贺礼恭纪》的诗，在诗的小注中更准确地说："敬惟皇父以辛卯岁，诞生于避暑山庄都福之庭。"嘉庆两次强调他的父亲出生在避暑山庄。

还在嘉庆之前，乾隆朝有个军机章京管世铭，他说得更加具体，认为乾隆出生在避暑山庄的狮子园。军机处的章京俗称"小军机"，管世铭深通律令，凡谳牍多由他主奏。乾隆皇帝有一年秋天到避暑山庄打猎，管世铭随驾。在这次随驾之后，管世铭写了《扈跸秋狝纪事三十四首》，其中第四首写道："年年讳日行香去，狮子园边感圣衷。"管世铭在诗后的小注中明确地说："狮子园为皇上降生之地。"当年康熙常到避暑山庄来，身为皇子的雍正随行，雍正的一家就住在避暑山庄的狮子园。

(二)雍正熹妃身份有别造成乾隆生母之谜

在清朝的皇室玉牒里,清楚地记载着乾隆皇帝的生母是四品典仪官凌柱的女儿钮祜禄氏。本来不该有何疑问,可是由于乾隆、嘉庆父子关于乾隆出生地的分歧,也引发了民间对于乾隆生母身份的质疑。再加上乾隆作为一国之君反复强调自己的出生地,以及后来的嘉庆、光绪大张旗鼓地修改史料和早已流传于世的嘉庆写的诗歌及诗注,更有欲盖弥彰之嫌疑。

引发人们对乾隆生母质疑的还有一个重要因素。按照《清高宗实录》《清高宗圣训》和《玉牒》的记载,乾隆的生母是雍正的熹妃钮祜禄氏。但是按照《雍正朝汉文谕旨汇编》记载雍正的熹妃是"钱氏"。同一个熹妃,一个是钮祜禄氏,一个是钱氏,二者说法不一,这样更给世人增添了关于乾隆母亲身份猜想演义的故事情节。

《清朝野史大观》记载:"康熙间,世宗时为皇子,与陈氏尤相善。会两家各生子,其岁月日时皆同,世宗闻悉,乃大喜,命抱以来。久之,始送归,则竟非己子,且易男为女矣。陈氏殊震怖,顾不敢剖辨,遂力秘之。未几,世宗即位,即特擢陈氏数人至显位。迨乾隆时,其优礼于陈者尤厚。[1]"

文中提到的陈氏指陈世倌,浙江海宁人,人称"陈阁老"。康熙时陈世倌入朝为官后,与雍亲王常有来往,其妻恰与雍正的福晋同时怀孕,在同一天生了孩子。当时雍正派人把陈世倌的孩子接到雍王府去,说是看看,但孩子送回来的时候,原来

---

[1] 李炳新等校勘《清朝野史大观》,河北人民出版社1997年,第39页。

的男孩竟变成了女孩。陈世倌夫妇恐慌不已，就把那个女孩当自己的孩子养着。而送到雍王府去的那个男孩，后来成了乾隆皇帝。

另外有传说，乾隆生母是家境贫寒的钮祜禄氏。晚清文人王闿运在《湘绮楼文集》中写到，钮祜禄氏跟随母亲时，居住在承德城里，家境贫寒。13岁时来到京师，恰好皇宫里选秀，她因体貌俊美而当选，被分配到雍王府。一次，雍亲王生病，被派到雍亲王身边日夜服侍。几个月后，雍亲王病愈，钮祜禄氏便怀了孕，后来就生下了乾隆。[1]

也有传说，乾隆生母是热河汉人宫女李氏。最早讲述这段故事的是清朝遗老冒鹤亭，据他讲，故事是从热河当地宫监那里听来的。一年秋天，雍亲王随康熙在热河打猎时，捉到一头梅花鹿并喝了鹿血。鹿血性热，有壮阳功效，雍亲王无处发泄，饥不择食地宠幸了山庄内一个面容丑陋的宫女。该宫女李氏，名叫金桂，汉族人。到了第二年，康熙又到避暑山庄，发现李氏怀孕即将分娩。康熙为了替儿子遮掩，就命人将李氏带到草棚里生产。李氏在草棚里面生下一个男婴，雍亲王将男婴抱给钮祜禄氏抚养。这个男婴就成了后来的乾隆皇帝。[2]

还有出现在《胡适之日记》中的记载，乾隆的生母是来自南方的"傻大姐"。故事内容来源于曾任北洋政府国务总理熊希龄的讲述："乾隆帝之生母为南方人，诨名傻大姐；随其家人到热河营业（热河有南方各种工匠，如油漆、红木之类）。时方

---

[1]（清）王闿运《湘绮楼诗文集》（第一册），岳麓社2008年，第153页。
[2] 于培杰《乾隆身世之我见》，载《潍坊学院学报》2008年第5期。

选秀女，临时缺一名，遂把她列入充数。后来太子（雍正帝）病重，傻大姐在侍女之列，服侍最勤，四十余日衣不解带，太子感其德，病愈后遂和她有关系，她后来在一个茅棚内生一子，即乾隆帝也。后来乾隆帝就在产生之地作此茅屋，留为纪念。"[1]

二、《乾隆寻父》传说的传播

在关于乾隆生母身世的众多传说中，其影响最大的当数陈世倌的夫人说。其原因显然与当时贯通南北主要交通航线的京杭大运河以及乾隆六下江南的重要史实有关。民间传说乾隆六下江南名为考察民情关心民生，实为暗中寻找他的生身父亲。在上面列举的关于乾隆生母传说的不同版本中，也只有"调包计"这个故事中乾隆的父亲不是雍正而是汉人，所以也就引发人们关于乾隆寻找生身父亲的广泛遐想和诸多演义。

由于《乾隆寻父》传说中的人物和地点具有特定区域，因此传说流传的范围也大致由这些区域所框定，该传说所传播的区域或范围就叫"传说圈"[2]。

（一）陈世倌出生的家乡海宁形成的传说圈

金庸在他 1955 年写的第一部小说《书剑恩仇录》的后记里说："我是浙江海宁人。乾隆皇帝的传说，从小就在故乡听到了

---

[1] 胡适《胡适全集》第 29 卷，安徽教育出版社 2003 年，第 563 页。
[2] 万建中《民间文学引论》，北京大学出版社 2006 年，第 169 页。

的。""历史学家孟森作过考据,认为乾隆是海宁陈家后人的传说靠不住,香妃为皇太后害死的传说也是假的。历史学家当然不喜欢传说,但写小说的人喜欢。"[1]《书剑恩仇录》的故事就取自金庸的老家浙江海宁的民间传说:"康熙五十年八月十三日,四皇子允禛的侧妃钮祜禄氏生了一个女儿,不久听说大臣陈世倌的夫人同日生产,命人将小儿抱进府里观看。哪知抱进去的是儿子,抱出来的却是女儿。陈世倌知是四皇子掉了包,大骇之下,一句都不敢泄露出去……这换去的孩子取名弘历,后来就是乾隆。"小说和传说虽然不同,但传说具有想象虚构的成分,所以传说和小说一样同属于文学作品。金庸的这部小说是在民间传说的基础上做了进一步加工改造,其想象虚构的成分更加丰富。小说将传说中的历史与想象中的传奇融为了一体,写到乾隆皇帝知道自己的真实身世之后,因为陈阁老夫妇已故,只好趁着深夜到他们的墓地表达了祭拜之情。

浙江海宁还流传着《九小姐》的故事。根据浙江文艺出版社编辑的《乾隆下江南的传说》一书中的第一篇《九小姐与乾隆》讲述,当年被雍亲王调包的女儿由陈阁老夫妇带回老家浙江海宁,人称"九小姐"。陈阁老对这位公主倍加呵护,还给她订了一条"相府小姐重千金,不可随便下花楼"的规矩。当九小姐知道自己的真实身份之后,义愤填膺,不甘心把自己当公主一样供着,于是私通豆腐郎,结果情死枣树林。不久,陈阁老也去世了。后来,乾隆知道自己的身世之后,六下江南四次

---

[1] 金庸《书剑恩仇录》,生活·读书·新知三联书店1994年,第804页。

到海宁陈家逗留，与陈阁老夫人相见而不敢相认，面对陈阁老的遗像也只能深深默哀。[1]

（二）陈世倌出家的江南寺庙形成的传说圈

在海宁的民间传说中，当乾隆知道自己的身世之后，他寻找到的陈阁老已经去世了，于是只能以祭拜亡灵而告终。此传说经过20世纪80年代改革开放以后金庸武侠小说在内地广泛传播，再加上改编电视剧推波助澜，使得乾隆江南寻父的传说几乎家喻户晓、妇孺皆知。然而，人们对乾隆江南寻父的民间传说并不会囿于金庸小说情节的限制，而是煞有介事地附会出乾隆登基后，听闻生父陈阁老已隐居江南古刹佛门，就决意要遍访江南名山佛寺。这样一来，《乾隆寻父》传说就分布在乾隆下江南沿着大运河所能到达的一些相关寺庙所在的区域。京杭大运河流经江南两个省份，一是浙江，二是江苏。由于陈阁老是浙江人，而在浙江海宁的传说中，乾隆江南寻父之前陈阁老已死，所以围绕寺庙寻找父亲的民间传说就主要集中在江苏省的江南区域。

沿着大运河南下，进入江南的第一座著名寺庙是位于镇江境内长江沿岸的金山寺。在镇江金山寺的传说中，乾隆六下江南有五次到金山寺，目的就是寻找他的生身父亲。乾隆前几次没见着，最后一次发誓定要查个水落石出。他叫人赶制544套袈裟，并亲自将这些袈裟赏赐给寺庙里的每一个和尚。结果

---

[1] 《九小姐与乾隆》，浙江文艺出版社编《乾隆下江南的传说》，浙江文艺出版社2009年，第1—24页。

543套袈裟赐完,还有一个法号"八乂"的疯和尚没有领赏。当住持领着乾隆来见的时候,疯和尚还将一双鞋倒着穿,蓬头垢面、面容憔悴、疯疯癫癫。乾隆以为这个和尚肯定不是自己的父亲。乾隆回到宫中后,乳母说此疯和尚正是他的父亲:"八乂"合在一起是"父",鞋子倒穿表明"孩子到了",在南方"鞋""孩"同音。乾隆明白过来后立即派人到金山寺来接人,结果疯和尚已经离开寺庙了。[1]

在镇江境内,除了金山寺寻父传说,还有乾隆到宝华山的隆昌寺寻父传说。故事情节大同小异,只是寺庙由金山寺变成了隆昌寺。[2] 其基本情节线是:雍亲王偷龙换凤—陈阁老出家为僧—乳母告知身世—乾隆寺庙寻父—和尚巧设暗语—乾隆无缘认父。

在江苏境内,乾隆江南寻父传说影响较大的寺庙还有南京燕子矶附近的永济寺、无锡宜兴磬山的崇恩寺、苏州玄墓山的圣恩寺等。尤其值得一提的是,在南京幕府山北麓的长江边上燕子矶大道旁,现在还竖立起乾隆寻父纪念碑和群雕像。

(三)运河沿线及其所辐射的其他地区形成的传说圈

在河北承德,民间传说雍亲王使用调包计偷龙换凤故事发生地点在避暑山庄,但被换的不是陈阁老的儿子,而是汉族大

---

[1]《乾隆下江南》,黄文莉、汪建先编《少儿智慧故事大全》,湖北辞书出版社1993年,第30—32页。
[2]《隆昌寺乾隆寻父》,陈图麟等主编《中国名胜故事》,北方妇女儿童出版社2001年,第105—108页。

臣杨林的儿子。后来杨林出家到了江南的金山寺,乾隆知情后南下金山寺寻父。[1]

在山东,有泰山灵岩寺乾隆寻父的传说,陈阁老(原文为申阁老)主动将自己儿子换给娘娘,后来陈阁老辞官到泰山的灵岩寺出家了。乾隆寻父是在灵岩寺。

在山东南阳,还有一个传说,被调包的是吏部尚书赵骏的儿子,后来赵骏出家到了金山寺。乾隆知情后南下金山寺寻父。

在安徽黄山,有陈阁老出家云谷寺(掷钵禅院)的传说。陈阁老在老家假办丧事谎称已死,实际是乔装出家,隐居黄山寺庙了。乾隆在黄山云谷寺和陈阁老有一面之缘,但乾隆没有认出父亲。

在安徽淮北的相山庙还有个《乾隆寻父》传说,雍亲王的宠妃和陈阁老夫人非常要好,亲如姐妹,是陈夫人主动将儿子换给王妃。结果陈夫人和公主早亡,陈阁老出家到淮北相山庙。乾隆受母亲之托,到相山庙寻父。乾隆在母后的提醒下,最终和父亲相认。

在众多寺庙有关乾隆寻父的传说中,湖南平江县的板江乡有一座古庙,名叫乾隆庵,发生在这里的传说最有意思,几年前曾一度轰动媒体。2008年6月17日《长江信息报》登载一篇署名李孟春的文章《平江一古冢牵出乾隆身世谜传说乾隆皇帝曾两次前来此地寻父》,引起众多媒体及专家关注。文章认为新发现的古冢可能就是传说中乾隆的生身父亲之墓。经过相关

---

[1] 承德地区民研分会编《承德的传说》,中国民间文艺出版社1984年,第222—225页。

专家的实地考察，结果传说终归是传说。

三、《乾隆寻父》传说的流变

作为口传文学，《乾隆寻父》的民间传说故事版本多样，各地说法变化多端。从乾隆所寻找的父亲来看，就存在三种情况。第一，雍亲王当年调包的是陈世倌儿子，所以乾隆寻找的生父是陈世倌；第二，雍亲王当年调包的并非陈世倌的儿子，所以乾隆寻找的生父另有其人；第三，传说雍正退位后，远离皇宫到南方隐居了，所以乾隆寻找的父亲是雍正[1]。单就每一种情况来说，其主要人物的身份也有不同，故事情节不一而足。这也充分显示了口传文学的流变性。

（一）乾隆生父是陈世倌传说的流变情况

乾隆生父是陈世倌的传说圈最多，不仅广泛流传于江浙一带，即便在其他地区，也大多认可乾隆生父是陈世倌。这可能与金庸小说家喻户晓有关。以下就几种不同流变情况做一比较。

故事传说圈	调包情景	告知实情者	出家者身份	见面情景	寻父结局
江苏镇江金山寺	陈夫人气死，陈阁老出家	乳母	"八乂"和尚	和尚回避装疯，巧妙留下暗语	乳母点破暗语，父子无缘相认

---

[1] 据正史记载，雍正死后乾隆继位。但民间对于雍正的死因存在争议。在民间传说中，有雍正被逼私下退位隐居的说法。

续表

故事 传说圈	调包情景	告知实情者	出家者身份	见面情景	寻父结局
江苏无锡崇恩寺	（无情景描述）	知情者	陈和尚	和尚正面相对，父子机巧对答	乾隆当即醒悟，父子欣喜相认
安徽淮北相山寺	王妃与陈夫人商量调包	母后	"八乂"和尚	"八乂"和尚不拜君	母后点破，父子相认

（二）"调包计"情节传说流变情况

在乾隆寻父传说中一个最关键的情节是"调包计"的实施，被调包的除了大家熟知的浙江海宁陈世倌，在山东南阳与河北承德的传说中，还另有其人。可以将这两种流变情况做一比较，列表如下：

故事 传说圈	儿子 被换者	调包 地点	告知 实情者	被换者 出家地点
山东南阳	吏部尚书赵骏	北京雍和宫	老太监陈贵	镇江金山寺
河北承德	汉族大臣杨林	承德避暑山庄	乳母李氏	镇江金山寺

调包计中儿子被换者的姓名、职位虽有不同，但他们都有一个共同的身份，即都是汉族人。由此可见，传说背后所隐藏的民众心理。

(三)《乾隆寻父》其他情节流变情况

在《乾隆寻父》传说的众多版本中,江苏泗洪境内的传说显得很特别。当年雍亲王没有使用调包计偷梁换柱,而是看上了内侍赵大龙的夫人。赵大龙无奈,只好和夫人商量后主动让夫人入宫。此时赵夫人已经有孕在身两个月了,发生奇迹的是赵夫人肚里的孩子直到第十二个月才降生,所以雍亲王也没有怀疑什么。赵大龙自夫人入宫后,就辞官回到泗洪老家归隐起来。后来乾隆遵从母后的嘱托寻找父亲赵大龙,结果两次与赵大龙相遇,第一次在南下的路上,第二次在寺庙里,都因没有识破赵大龙的暗语而无缘相认。[1] 不妨将此版本和贵州绥阳、浙江宁波的传说做一比较,可见《乾隆寻父》传说流变情况之显著。

故事传说圈	找寻的父亲	找寻的原因	相遇地点	找寻结果
江苏泗洪	内侍赵大龙	赵夫人怀孕入宫避祸隐居	路上寺庙	无缘相认
贵州绥阳	太上皇雍正	雍正看破红尘出家隐居	蒲场镇回龙寺	无缘相认
浙江宁波	汉族大臣杨林	杨林被偷龙换凤避祸出家	江东惊驾桥	相认封赏

---

[1] 朱士香《乾隆皇帝江南寻父传说》,《中国民间文学集成·江苏·淮阴·泗洪卷》,泗洪县民间文学三套集成编委会 1989 年,第 31—35 页。

根据接受美学的观点,文学的接受者同时也是文学的创造者。作家是文学作品的第一创造者,读者是文学作品的第二创造者。清代王夫之认为:"作者以一致之思,读者各以其情而自得。"[1]《乾隆寻父》传说作为民间口传文学,其在接受和传播中所反映的创造性和流变性愈加明显。

从《乾隆寻父》传说的传播与流变来看,尽管各种不同版本的故事内容千奇百怪,甚至荒唐可笑,但传说的背后却是广大民众真实心理的反映。中国古代封建社会经历了两千多年,皇帝是至高无上的。历朝历代的皇帝们也在利用各种手段极力打造自身神圣不可侵犯的威严,但民众是不买账的。《乾隆寻父》传说的矛头瞄准了雍正、乾隆两代皇帝,民众以蔑视和戏谑的态度对封建极权进行了机智而有力地挑战。米歇尔·福柯说:"应该使历史脱离它那种长期自鸣得意的形象。"[2]《乾隆寻父》传说虽然更多属于虚构的故事,但从本质上说,民间传说与统治者们精心撰写的所谓正史都是对过去历史的选择、描述与建构。

---

[1] (明)王夫之《诗绎》,郭绍虞主编《中国历代文论选》第一册,上海古籍出版社1979年,第24页。
[2] 万建中《民间文学引论》,北京大学出版社2006年,第179页。

一脉相承的信俗

交融视域下的桑蚕文化

——以江南地区蚕神名称为中心

吴晓东[*]

江南地区蚕桑文化十分丰富,这与它的蚕桑业发达紧密关联。这里养蚕历史悠久,浙江吴兴钱山漾遗址属于新石器时代良渚文化,出土有一批绸片与丝带,证明这一地区很早就已经利用家蚕纺织。在明清时期,江南可谓全国最发达的桑蚕生产区。清代董蠡舟在《南浔蚕桑乐府》中写道:"无尺地之不桑,无匹妇之不蚕。"

发达的蚕桑业是蚕神信仰的肥沃土壤,它既可产生蚕神信仰,也可接纳外来的蚕神信仰文化。江南地区崇奉的蚕神名称各异,有马头娘、蚕花五圣、马鸣王、马明王、嫘祖等。这些蚕神名称的交互使用,反映了江南地区与华夏大地各区域的文化交融。

---

[*] 吴晓东,中国社会科学院民族文学研究所研究员。

一、马头娘与马鸣菩萨的融合

在江南一带,所祭祀的蚕神名称有多种,其中有一种为马头娘或马鸣王、马明王。在湖州含山,蚕花圣殿内有蚕花娘娘塑像,其形象是蚕女与白马的组合,这可以说是马头娘的演化。动物神像的演化规律一般是这样的:一开始是动物原型;第二阶段是人与动物的结合,比如人首马身;第三阶段是动物成为人的伴随物,比如牛郎与牛;最后发展到完全的人,此时已经没有了动物的痕迹,含山蚕花娘娘(马头娘)的形象就处于第三阶段。

为什么蚕神会被称为马头娘?这是因为蚕虽然是虫子,但它的头却与兽头有几分相似,中国是最早养蚕的国度,在养蚕的过程中,难免会关注到这一特点。《大荒北经》云:"有虫,兽首蛇身,名曰琴虫。""有三桑无枝。"[1]这里说的琴虫,当是指蚕,因为《山海经·海外北经》说:"三桑无枝,在欧丝东,其木长百仞,无枝。"[2]其中的"欧丝"指其前文所说的"欧丝之野在大踵东,一女子跪据树欧丝",说的是一个女子在树上吐丝,而此树正是蚕虫所吃的桑树。虽然在《山海经》里只模糊地说蚕的头是兽头,但难免在某些区域被具体化到某一动物,比如马头。那么,古人也难免会编出故事来对此加以解释。蚕最有特点的就是蜕皮,小蚕虫出生后,不断吃食桑叶,之后蜕皮长大,再吃,再蜕皮,如此反复几次,便长为成虫,开始结

---

[1] (晋)郭璞《山海经传》大荒北经第十七,四部丛刊景明成化本,第72页。
[2] (晋)郭璞《山海经传》大荒北经第十七,四部丛刊景明成化本,第53页。

茧。因此，古人便利用蚕的蜕皮特点来对其头像马头的特点加以解释，即蚕蜕皮后换上马皮，它的头便像马头了。这样的观念进一步演化，就成了蚕马神话。《搜神记》记载云：

> 旧说太古之时，有大人远征，家无余人，唯有一女。牡马一匹，女亲养之。穷居幽处，思念其父，乃戏马曰："尔能为我迎得父还，吾将嫁汝。"马既承此言，乃绝缰而去，径至父所。父见马惊喜，因取而乘之。马望所自来，悲鸣不已。父曰："此马无事如此，我家得无有故乎？"亟乘以归。为畜生有非常之情，故厚加刍养。马不肯食，每见女出入，辄喜怒奋击，如此非一。父怪之，密以问女，女具以告父，必为是故。父曰："勿言，恐辱家门。且莫出入。"于是伏弩射杀之，暴皮于庭。父行，女与邻女于皮所戏，以足蹙之曰："汝是畜生，而欲取人为妇耶？招此屠剥，如何自苦！"言未及竟，马皮蹶然而起，卷女以行。邻女忙怕，不敢救之，走告其父。父还，求索，已出失之。后经数日，得于大树枝间，女及马皮尽化为蚕，而绩于树上。[1]

《仙传拾遗》记载的蚕马神话是这样的：

> 蚕女者，当高辛氏之世，蜀地未立君长，无所统摄，其人聚族而居，递相侵噬。广汉之墟，有人为邻土掠去已

---

[1]（晋）干宝《搜神记》卷十四，明津逮秘书本，第53页。

逾年，惟所乘之马犹在。其女思父，语马："若得父归，吾将嫁汝。"马遂迎父归。乃父不欲践言，马跑嘶不龁。父杀之，曝皮于庭中。女行过其侧，马皮蹶然而起，卷女飞去。旬日见皮栖于桑树之上，女化为蚕，食桑叶，吐丝成茧。[1]

《搜神记》是晋代干宝所著，未提及故事的发生地，《仙传拾遗》是唐末五代时期杜光庭所著，说了故事是发生在蜀地，即今四川一带。干宝的老家是汝南郡新蔡县，在今河南省新蔡县，后迁居海宁盐官之灵泉乡，今属浙江。干宝写作《搜神记》的具体时间虽然难以定论，但大抵是被征召为著作佐郎之后，他才有机会查阅大量典籍，以及搜集民间传说。这一时期，他已经定居江南。从《搜神记》中所记载的蚕马神话语言风格看，很可能是根据当地的民间传说所记录的，如此说来，蚕马神很早就在江南流传了。《仙传拾遗》记载的蚕马神话虽晚于《搜神记》，语言风格更为简洁，且将故事发生地说是蜀地，但故事情节基本一致，当是同源，是文化交融的结果。

蚕马神话另一交融现象表现在马头娘这一名称又被称为马鸣王，这是与印度马鸣菩萨的结合所致。马鸣是古印度佛教诗人，大乘佛教著名论师。他在小月氏说法，连马匹也饿着肚子听他说法，而不知去吃草料，人们认为他讲佛法之精到可以教马也能理解佛法，便尊其为"马鸣菩萨"。唐代以后随着佛教的传播，国内遂有"马鸣寺"和"马鸣庙"。[2] 因马头娘与马鸣都

---

[1] （明）曹学佺《蜀中广记》卷七十一，清文渊阁四库全书本，第 775 页。
[2] 王全营、郅公林《小关风土录》，大象出版社 2019 年，第 64 页。

是被信仰的对象，便发生了关联。余杭一带有一则蚕马神话最后是这样说的："大家为了纪念那个姑娘，就按那姑娘的形象塑了一个像，并让她骑在一匹白马身上，称她为'马鸣王菩萨'。每逢养蚕时分，大家便纷纷祭拜她，叩求她的保护，把她看成是蚕神菩萨。"[1] 马头娘与马鸣菩萨结合之后，被称为马鸣王。那么，为什么又在"马鸣"后面加一个"王"字成为"马鸣王"呢？《释神校注》里将马鸣王解释为浙西的藩镇："马鸣王，《浙江统志》：'神姓裴，名璩，焉浙西藩镇，败黄巢以保境。'按：《石门县志》称裴、蒋。"[2] 并注释说："马鸣王，浙江石门民间祭祀之俗神。"清雍正《浙江通志》卷二百十九"马鸣庙"条："邝世修《马鸣庙碑》：'神裴姓，名璩，唐广明中官浙西藩镇。会黄巢由溢寇浙，公力战破之，此土弗燹没而庙食以报其功。配飨者，为蒋都官，佚其名，则与公戮力者也。'"清光绪《嘉兴府志》卷十一"马鸣王庙"条引《石门县志》："（庙）在上字圩，其神亦称裴、蒋二王。"可见在浙江，马鸣庙祭祀的是历史真人，因其为王，故在名称后加"王"字而成为马鸣王。

马鸣王因书写的随意性又写为马明王。苏州桃花坞印刷的彩色木版年画有《蚕花茂盛》，蚕神马明王骑在一花马上，手捧一篮蚕茧，穿红袍长裙，戴簪冠，后有一侍女擎旗，旗上写有"马明王"三字。海宁县有一首《马明王》歌谣："马明王菩萨到府来，到你府上看好蚕。马明王菩萨出身处，出世东阳义乌县。爹爹名叫王伯万，母亲堂上柳玉莲。马明王菩萨净吃素，

---

[1] 屠冬冬主编《西溪风情》，西泠印社出版社2010年，第134页。
[2] （清）姚东升辑，周明校注《释神校注》，巴蜀书社2015年，第66页。

要得千张豆腐干。"[1]可见在海宁所祭祀的蚕神也叫马明王。明代田汝成《西湖游览志》载:"北高峰,石蹬数百级……山半有马明王庙,春月,祈蚕者咸往焉。"[2]《西湖梦寻》介绍北高峰时这样说:"在灵隐寺背后,有数百级的石阶,需蜿蜒曲折三十六次,才能攀登到山顶。山顶上有一座华光庙,用来供奉五显财神。在半山腰处则有马明王庙,每到春天,养蚕人都会到这里祈祷。"[3]延续了"马明王"的写法。

在浙江一带,蚕马神话有马变异为牛的异文,流传着一则黄牛化蚕的神话,其故事结构与蚕马神话一致。故事情节是这样的:

> 传说在很早以前,钱塘江北岸有一户富豪人家,家中有一个小姐,自出娘胎十八春,还从来没有走出过房门一步呢。她生得眉清目秀,十分美貌,整天只知道躲在绣楼之上,描龙绣凤,做着女红。
>
> 有一天,小姐觉得有些气闷,在贴身丫鬟的再三劝说下,才和丫鬟二人一起下了楼,到花园里去游玩了半天工夫。
>
> 谁知道从此以后,小姐就觉得自己的身子有些不适意。日子一长,连肚子都有些大起来了。小姐的父亲大吃一惊,请来医生给女儿看病。医生说小姐是有了喜。

---

[1] 中国民间文学集成全国编辑委员会、中国民间文学集成浙江卷编辑委员会《中国歌谣集成·浙江卷》,中国ISBN中心1995年,第151页。
[2] (明)田汝成撰《西湖游览志24卷》卷十,明嘉靖本,第77页。
[3] (明)张岱著,王廷鹏校注《西湖梦寻》,岳麓书社2019年,第29页。

啊呀呀，这可怎么了得！父亲心想：女儿长到一十八岁，还从没见她跟哪个陌生的男人来往过，怎么会出这种事的呢？就把那丫鬟叫了来，再三盘问，问到后来，丫鬟说："小姐确实从来没有和外人来往过，就是那天游花园，看见一头大黄牛。小姐很喜欢它，和它在一起玩了一阵子，难道是……"听到这里，小姐的父亲早已火冒三丈，哪里还有心思再听下去！当场派人到花园去，把大黄牛活活杀死，剥下一张皮，晾在花园的一棵大树上。

过了两天，小姐知道了，心里十分难过，正在自己房里伤心哩。突然，天空中刮起了一股龙卷风，先把牛皮卷了起来，接着又把小姐也裹了进去，一眨眼工夫就飞得无影无踪了。

小姐的父亲得到这个消息，连忙派人四处寻找小姐的下落。东寻西找，最后终于在一棵大树上找到了那张牛皮。

派出去的人把牛皮带回来，交给主人。大家打开牛皮一看，只见里面有许许多多黑油油的小虫子，在蠕蠕爬动着。大家说："也许这就是小姐变的吧？"

小姐的母亲心疼死了，就把这些小虫子收集起来，放在一只竹匾里喂养。又从当初发现牛皮的那棵大树上采来许多树叶，这就是后来的桑叶，拿给它们吃。慢慢地，黑虫子就变成了白色的蚕了，最后结成茧。[1]

蚕马神话的另一个发展方向是牛郎织女。织女的原型是蚕

---

[1] 陆殿奎主编《浙江省民间文学集成 嘉兴市故事卷》，浙江文艺出版社1991年，第18页。

女,而牛郎是蚕马神话中马的变异。牛郎织女故事的结构依然保留了蚕蜕皮的痕迹,笔者在《蚕蜕皮为牛郎织女神话之原型考》一文中指出,织女的衣服被偷是蚕蜕去旧皮,而牛郎踩着牛皮去追织女,来源于蚕马中的马皮飞起来裹走织女。浙江的这则"蚕牛神话",正好是蚕马神话向牛郎织女神话演变的一个过渡。[1]

二、"蚕花"与"五圣"的融合

在江南地区,被信仰、祭祀的蚕神神名里有"蚕花五圣"。清代杨屾《豳风广义》记载:"蚕室备内设先蚕位,不忘本也。历代所祭不同,即如汉祀宛窳妇人、寓氏公主,蜀有蚕女马头娘,又有三娘为蚕神者,又南方祀蚕花五圣者,此后世之滥典也。"[2] 这里只比较宽泛地指出"蚕花五圣"是在南方被祭祀,《中国风俗辞典》将"蚕花五圣"的信仰范畴缩小到浙江杭嘉湖地区:"蚕花五圣,'蚕神'的别称,流行于浙江杭嘉湖地区。蚕农在养蚕期间,凡蚕儿大眠、上山、回山以及缫丝等过程中必祭之神。或赴庙焚香祷祝,或在家中祭祀,俗称'拜蚕花五圣'。对此神有两说:一说即蚕花娘娘;一说为男性,其像三只眼睛六只手,来历不明。"[3]

关于"蚕花五圣"这个名称,显然是"蚕花"与"五圣"

---

[1] 吴晓东《蚕蜕皮为牛郎织女神话之原型考》,载《民族文学研究》2016年第2期。
[2] (清)杨屾《豳风广义》卷二,清乾隆刻本,第23页。
[3] 叶大兵、乌丙安主编《中国风俗辞典》,上海辞书出版社1990年,第750页。

的组合。蚕花指蚕茧、蚕，这个问题不大，关键是"五圣"比较复杂，因为"五圣"又与其他诸多名称纠缠在一起，显现出一种文化交融的样态来。正因为"五圣"的说法比较复杂，也就导致了"蚕花五圣"变得复杂起来，正如上文所说的"有两说"，性别都不统一，形象也不一致。蚕花五圣到底是一个神还是五个神，也有不同的说法。

《大辞海》中有"五圣"条："亦称'五通'。中国旧时南方（一说不限于南方）乡村中供奉的神道。相传为凶神。本是兄弟五人，唐末已有香火，庙号'五通'。宋徽宗大观年间赐庙额曰'灵顺'。宋代由侯加封至王。因其封号第一字为'显'，故又称'五显公'。赵翼《陔馀丛考·五圣祠》：'《七修类稿》又谓五通神即五圣也。然则五圣、五显、五通，名虽异而实则同。'"[1] 在此，"五圣"与"五显""五通"另外两个名称被说成是同一性质的神。

乌丙安的《中国民间神谱》这样解释"五圣"："五圣又称'五显'、'五通'、'五郎神'、'安乐神'、'木下三郎'、'木客'、'独脚五通'、'花果五郎'、'护界五郎'等……传说五圣在唐朝末年时已有香火供奉，其庙号为'五通'。宋徽宗大观年间，赐五通庙额为'灵顺'。因封号的首字为显，故五圣也称为'五显公'。"[2] 在此，"五圣"又与"五郎""安乐神""木下三郎""木客"等名称发生关联，并且在"五通"前还加上定语"独脚"，在"五郎"前加上"花果""护界"，情况更为复杂，其文化交

---

[1] 夏征农、陈至立主编《大辞海》，上海辞书出版社2009年，第2422页。
[2] 乌丙安主编《中国民间神谱》，辽宁人民出版社2007年，第283页。

融可见一斑。

不仅如此,"五显""五通"又与"五猖"发生关联,致使"五圣"又与"五猖"发生了关联。"五猖神,又称五显神、五通神。一般口语称之为'五猖神',庙上多写作'五显神'。本是婺源本土的地方神,后随着徽州商人的足迹而逐渐分布到江浙、福建等地。"[1]五猖神有学者说起源江西婺源,但也有学者指出来源于印度。

五通其实是来自印度的"五通仙人",是具有五种神通的人物,他们所具有的这五种神通是天足通、天眼通、天耳通、他心通、宿命通。至于"五通"为什么与其他神名发生融合,黄景春如此解释说:"由于都有个'五',就在神坛上塑五位神仙,合称'五郎神'。他们在庙坛上并排而立,一起接受香火。在信仰过程中,依托佛经中'一角仙人''独角仙人'的说法,因谐音而出现'一脚五通'。因南方山魈(木客)也是一脚,于是五通神跟山魈融合起来。同时,五通神跟五盗神相结合,因'盗'与'道'同音,演变成了五道神;'道'与'路'同义,又说成了五路神。五通神有盗财行径,五盗神是盗窃者,又都是五人一伙,比较容易混淆。其实五道神是佛教阴间之神,跟五通原本没有关系,但通过相同的音义、人数的周转,竟然共用同一个神名。"[2]无论是五通还是五显等名称,因其神圣,又被统称为五圣。

五通的淫神特点,有不同的观点。黄景春认为是由五通神

---

[1] 耿敬、姚华《现代社会生活中的五猖神信仰》,载《民间文化论坛》2006年第6期。
[2] 黄景春《五通神的前世今生》,载《文史知识》2019年第7期。

被淫女诱惑的故事情节演变的。一角仙人也是一位五通神,因下雨路滑,上山时扭伤了脚,发嗔咒令此地十二年不得下雨。此咒让国王忧心忡忡,招募天下人:谁能破掉此五通神力,分一半国土给他。该国淫女扇陀携五百美女来到一角仙人修行之处,结草庵而居,以欢喜丸诱惑,与其共浴成淫,破其神通,遂降大雨七天七夜。七天以后,欢喜丸吃完,一角仙人随扇陀下山寻找。途中扇陀说自己很累,一角仙人就驮她走,这一场景被国王和全城人目睹(鸠摩罗什译《大智度论》卷一七)。"五通仙人被淫女诱惑的情节,来到中土后转变了主被动关系,演化成五通神喜欢奸淫的故事。"[1] 也有观点认为很可能是与"五猖"混淆之后得来的,在民间有一种名叫"猖鬼"的山鬼,其性最淫,喜欢纠缠美貌的妇女,妇女被缠上以后,往往不认丈夫,也不认父母,哭笑无常,动辄裸体。遇到这种情况,病家便去请巫师来驱赶。猖神本来是一种战神,在傩戏中占有很重要的位置,是驱赶恶鬼的战神,"猖"指狂妄横行、不加约束,有猖獗、猖狂等词,当然是贬义,但也反映了猖神应该是比较厉害的战神。但可能因为"猖""娼"同音,猖神便发展出淫邪的特点来了。又因为"五圣"与"五猖"发生融合,所以五圣神也带有了淫神的特性。《湘西文化大辞典》有一个"五圣神"的条目:"侗族崇拜的众神灵,均为男性,所塑偶像,有三位着有衣冠,两位全身赤裸。相传,五圣神专司青年男女婚配,故各寨未婚男女多供奉之。每年农历三月三日全寨献祭一次。

---

[1] 黄景春《五通神的前世今生》,载《文史知识》2019 年第 7 期。

届时，由寨里男人（多为青年）组织献祭，女人少有参加。凡参加者，头插鸡尾，面涂黑色，在神像前跳'哆耶'舞，通称'踩堂舞'。据传，该神可媚妇女，故男青年无不奉之。"[1] 可见在湘西侗族地区的五圣信仰，主要是继承了淫神的特点。男青年祭祀此神，是为了让自己具有"可媚妇女"的能力。这一特点在江南也是一样的，杭州以前多有五圣堂，《西湖游览志余》卷二十六载："杭人最信五通神，亦曰五圣，姓氏源委，俱无可考，但传其神好矮屋，高广不逾三四尺，而五神共处之，或配以五妇。凡委巷若空园及大树下，多建祀之，而西泠桥尤盛。或云，其神能奸淫妇女，输运财帛，力能祸福见形，人间争相崇奉，至不敢启齿谈及神号，凛凛乎有摇手触禁之忧，此杭俗之大可笑者也。"[2]

因为与五猖结合，五圣虽然具有邪淫的特点，但也具有了可以"输运财帛"的功能，受到民众祭祀，于是很多行业所祭祀的行业神都冠以"五圣"，如"棚头五圣"（家畜养殖）、"塘头五圣"（养鱼）、"利市五圣"（商贸）等，蚕桑业所祭祀的神自然也就成了"蚕花五圣"。这里的"五圣"，显然相当于"神"的含义，以上的这些五圣即棚头神、塘头神、利市神、蚕花神。所以，无论五圣的起源是在什么时候，什么地方，都与蚕神关系不大，"蚕花五圣"这个名称，是一种文化交融的结果。

---

[1] 马本立主编《湘西文化大辞典》，岳麓书社2000年，第270页。
[2] （清）丁丙《武林坊巷志》第3册，浙江人民出版社1987年，第509页。

三、嫘祖故事的变异与交融

江南一带的蚕神也被说是嫘祖。嫘祖文化在江南地区也很盛行,《耕织图》原为南宋绍兴年间于潜县令楼璹所作,后来分离为《耕作图》与《蚕织图》,其中《蚕织图》有24幅图,描绘了自腊月浴蚕到下机入箱的养蚕、织帛整个过程,"其中部分内容反映了对嫘祖先蚕的信仰与祭祀"。

嫘祖作为先蚕被祭祀和传说,分布很广,在几个声称为嫘祖故里的地方尤为盛行。目前声称为嫘祖故里的地方有河南开封、荥阳、西平;湖北宜昌、远安、黄冈、浠水;四川盐亭、茂县、乐山;山西夏县;山东费县;浙江杭州。这些说明了不仅关于嫘祖的故事有广泛的流传,而且还在地化了,在当地有了相应的风物、信仰民俗。从这些地区的分布来看,江南地区关于嫘祖故里的传说不算多,那嫘祖的来源当是怎样的?

无论传说变异如何,嫘祖总归是黄帝的妻子,所以嫘祖神话传说当结合黄帝来考虑其属地。目前声称为黄帝故里的地方为河南新郑,而黄帝的"行迹"主要在中原地区,也就是说,黄帝文化主要在中原,因此,嫘祖文化源于中原的可能性要大一些。

传说中的嫘祖总是与西陵联系起来,考证嫘祖故里,最主要的证据便是《史记》记载"西陵"为嫘祖住地。《史记·五帝本纪》云:"黄帝居轩辕之丘,而娶于西陵之女,是为嫘祖。嫘祖为黄帝正妃，生二子，其后皆有天下。"[1] 宣称是嫘祖故里的县市，都是从文献中找到本地为西陵的记载，比如河南西平，其主要依据是北魏郦道元《水经注》有相关记载："《春秋》《左传》所谓江黄道柏方睦于齐也，汉曰西平，其西吕墟，即西陵亭也，西陵平夷，故曰西平。"[2] 西平汉时属于汝南郡，1981 年，甘肃武威磨咀子发现汉简将近 40 枚，其中的"王杖诏令"简上有"汝南西陵县"等文字，[3] 也被用来佐证这里以前确实是西陵。

其实，说嫘祖为西陵氏，只不过是因为她的原型是月亮。黄帝与嫘祖其实也是日与月的关系。黄帝的原型是太阳，黄帝的"黄"其实是"光"的变异，是古人对太阳的称呼。太阳运行的轨道称为黄道，根据太阳运行规律制定的历法称为黄历。虽然日月都东升西落，但人们习惯了将东边与日对应，而将西边与月对应，并在东边祭祀太阳，西边祭祀月亮。造成这一现象的，主要是因为东象征光明，而西象征黑夜。因此，以月亮为原型的嫘祖，就被说成是西陵氏。

那么，以月亮为原型的嫘祖怎么与蚕神关联起来了呢？为什么要把蚕花娘娘附会到嫘祖身上呢？从"嫘"这个字可以看出来。这个字的声符为"累"，《说文解字》云："从糸畾声。"按《象形字典》的解释，"累"字原来只有"畾"部，篆文才在"畾"的下面加上"糸"字构成"累"。"糸"是丝线，"累"字

---

[1] （汉）司马迁《史记》，中华书局 2016 年，第 10 页。
[2] （北魏）郦道元撰《水经注》卷三十一，清武英殿聚珍版丛书本，第 417 页。
[3] 李并成《武威王杖简与汉代尊老扶弱制度》，载《人民政协报》2000 年 10 月 13 日。

强调将丝线缠绕成团。由此我们可以推测,本来嫘祖这一名称是由"月"的古音演变而来,只不过它的音在经过长期的演变,与"累"的音相同了,于是用"累"字来记录。为了区分,再加上一个"女"字构成"嫘",成一个专用字。由于语音的雷同,导致嫘祖与丝线发生关联。古人为什么要在"畾"这个字加上与丝线有关的"纟"字?按照古人造字的规律,应该是因为"畾"这个音具有丝线的意思,而"畾"这个字本身又体现不出它与丝线的关系,于是便加上"纟"这个表意的偏旁。

关于蚕的起源,有一种说法是黄帝的妻子嫘祖最早发现蚕。河南新郑被世人称为轩辕故里,其关于嫘祖的传说《黄帝选妻》说:黄帝打猎来到西山,看见一位从嘴里往外吐丝的女子,经叙谈得知,她原是王母娘娘的侍女,名叫嫘祖,偷吃了一种仙草,这种仙草不论喂人喂蚕,吃了都会吐丝。她因此违犯了天规,被打下了凡间,经西陵氏收养。黄帝见她有大本事,便不顾她长相粗黑,和她结了婚。从此在嫘祖的教导下,人们学会了养蚕、缫丝、织锦,越来越多的人穿上了衣裳。为了不忘她的功绩,农家的织机房里都敬祖神,就是嫘祖。[1]

嫘祖与黄帝是汉语区的神话人物,其起源地当在中原地区,江南地区流传嫘祖故事,是文化交流的结果。江南地区之所以接纳并盛传嫘祖先蚕的故事,是因为这里是养蚕的聚居地,具有很好的语境。

综上所述,在江南地区蚕桑信仰文化中,蚕神的名称十分

---

[1] 刘守华《非物质文化遗产保护与民间文学》,华中师范大学出版社2014年,第116页。

复杂，马头娘是解释蚕的形象的，是最底层的，它与马鸣菩萨发生了融合。之后又与当地的"五圣"发生关联，产生了"蚕花五圣"的说法。嫘祖为先蚕的神话传说源于中原地区，是蚕桑神话传说的另一个类型，江南地区也接纳了这一类型与嫘祖名称。

大运河沿线金龙四大王民俗信仰与民间传说的互动关系

张 帅*

传说、信仰的互动关系一直以来都被民俗学、历史学、人类学、文学等多学科的学者给予了直接或间接的关注，并在一定程度上达成了共识。一般认为，神灵传说是原始信仰在日常生活层面上的一种文化再生产；伴随着这种文化再生产的持续进行，信仰也不断受其影响，在精神内核与表现形式上逐渐呈现出世俗化、程式化、地方化、多元化等特征。基于以上认知，本文选取大运河沿岸不同区段金龙四大王的相关信仰与传说，通过对其具体内容与表现形式的梳理，来揭示信仰与传说"互为作用、互为表里"的互动机制。

金龙四大王曾是明清大运河沿岸与黄河下游地区最具影响力的神祇，主要神职为保护漕运。大部分民众认为，金龙四大王的原型为谢绪，是南宋钱塘县北孝女里（今浙江安溪）人。

---

* 张帅，浙江农林大学茶学与茶文化学院副教授。

据史料记载和民间传言,谢绪为东晋名士谢安之后,其堂姑母为南宋理宗皇后。谢绪眼见宋朝气数将尽,遂不愿出仕,在金龙山上建望云亭隐居。宋亡之后,他四处奔走,企图联络抗元未果,遂投苕溪而亡。谢绪死后,世人感念其德,立庙而祀。明清时期,对谢绪的祭祀被纳入国家正祀体系之中,在王朝政府的积极推动下以及民间信仰仪式的自我演化过程中,谢绪逐渐由人成神,神职也一再发生变化,呈现出了深厚的民间基础和广泛的影响力。

一、民间传说:神圣性观念的世俗化

目前已知的历史文献中关于谢绪最早的记载见于宋末元初吴县徐大焯的《烬余录》:

> 谢绪,会稽人,秉性刚毅,以天下自任,咸淳辛未(咸淳七年,1271年),两浙大饥,尽散家财振给之,知宋祚将移,构望云亭于金龙山祖陇,隐居不仕。作《望云亭》,诗云:"东山渺渺白云低,丹凤何时下紫泥,翘首夕阳连旧眺,漫看黄菊满新蹊,鹤闲庭砌人稀迹,苔护松荫山径迷,野老更疑天路近,苍生犹自望云霓。"未几国亡,绪北向涕泣,再拜曰:"生不能报效朝廷,安忍苟活?"即草一诗云:"立志平夷尚未酬,莫言心事付东流,沦胥天下谁能救,一死千年恨莫休,湘水不沉忠义气,淮淝自愧破秦谋,苕溪北去通胡塞,留此丹心灭虏酋。"吟毕赴水死。

此时的谢绪仅是一位坚贞不屈的爱国义士形象。民众因慕其忠义祭奠，最终又转化崇祀，此时的谢绪在当时的社会环境下更多的是一个有着明显政治色彩的象征性符号。至明代，随着谢绪"安民""护漕"等灵验叙事的增多，以及历代皇帝的不断敕封、王朝政府的积极推动，谢绪在民间的影响力不断扩大，单单一个爱国义士的符号性形象已经远远不能满足民众崇祀、歌颂谢绪的需求，于是有关谢绪出身、灵异的传说逐渐被生产出来，谢绪的人物形象也因此而日渐丰满，从爱国义士谢绪到漕运之神金龙四大王，从一个意义单薄的文化符号转变为有血有肉的民间偶像，从存在于民众心中的神圣性观念转变成为世俗化的口头表达。

进入民间传说中的谢绪，被赋予了谢安之后、皇室外戚的身份，而主要神迹就在于元末在山西吕梁显圣，驱动洪水击溃元兵，助朱元璋反败为胜，这则逸事最早见于明嘉靖年间张应桢所作的《拜金龙四大王墓》[1]一诗，这首长诗将谢绪称为谢戚畹，首次表明了谢绪作为皇室外戚的身份，并强调其"生而具灵异"，诗文还提到了谢绪等人因为吕梁之战的显圣而被皇上敕封。明中期以后，徐渭撰写的《金龙四大王庙碑记》一文则将吕梁之战描述得更为详细：

> 元末，我太祖与元将蛮子海牙战于吕梁，元师顺流而下，我师将溃，太祖忽见空中有神披甲执鞭、驱涛涌浪，

---

[1] 见《丛书集成续编》第116册，上海书店出版社1994年，第640页。

河忽北流,遏截敌舟,震动颠撼,旌旗闪烁,阴相协助,元师大败,太祖异之。是夜梦一儒生,披帙语曰:"余为宋会稽谢绪也,宋亡,赴水死,行间相助,用纾宿愤。"太祖嘉其忠义,诏封为金龙四大王。金龙者,因其所葬地也;四大王者,因其生时行列也。自洪武迄今,江淮河汉四渎之间屡著灵异。[1]

助宋抗金、助明灭元原本就是江南地区最为常见的神灵传说主题,谢绪作为爱国义士被赋予这样的情节既实属正常,又从侧面证明了被嫁接的传说乃为从无到有的文化再生产。明万历之后的民间文献则开始增加了谢绪"助力运河开凿""保护漕运"的神异事件,其中较为典型的是浙江吴兴(今浙江南浔)人朱国桢在《涌幢小品》中的记载:

> 金龙大王,姓谢,名绪。晋太傅安裔,金兵方炽,神以戚畹,愤不乐仕,隐金龙山椒,筑望云亭自娱。咸淳中,浙大饥,损家赀,饭馁人,所全活甚众。元兵入临安,掳太后、少主去,义不臣虏,赴江死,尸僵不坏,乡人义而瘗之祖庙侧。大明兵起,神示梦,当佑圣主。时傅友德与元左丞李二战徐州吕梁洪,士卒见空中有披甲者来助战,虏大溃,遂著灵应。永乐间,凿会通渠,舟楫过洪,祷亡不应,于是建祠洪上。隆庆间,大司空潘季驯督漕河,河塞不流,司空为文责神,河塞如故,会司空有书史以事过

---

[1] (明)徐渭《徐渭集》(第四册),中华书局1983年,第1298页。

洪，天将暮，遇伍伯，擒以见神，神坐庙内，诘问书史曰："若官人，胡得无礼，河流塞，亦天数也，岂吾为此厉民？为语司空，吾已得请于帝，河将以某日通矣，若掌书不敬，当罚。"书史诉不得，受朴去，以告司空，已而河果以某日通，于是司空祗事神益虔。[1]

这段文字较为全面地记载了谢绪的出身、事迹以及死后助战、封神、显灵的事情，尤其提到了谢绪对运河漕运的护佑。至此，金龙四大王谢绪的形象在文献中丰富了起来。他被塑造为东晋名士谢安之后、皇室外戚；饥馑之时，开仓济民；亡国之后，慷慨赴死；成神之后，凡漕运事有求必应，进一步与世俗生活紧密相连。

尤其需要注意的是文章后半段记载的故事，讲的是隆庆年间，大司空潘季驯负责督导漕运，恰巧遇到运河堵塞，漕运不通，司空一气之下竟然发文责问金龙四大王。面对凡人的冒犯，金龙四大王还是保持了克制，并没有降下责罚，而是向书史阐明了河流堵塞的原因和他的解决方法，并通过严厉的警告找回了自己作为地方神灵的尊严。这段故事的独特性在于不仅故事情节世俗化，连谢绪的人物形象也世俗化了，他与人开展了直接的对话与交往，还具备了人的情感。

入清以后，金龙四大王谢绪的传说与信仰沿大运河不断扩散，如同与助明灭元主题融合一般，在不同区域与当地的文化传统相融合，形成了更加丰富多样的传说文本，如流传于河北

---

[1]（明）朱国桢《涌幢小品》卷一九《河神》，中华书局1959年，第438页。

衡水等地的金龙四大王张敕传说、金龙四大王助李自成传说、流传于山东运河沿岸的金龙四大王幻化成小蛇的法身传说等都是金龙四大王信仰在口头叙事中被不断世俗化的结果。正如前文所言，民间口头叙事的文化再生产会反过来促进信仰及其仪式的世俗化、地方化、多元化。

二、信仰仪式：从口头叙事到身体实践

金龙四大王信仰滥觞于明初。自明景泰年间被纳入国家正祀体系开始，金龙四大王的传说开始在民间广为流传并进入了知识分子的视野，从而出现在了文人笔记、碑刻、地方志等各类文献中。而伴随着传说的流动和扩布，金龙四大王信仰和仪式在明中期以后明显呈现出了以下几个特征：

第一，信仰圈由南向北不断扩大，逐步覆盖黄河中下游地区及整个大运河区域。

有学者统计[1]，明朝时期，碑刻、古籍及方志文献中有明确记载的金龙四大王庙总共有49座，其中运河沿岸40座，其余9座基本分布于黄河中下游地区。分布在运河沿岸的庙宇中，位于中运河段的兖州、徐州、淮安分别有5座、9座、13座，占据了总庙宇数量的近70%，位于江南运河区域的则有9座，剩下4座位于枣庄至北京的北运河段，时间较早的庙宇相对集中于偏南区域。

---

[1] 褚福楼《明清时期金龙四大王信仰地理研究》，暨南大学硕士学位论文2010年，第15页。

通过对庙宇数量和建庙时间的对比，我们可以发现，明朝时期，中运河及江南运河段是最早形成金龙四大王庙宇群的地域，也是截止到明嘉靖年间金龙四大王信仰圈的主体区域。明万历以后，随着江南运河区域以及黄河中下游地区庙宇群的出现，金龙四大王信仰圈进一步向南北扩展，形成了以中运河区域为核心区，中运河区、江南运河区、黄河中下游地区三足鼎立的局面。另外，山东西北部、河北、北京、山西、陕西等地少量庙宇的出现，也体现了金龙四大王信仰在北部运河以及黄河中游区域的肇始。这一情形的出现，与嘉靖、万历年间金龙四大王传说的传承扩布有很大关联。而清代庙宇更是大幅增多，文献可查的有230座以上，体现了金龙四大王信仰的进一步繁荣。

第二，祭祀活动明显有了官祭和民祭的区分，官祭的仪式程序保持基本稳定，民间祭祀则内容多样。

在国家正祀体系和民间自发的信仰体系中，金龙四大王以其消除水患、疏通河道和保护漕运的特殊职能而占据了重要地位，因此金龙四大王的祭祀活动非常丰富，从参与群体的身份上说可分为官祭与民祭，从祭祀时间的选择上说可分为特定节日祭祀与特定事项祭祀，在不同的地域祭祀方式也有所不同。根据历史记载，金龙四大王于明景泰年间纳入正祀体系且岁春秋二祭。

官祭有着严格的形制和程式，而民祭则更具地方性和多元性。不同的区域在祭祀时间、形式与内容上多有不同。在江南运河区域，清代学者洪亮吉曾有诗作一首描写了江南地区因祀金龙四大王而迎神赛会的场景："五色牙旗按五方，东西北庙爇真香。更穿白马司徒港，去谒金龙四大王。"而纵观北方的祭祀活动，赛会的氛围相对弱了些，但仪式的神秘感、严肃感则更加被突出强调。

在杭州，金龙四大王不仅是漕运之神，还被认为是本乡本土的乡土之神和钱塘安溪谢氏家族的祖先之神。因此杭州的金龙四大王庙宇并不像其他地域那样沿运河或黄河分布，其分布规律与运河并没有明显的联系，而其祭祀仪式也呈现出了本土化的特征。据史料记载，杭州钱塘安溪的金龙四大王庙始终有专门的祭田用以修缮庙宇和祭祀所需各项支出。

在今江苏省范围内，民众普遍认为农历九月十七是金龙四大王的生日，各地都有相应的祭祀活动。如，南京的船民们每年农历九月都要举行"金龙四大王巡游"仪式，当地人称之为大王会，无锡、常州等地的船商也于此日开坛纪念，举行行会。

山东省境域内运河沿岸的民众普遍认为金龙四大王的法身是一条或金黄或白色的小蛇，因此各地都有祭拜小蛇的习俗。不同于江苏地区，山东各地通常以农历九月初九为金龙四大王诞辰，于是日举办祭祀活动。运河、黄河上的船商、船工们在航行开始前也有祭拜金龙四大王的习俗，船家在红纸上写"金龙四大王之神位"放置于船舱内，临行前需摆上肉、鸡等供品，烧香纸，放鞭炮祈求神灵保佑其出行顺利。在休渔期，船商们则每逢农历初一、十五去船上祭祀金龙四大王。

一般情况下，地缘关系决定了同一祭祀圈的不同个体的需求具有一致性，如因遭受洪涝灾害而希望得到护佑，因收成不好而祈求发财，因旱灾不退而祈求降雨等。但与此同时，在民间社会，人们也往往出于不同的目的去祭祀金龙四大王，如《扬州画舫录》就曾记载了贫穷的船民陈周森为了医治好母亲的重病去金龙四大王庙里祈福的事情，《金瓶梅》《醒世姻缘传》以及《聊斋志异》等小说中也都有祭祀金龙四大王的故事情节。

从信仰圈的扩展与祭祀仪式的发展来看，金龙四大王信仰在明代，尤其是明中期以后的发展明显受到了金龙四大王民间传说的影响，尤其是民间的信仰仪式，作为一种身体实践，从其内容与意义上讲与作为口头叙事的民间传说同源共脉，其性质皆为民众记忆地方历史的一种神灵叙事。

三、神灵叙事：地方历史的民间记忆形式

神灵叙事指的是民众使用语言、文字、行为、空间等多种形式对某一神灵进行的各类叙事，包括但不限于口头传说、文字书写、行为实践和空间纪念。地方社会的历史往往会以各种叙事的形式在民间被保留和记忆，而神灵叙事则是其中最为常用的呈现方式之一。对于神灵叙事，需要学者关注的不在于鉴别从中所获取的历史记忆能否真实、真切地反映地方社会的历史事实，也毋需过多地纠缠民间历史记忆与官方历史书写之间究竟是冲突对抗还是互相影响的关系，而是在如其所是地进行描述的基础之上，无论是真实还是虚构，都将其看作叙述者的心意所属、情感所依、生活经验和价值观念。

对于金龙四大王的传说与信仰而言，金龙四大王谢绪在历

史发展过程中先后以爱国义士、抗元之神、漕运之神、乡土之神、祖先之神、全职之神等不同身份被不同时期的民众传唱、供奉，其中的文本、口头叙事、行为实践既包含了民众对特定时空中区域政治、经济、社会变迁的认知，也包含了当地一代代传承下来的民俗文化传统，因此自然被打上了深深的运河烙印，可以说金龙四大王的传说与信仰虽不一定因运河而起，但一定因运河而兴，又不可避免地在近现代社会因为运河漕运的衰落而逐渐消弭。

对于个人而言，这种神灵叙事还蕴含了个人直接参与其中的生活历史，既包含个体如何参与了地方社会的变迁，又包含了地方社会对个体生活史的形塑。明清时期，大运河漕运的繁荣让沿线民众的生活方式发生了巨大的改变，人们的物质生产、社会交往与日常生活都被牢牢地束缚在运河上，他们以纤夫、浅夫、泉夫、商人、水手甚至帮会、匪盗的身份与运河相伴而生，深度参与了运河漕运的宏大叙事，又保证了大运河在国家历史进程中应有意义的发挥。与此同时，他们的生命历程也被深深地打上了运河烙印，与同时空的非漕运区表现出了明显的不同。以上这些内容都蕴藉在了金龙四大王的神灵叙事中。

从这一点讲，关注信仰、传说的互动关系，在厘清二者如何相互作用、相互影响的同时，更应该聚焦其背后所蕴含的民众与地方社会的长期互动，以及在这一长时段互动关系中，民众主体的行为选择、逻辑观念以及由其创造的地方性知识的运用系统，这将更具学术和现实意义。

从民间神话到河神崇拜

——宿迁市安澜龙王庙祭祀主神之嬗变

王晓风[*]

宿迁市皂河安澜龙王庙为全国重点文物保护单位,其宗教文化渊源可追溯到唐代。根据地方历史文献记载,此庙原本属于始建于唐代的堰头龙泉寺下院,在漫长的历史时期里,该庙的宗教性质和祭祀主体几经演变,至清初成为官方举行黄河之神国家祀典的专祠。由于该庙地处黄河、运河相交之处,是清皇室南巡回銮时的必经之地,康熙和乾隆皇帝南巡曾在此庙驻跸,诣庙瞻礼,拈香御祭。因而,当地民间俗称其为"乾隆行宫"。

安澜龙王庙和黄河文化息息相关,作为黄河之神金龙四大王崇拜的宗教发源地,它的文化历史谱系中蕴藏着极为纷繁复杂的渊源,理清和解析其中的密码,涉及社会史、宗教学、民

---

* 王晓风,大运河文化建设研究院宿迁分院研究员。

俗学等多个领域和学科。本文在笔者以前研究基础上，结合国内众多学者的学术成果，试从信仰起源、宗教传承、祭祀主体、发展演变四个方面，进一步深化整合已有的研究内容。

一、盛唐时期的龙泉寺下院

根据安澜龙王庙中僧人的介绍，此庙在宗教传承上，旧属始建于盛唐时期的堰头龙泉寺的下院。堰头是古代宿迁的县北重镇，唐代在此地兴建佛寺与流经此地的皂河有关。源于山东郯城的皂河在堰头镇和龙泉沟合流进入骆马湖，此处因而成为皂河航道上著名的码头。《郯城县志》和《山东通志》记载："墨河即皂河，在县东，旧通舟楫于宿迁，古郯子运道也。源出墨泉，在旧城东北一里许，色如墨，故名。"[1] 郯城的前身即为郯国，是古郯子的封国，郯子被周武王封于郯地，为鲁国附庸。皂河作为上古时期郯子开凿的人工运河，对于郯国境内的经济发展有着极为重要的作用。史志记载：古皂河在山东境内流长64里，在江苏境内流长90余里，在今宿迁市湖滨新区皂河镇南端龙王庙行宫西侧进入古泗水航道。

远古时期的泗水航道是流域内非常重要的水运通渠，通淮河，达长江，作为沟通泗水的皂河，自然也受到郯国官民的高度重视。在南宋以前，皂河始终作为沟通鲁南和苏北的最佳航线，受到山东官方的高度重视，在皂河沿线兴建了诸如寨子闸、

---

[1] （清）王植、张金城等纂修《郯城县志》，成文出版社1976年，第39页。

黄练池等皂河运道的通航设施，而堰头和皂河古镇正是处于皂河航道上的两个重要节点上，这条河流在堰头镇流出马陵山区，进入骆马湖，在皂河镇的南端通进泗水。因此，无论是山东的官民商船要进入泗水，还是各地的船舶要进入山东，都必须循皂河航道而行，来往于皂河运道上的船舶习惯于在这两处码头停泊，造就了皂河沿岸这两个古镇的繁荣和发展。古代宿迁仅有的两处唐代寺庙龙泉寺和玉皇庙都坐落于堰头古镇。嘉庆年《宿迁县志》载："龙泉寺，在堰头镇，唐时建。"《徐州府志》记载与此相同。《新沂文史资料·第五辑》中，载有署名郭少侠的《堰头的八寺八景》，其中记述："八大寺中，建筑规模宏大、保存时间悠久的要数街东的龙泉寺了。当地人都习惯叫它大寺庙，据说，建筑奇巧的皂河皇太庙（安澜龙王庙俗称），还是这龙泉寺的一个分支呢！"[1]《新沂文史资料·第六辑》有署名葛新华的《堰头古迹杂谈》文章，文载："（龙泉寺）按旧有遗址勘察，原来规模，相当宏大，宿迁皂河镇皇太庙即其分支，该庙矗立运河西岸，辉煌壮丽，为宿迁县名刹之一。"[2]在20世纪80年代后期，宿迁对安澜龙王庙进行修复后，文管部门请来原先在庙里出过家的两位老人看管大殿，他们介绍该庙的上院即龙泉寺，因此，他们主持装订的功德簿和各种账册上都标明"龙泉堂"的字样。从这些事实来看，皂河安澜龙王庙曾经作为龙

---

[1] 郭少侠《堰头的八寺八景》，新沂市政协文史资料委员会《新沂文史资料》第五辑，1991年，第149页。
[2] 葛新华《堰头古迹杂谈》，新沂市政协文史资料委员会《新沂文史资料》第六辑，1992年，第120页。

泉寺的下院是确凿无疑的。

　　作为古代宿迁县（今宿迁市）最为古老的寺院，龙泉寺应该是一座官方的宗教建筑。唐代对于佛教管理严格，严禁民间私自兴建寺庙，所有寺院，都按照州郡规划设置。唐代前期，今天的江苏、浙江所处的东南地区，全部寺院只有140座，在这样严格管理佛寺扩张的年代，如此规模宏大的龙泉寺应该属于唐代官方建造的庙宇。台湾宿迁同乡会主编的《宿迁文献》中有《堰头景物》一文，论述龙泉寺对于宿迁其他寺院的关系时说："墨河东岸，有龙泉古刹，本县寺庙，多由此庙分支。"[1]按照这个说法考证其下院设立时期，县志记载的邑内诸多禅宗寺院大多始建于宋元时期，据此推测，皂河龙王庙作为其下院的时间下限应在元代，这个推断也和《宿迁县志》中对于皂河龙王庙前身朱山大王庙的记载年代基本相符。

二、始建于元代的朱山大王庙

　　南宋以后，黄河夺泗入淮，泗水古道作为黄河正道从此开始，由于黄河水量充沛，水流湍急，使原来的泗水古道更加宽阔深广。元代以降，国家漕运渐由黄河转运，因此，徐淮之间的运漕皆取途宿迁黄河航道。朝廷和官府对于黄淮河道治理开始重视。由于黄河水流巨大，河床逐年加高，对皂河河道形成倒灌之势，使皂河航道经常出现船毁人亡的灾难事故，故而

---

[1] 台湾宿迁同乡会《宿迁文献》第四辑，1996年，第21页。

在元朝初年即在皂河设立了皂河水站，专门管理皂河进入黄河的堤防工程（见谭其骧《元代江苏地图》）。明代初年，朝廷又在皂河航道上设立了6处专司捞浅、疏浚、护堤的浅舍（明代《漕河图志》）。

由于皂河水上事故不断，至元朝顺帝时期，当地广泛讹传"皂河水怪杀人"的恐怖谣言，皂河流域人心惶惶。明代万历年间，宿迁第一部县志中的《祠庙》一章记载道："朱山大王庙，在顺德乡。元顺帝时，皂河水怪杀人，里人闻虹县朱山有神能除之，遂车载而来，至其地，车头辄脱，因以脱车名里，遂立庙其地祀焉。"[1] 该志书的《乡隅》一章中也有相应的记载："脱车头镇，在顺德乡，去治西北四十里。"[2] 根据志书记载的里程和地名，元朝的脱车头镇即现在的皂河镇。

志书记载，朱山大王是一位山神，那么他为何能够消除水怪而成为水神呢？笔者对周边地区的历史资料进行梳理和考证后，发现古代民间和官方祭祀朱山大王的并不多见，就目前可以见到的方志资料中，只有古代的邳州城里有过朱山大王庙，此外，在宿迁城里还有一个朱山相公行祠，明万历县志对于朱山相公庙条目说明文字是："朱山相公庙，在下相社朱山，元至间，里人为汉朱买臣建，旱涝祷之辄应。"[3] 根据这一记载，这

---

[1] 明万历《宿迁县志·祠庙》，《天一阁藏明代方志选刊续编》，上海书店1990年，第899页。

[2] 明万历《宿迁县志·乡隅》，《天一阁藏明代方志选刊续编》，上海书店1990年，第910页。

[3] 明万历《宿迁县志·祠庙》，《天一阁藏明代方志选刊续编》，上海书店1990年，第899页。

位朱山相公是汉代的朱买臣,其为吴县(今属苏州)人,汉武帝时任会稽太守,后为丞相长史,被杀。

皂河的朱山大王庙中的朱山之神是否也是这位汉代的会稽太守?笔者多次到泗县(志书中的虹县)朱山进行田野调查,发现这位朱山之神也叫朱买臣,但和《宿迁县志》记载的汉代会稽太守并非同一人。在中国历史上,不仅仅有这两位朱买臣,而是曾经出现过4位朱买臣。他们一是汉武帝时会稽太尉朱买臣;二是汉元帝时武昌太守朱买臣;三是南北朝梁元帝时宣猛将军朱买臣;四是梁元帝时宦官朱买臣。

《泗州志》记载,泗县的朱山之神是梁元帝时的宣猛将军朱买臣,而不是汉代的会稽太守朱买臣。这位宣猛将军朱买臣籍贯就是泗州,还做过泗州城的长官,曾经率当地军民成功抵御了泗水洪灾,使当地万千居民免除灾难,同时,他还曾和南朝名臣胡僧佑联手抗击北魏,乃至青史留名,死后归葬故乡青山。此山便以其姓曰朱山。他被地方百姓供奉为朱山之神。由于当地传说朱山之神可以御灾捍患,符合礼制中"能御大灾则祀之,能捍大患则祀之"的祭祀法则,所以《泗州志》记载,每至旱涝,地方民众祈祷祭祀,有求必应。因此在宿迁西北乡纷纷传言皂河水怪杀人的时候,当地人听说朱山之神能消除灾患,于是就用神车恭恭敬敬地将他请到皂河岸边,立庙祀焉。而皂河前身脱车头镇正是因此而得名,可谓"先有大王庙,后有皂河镇"。

三、黄河之神的祖庙

安澜龙王庙里乾隆御碑上的乾隆帝御制碑文中记载道:"江南宿迁县之皂河,庙祀显佑通济昭灵孝顺黄河之神由来旧矣。其地前控大河,后临运道,洪流湍波,远近奔汇,号为最险。奠厥民居繄神功是赖。"[1] 碑文中"庙祀显佑通济昭灵孝顺黄河之神由来旧矣"这句话,充分说明了这座庙的历史悠久,在当时已不可考。

传说中的黄河之神号称金龙四大王,俗身为南宋一位书生,名叫谢绪,《辞源》有简略介绍:"金龙四大王,神名。相传宋人谢绪,为谢太后族人,隐居于金龙山顶,元兵入临安,不屈,投江自杀。民间尊以为神。"[2] 明清以来有关金龙四大王的记载浩如烟海,关于其由人到神的经历及显灵神迹,明清官方史料和文人笔记中基本记载相同:谢绪,南宋诸生,杭州钱塘县北孝女里(今浙江安溪)人,东晋太傅谢安之后,兄弟四人,谢绪排行第四,秉性刚毅,以天下为己任。咸淳七年(1272),两浙大饥,尽散家财以赈之。知宋祚将移,构望云亭于金龙山,隐居不仕。南宋亡,谢绪北向痛哭不止,叹曰:"生不能报效朝廷,安忍苟活。"作诗明志,吟毕,赴水死。明太祖朱元璋与元将蛮子海牙战于徐州吕梁洪,元师顺流而下,明军将溃,太祖忽见空中有神披甲执鞭、驱涛涌浪,河忽北流,遏截敌舟,震动颠撼,旌旗闪烁,阴相协助,元师大败。太祖夜梦一儒生,

---

[1] (清)李德溥纂《宿迁县志》卷一,同治十三年(1874),第 2 页。
[2] 《辞源》,商务印书馆 1983 年,第 1724 页。

告之曰:"余为宋会稽谢绪也,宋亡,赴水死,行间相助,用纾宿愤。"太祖嘉其忠义,诏封为"金龙四大王"。[1] 因其具有护漕、捍患的功能,故不断受到明清官方的褒奖和敕封。

这些历史资料中记载的谢绪,死后百年显圣帮助朱元璋明军战胜元军之地,在徐州以下黄河的吕梁洪处,距皂河不足百里,当时明军驻扎之地正是在骆马湖一带,朱元璋战后敕封谢绪为"金龙四大王黄河福主",传说朱元璋为其建造的第一座庙宇就在其行营之处,即原先的朱山大王庙内。由于是明太祖朱元璋敕命建庙,故而此庙就被当地一直称为"皇太庙"。

由朱山之神而成黄河之神,这座庙宇祭祀主体改变的历史,在庙里残存的一块石碑上尚可得到验证。这块落款为康熙六十年(1721)的石碑上记载了一位河道官员深夜在黄河上遇险得到神祇庇护的故事:

闻之里中父老,去岁戊子季春,大司□□□□公昏夜鼓棹黄河,自徐邳□□□,见岸上仪从甚多,八座鼓吹,如人间贵官。询之曰火德星君,□□□□盖下一长吏曰:睢宁县。天将明,旌旂冉冉入河神庙门。公遂登岸,入庙惟见火神遗像在焉。须臾风暴骤至,行舟辟易,始知扁舟夜行,风涛不惊,神之明德远矣。阖□□□咸知,称述甚详。昔公治河九载,殚精竭虑,功奏平成,滨河之民□□公之德泽,沦肌浃髓,故于河神庙之北,构楼三间,上奉

---

[1] (清)邵晋涵《杭州府志》,《续修四库全书》第701册,上海古籍出版社2002年。

玉皇，下奉公禄位，将以世世焚祝也。"[1]

　　从原碑文第8行"公治河九载"这一历史事实来看，合乎基本条件的有2人，一个是明朝嘉靖、隆庆年间的总河潘季驯，他前后3次治河，合计正好9年。第二个人是清朝顺治年间的治河总督朱之锡，他治河十余年。但碑文的第5行是"大司"后缺失至关重要的4个字，我们推断"大司"二字后应该是"空"字，随后的3个字应是人名，因为紧随以后的是"公"字。明清文献中经常被称为大司空的治河能臣，只有潘季驯一人，故综合治河时间、官衔尊称这两方面因素，碑文记叙的主人公大概率应是明代河道大臣潘季驯，此完整的字句应该是"大司空潘季驯公"，这比较符合古人行文习惯。这块残碑值得反复研究和推敲的是：当时潘公昏夜鼓棹黄河，遇到的不是河神，而是火神："天将明，旌祈冉冉入河神庙门，公遂登岸，入庙惟见火神遗像在焉。"很奇怪，河神庙里见到的却是火神。更奇怪的是，火神像却用"遗像"二字来表述，这完全不合乎古人对于神祇造像的称谓，此处的遗像的"遗"字，令人匪夷所思。试问有谁用过"玉皇遗像""如来遗像"这样的词语？笔者反复研究认为，这尊所谓的火神遗像，大约是朱元璋起义之初所奉祀的祆教神像，朱元璋参加的红巾军之所以又叫明军，是因为这支部队信仰的是源自古代波斯宗教的明教。明教正式名称为祆教，又称"拜火教"，教徒主要祭祀火神，以火神作为光

---

[1] 王理德编《敕建安澜龙王庙》，人民日报出版社2011年，第100页。文中"□"皆为碑文脱落之处。

明的象征。朱元璋敕封谢绪为金龙四大王并为其建造大王庙，在金龙四大王神像旁边塑立明军所拜祀的祆教的火神像，也在情理之中。我国宗教建筑，随着祭祀功能的改变，将原先祭祀的主神转换或改变祭祀仪礼，在宗教历史演变中屡见不鲜。例如在现在的安澜龙王庙的东西配殿里，西配殿最左面的一位黑脸水神，当地传说他就是皂河的河神，皂河附近的老人对其崇祀最多，香火最盛，实际上朱山之神被请到皂河来除水怪的时候，他就已经成为皂河的河神了。尽管那个时候，朱山之神是这座原庙的主祀神祇，但随着这座祠宇成为黄河之神的专祠和祖庙，皂河之神就只有在配殿角落里担任陪祀的角色了。

从这块石碑记载的年代和传说故事来看，民间流传已久的有关此庙为明太祖朱元璋所修的传说或许不是空穴来风，应该有其基本的历史背景作为摹本。现代研究水神信仰的学界，也都公认黄河之神金龙四大王崇拜现象起源于宿迁和徐淮一带。而在后来的清朝官方众多历史文献中，更是证实了笔者这个论点。

四、清皇室南巡的驻跸之地

终明一代，国家漕运始终沿用徐淮之间的黄河航道，而皂河作为黄河运道的重要分航线，也始终受到官方重视，明代水利和航运学术专著《漕运通志》，就把皂河作为运道之一记录在所有分航线的第一位："皂河无源，沭河水发则决沭口，由刘马庄趋马公港九十里南走皂河，至宿迁西北五十里入漕。"[1] 入清以后，漕运的政治意义被提升到无以复加的程度，漕粮被称为"天庾正供""朝廷血脉"。因而，对于地处漕运必经之地的皂河，其咽喉重地之地位愈加凸显。康熙年间，河道总督靳辅开凿中运河就是从开凿皂河河道开始的，这一举措，为中运河全程贯通开创了良好的开端。

尽管中河开通以后，宿迁黄河段失去了漕运功能，但由于黄河河防涉及国家安全，朝廷和官府对于河工的重视程度有增无减，对于黄河之神的祭祀也更加重视。实际上，清刚刚入关，便将黄河之神的祭祀上升到国家正祀的高度。《清朝通志之礼略卷》中规定：

> 四海四渎之祇（地神为"祇"）为正位，以京畿名山大川天下名山大川之祇为从位。凡岳镇海渎所在，地方有司岁以春秋仲月诹日致祭。[2]

顺治三年（1646），封黄河龙神为显佑通济金龙四大王，并庙祀宿迁，重建皂河龙王庙专祠供奉。《清朝文献通考·群祀考》二：

> 顺治三年敕封显佑通济之神。臣等谨案：《会典》载：

---

[1] （明）杨宏、谢纯《漕运通志》，荀德林点校，《淮安文献丛刻》(一)，方志出版社2006年，第86页。
[2] （清）乾隆皇帝钦定《清朝通志》卷四十一·礼略卷，转引自道客巴巴 https://mbd.baidu.com/ma/s/7GVdtk6h。

神谢姓名绪，浙人，行四，读书金龙山。明景泰间建庙沙湾。盖崇祀已久。至是加封。庙祖宿迁，从河臣请也。[1]

《清史稿·礼志卷三》记载：夫直省御灾捍患，有功德于民者，则锡封号、建专祠，所在有司秩祀如典。世祖朝，宿迁祀河神宋谢绪。圣祖朝……福建暨各省祀天后林氏女。……诏封河神为显佑通济金龙四大王，命河臣致祭。庙祀江南宿迁县。[2]

这些有关清代初年天下神祇祭祀礼记文献，足以使宿迁皂河龙王庙的祖庙地位确定无疑。因此，以后历代清朝皇帝都对金龙四大王的祭祀仪典不敢稍有怠慢。

康熙二十三年（1684），康熙帝南巡，路过宿迁，派河臣、工部侍郎孙在丰致祭金龙四大王，《康熙朝实录》中记载："己亥御舟泊宿迁县皂河口地方。"康熙四十三年（1704）南巡时，又令"宿迁县黄河金龙四大王庙皆入春秋祀典。"[3]（文见《清圣祖实录》卷215第180页）而乾隆皇帝也在皂河龙王庙《御制碑文》中证实，康熙皇帝多次銮舆临幸此庙："我皇祖圣祖仁皇

---

[1] （清）张廷玉《清朝文献通考·群祀考》卷二，转引自道客阅读 https://mbd.baidu.com/ug_share/mbox/4a83aa9e65/share?product=smartapp&tk=ff27cb314eab97eec0af5fd5f487cab6&share_url=https%3A%2F%2Fpw9h8o.smartapps.cn%2Fpages%2Findex%2Fwebview%3F_swebfr%3D1%26pcode%3D8751276166050%26title%3D%25E6%25B8%2585%25E6%259C%259D%25E6%2596%2587%25E7%258D%25BB%25E9%2580%259A%25E8%2580%2583%25E7%25AC%25AC%25E4%25B8%2580%25E5%2586%258A08%26thumburl%3Dhttps%3A%2F%2Fpng.doc88.com%2F2015%2F05%2F08%2F8751276166050_160.png%26_swebfr%3D1%26_swebFromHost%3Dbaiduboxapp&domain=mbd.baidu.com。

[2] 赵尔巽《清史稿·河渠志》，上海古籍出版社1986年，第3716页。

[3] 佚名《清圣祖实录》卷215，第180页。

帝，廑念河槽，銮舆临幸，神谟指授，万世永赖。"[1]

虽然有大量的文献记载，清帝曾经多次驻跸皂河龙王庙，但从封建礼制的角度，无论是康熙皇帝还是后来的乾隆帝，都并没有将皂河龙王庙作为行宫。在《钦定南巡盛典卷八十·程途》中，记载乾隆皇帝第一次回銮沿中运河北归的里程曰：

> 自顺河集水大营起，十四里十字河旧埽工，三里柳园头石闸，四里王家沟石闸，二里支河口，十四里夏家马路埽工，五里龙王庙座落，一里皂河石礅，五里力家沟涵洞，五里柁车头。[2]

在《南巡盛典·南巡图》中，也将龙王庙标注为"皂河座落"。可见，此庙属于清皇室南巡途中的一处重要"座落"，而非一般行宫和大营。在封建统治时期，礼教祭祀场所是极为庄严神圣之处，尤其安澜龙王庙作为明清两代皇家御祭的专祠，清帝作为人间帝王，在礼制上要对其进行虔诚的祭祀，而绝不能把它作为自己的行宫看待。同样，《南巡盛典》中也将淮安的惠济祠、南京的宝华山、江宁的栖霞寺、苏州的灵岩寺等重要的寺院祠宇都定为座落。在古代严格的礼制意义上，这些座落的礼教地位远高于行宫。根据《清朝会典》记载，龙王庙御碑上正面碑文为乾隆元年（1736）十一月初九清高宗御笔亲书的

---

[1] 李德溥纂《宿迁县志·宸瀚》卷一，同治十三年（1874）刻本，第2页。
[2] （清）高晋、萨载《钦定南巡盛典》程途卷九十三，《景印文渊阁四库全书》，商务印书馆1986年，第8页。

《御祭文》，在后来的南巡回銮途中每次都到庙里"诣庙瞻礼"，《钦定南巡盛典卷六十一·祀典》记载：

> 皇上回銮时渡河渡江日，请照驾幸中州渡河之例，遣官拈香行礼，奏入奉防往返，朕皆亲诣拈香，乾隆十六年二月初四日，行在礼部奏言：先经臣部具奏：圣驾经过三十里之内，有应祭处，所俱遣官致祭。今宿迁县金龙四大王庙，理应致祭。谨将随驾之满汉文武大臣职名缮写名籤，钦防四员前往致祭，奏入奉防。[1]

在同一时期官方绘制的《京杭大运河全图》中，皂河龙王庙的座落标名为"龙王神"，而非和其他庙宇一样标注庙名。可见此庙确为祭祀黄河之神的皇家专祠。

清朝皇室对于皂河龙王庙的高度重视，不仅仅是因为这座庙宇在黄河之神祭祀礼仪中的重要意义，还因为此庙处于黄运两河相近之处。乾隆皇帝在安澜龙王庙《御制碑文》中说："其地前控大河，后临运道，洪流湍波，远近奔汇，号为最险"，其河防工程的重要性不言而喻。因此，康熙帝和乾隆帝在诣庙瞻礼的同时，还会在此对黄河水利工程现场进行考察并做出指导。《钦定南巡盛典卷五十二·河防》中记载：

> 宿迁县运河之十字河、竹络坝，系康熙二十八年，挑

---

[1]（清）高晋、萨载《钦定南巡盛典》祀典卷六十一，《景印文渊阁四库全书》，商务印书馆1986年，第21页。

浚中河告成，堵闭支河口之后，因骆马湖水直刷黄河北岸堤工，经前河臣王新命请建竹络石坝一道，以备湖黄溢涨。康熙三十五年，前河臣董安国因黄水盛涨，将坝冲卸，题请堵筑未竣。康熙三十九年，经前河臣张鹏翮复请，堵筑以御黄流。因旋闭旋冲，亦未竣事。康熙四十二年恭逢圣祖仁皇帝南巡，指示竹络坝口门宜留。……口门北通湖、南通黄、运河，横亘其间，形如十字，故名。[1]

乾隆第三次南巡时再次驻跸皂河龙王庙，并写下《龙王庙再叠旧作韵》五言古诗：

> 德水方遵陆，图因阅运河。兰舟溯洄溜，桂棹舣清涡。
> 放淤兼观绩，升香谢荐歌。千秋垂圣额，三度此钦过。
> 予意望非别，神庥冀曰何？安澜佑黎庶，洪溃永宁波。

在首句"德水方遵陆"句后，乾隆帝自注道："上次南巡回跸，由顺河集登陆，今则乘舟直至德州，更于沿途阅视运河情形。"在第五句"放淤兼观绩"后自注道："是日小驻，御舟登岸，诣庙瞻礼。兼阅夏家马路放淤工程。"[2] 这个注解非常明确，乾隆皇帝当日住在皂河，并亲自到龙王庙中参拜黄河之神。所谓"诣庙瞻礼"，就是满怀崇敬到庙里瞻仰神像并参与拈香仪式。其记"兼阅夏家马路放淤工程"之事，在同治年《宿迁县

---

[1] （清）高晋、萨载《钦定南巡盛典》卷五十二，《景印文渊阁四库全书》，商务印书馆1986年，第23页。
[2] （清）李德溥《宿迁县志·宸瀚》卷一，同治十三年（1874）刻本，第5页。

志·河防》亦有记载：

> 兵六堡到兵七堡，外越堤长二百三十二丈，接前外越堤长三百十二丈，堤南有张家窑埽工，接前以越为缕堤起至夏家马路工头止，外越堤长百五十八丈……该处南黄北运，相距仅数十丈，乾隆二十七年，高宗纯皇帝南巡亲临阅视，指示放淤，化险为夷。[1]

此外，在《钦定南巡盛典卷五十三·河防》中亦有和皂河夏家马路的相关记载：

> 圣人所过者，化所存者，神随在皆然。而翠华临幸之处，指示均关机要。宿迁县河之夏家马路，内运外黄，两堤相隔仅三十余丈，中间空塘积水甚深，素称危险，节年放淤尚未坦平，乾隆四十五年恭逢圣驾南巡，敕令一律填实，与堤面相平，埽后得此数十丈宽堤，有恃无恐，洵属王道荡平矣。[2]

夏家马路在皂河镇南端，这两处文献记载了乾隆帝分别在二十七年（1762）和四十五年（1780）两次亲临此处指导河堤工程。

这首诗中的第七句"千秋垂圣额"句下有自注："庙悬皇考

---

[1]（清）李德溥《宿迁县志·河防志》卷十，同治十三年（1874）刻本，第17页。
[2]（清）高晋、萨载《钦定南巡盛典卷》五十三，《景印文渊阁四库全书》，商务印书馆1986年，第55页。

御书额",句中"皇考"即乾隆的父亲雍正皇帝。这说明,安澜龙王庙中不仅有乾隆帝和康熙帝的御笔题匾,还有雍正皇帝的题匾,但题匾内容和记载均已无考。此句后的"三度此钦过"诗句,是乾隆皇帝自我表明:迄此为止,已经3次来过皂河安澜龙王庙。

黄河之神金龙四大王谢绪的神位封号,在清代各朝都被屡屡加封,从清初顺治二年(1645)的四字王位,到清末光绪年间,一共加封了18次,其具体封号和年代如下:

> 顺治二年河道总督杨方兴奏请加封,"显佑通济"四字;
> 康熙四十年河道总督张鹏翮奏请加封,"昭灵效顺"四字;
> 乾隆二十二年加封,"广利安民"四字;
> 嘉庆二十五年加封,"惠孚"二字;
> 咸丰二年漕河总督杨殿邦奏请加封,"普运"二字;
> 咸丰四年山东巡抚崇恩奏请加封,"护国"二字;
> 咸丰七年帮办河南剿匪大臣胜保奏请加封,"孚泽绥疆"四字;
> 同治二年署河道总督谭廷襄奏请加封,"敷仁"二字;
> 同治四年漕河总督张之万奏请加封,"保康"二字;
> 同治五年山东巡抚阎敬铭奏请加封,"赞翊"二字;
> 同治六年河道总督苏廷魁奏请加封,"宣诚"二字;
> 同治七年山东巡抚丁宝桢奏请加封,"灵感"二字;
> 同治七年湖广总督李鸿章奏请加封,"辅化"二字;
> 同治七年安徽巡抚英翰奏请加封,"襄猷"二字;

> 同治八年河道总督苏廷魁奏请加封，"溥靖"二字；
> 同治八年山东巡抚丁宝桢奏请加封，"德庇"二字；
> 光绪元年山东巡抚丁宝桢奏请加封，"锡佑"二字；
> 光绪五年漕河总督文彬奏请加封，"溥佑"二字。

这18次加封，每次都是因为黄河流域出现重大灾情，或因为大堤溃决，或因为大涝大旱。清王朝的统治者们笃信：只要虔诚地祭祀金龙四大王，他就会保佑黄河安澜，风调雨顺。最终导致金龙四大王谢绪的封号长达44字，严重突破了礼制定例。中国古代礼制规定，天神和地祇的封号不能超过40字，而金龙四大王谢绪的封号的全称为"敕封护国济运显佑通济昭灵效顺广利安民惠孚普运护国孚泽绥疆敷仁保康赞翊宣诚灵感辅化襄猷溥靖德庇锡佑溥佑金龙四大王"[1]，长达55个字（清代封号为44字，不包括明代敕封的"灵感通济宏佑感应"等封号内容），远远超过至圣先师孔子、武圣人关羽、江神李冰父子、潮神伍子胥以及泰山山神等神祇。在皇家祭祀的神祇中，除海神林默之外，没有任何神祇拥有比黄河之神字数更多的封号，当年安澜龙王庙正殿金龙四大王塑像前木雕牌位被称为"万岁牌"，牌位上因封号字数太多而硕大无朋，故有"天下第一牌"的说法。

---

[1] （清）朱寿镛《敕封大王将军纪略》，https://ctext.org/library.pl?if=en&file=109530&page=5&remap=gb。

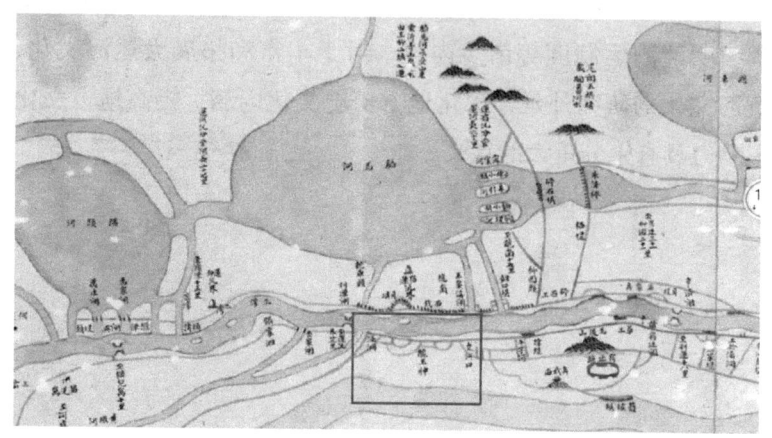

图2　清代官方《河图》局部，图中宿迁黄运两河之间的皂河龙王庙标为"龙王神"，而其他庙宇则标庙名

咸丰年间，黄河北徙，而后国家漕运亦改为海运，对于安澜龙王庙黄河之神的国家祀典随之停止。清朝覆灭后，推动民间信仰的各种国家正祀被废除，全国各地盛行千年的水神崇拜现象也日渐式微。作为具有多重身份的安澜龙王庙，祭祀香火逐年衰落，原初的礼教祭祀行为至今基本湮灭。但作为一种曾经的人文现象，黄河之神金龙四大王崇拜对于地方文化、社会生活、民众信仰、地理环境等各种关系的影响，具有十分重要的历史研究价值。当前，国家和各级政府不断加大对于非物质文化遗产的保护力度，有关黄河之神和其他水神信仰研究方兴未艾，京杭大运河与黄河及黄河故道的文化研究也日益受到有关方面的瞩目。从某种意义上来说，对于安澜龙王庙祭祀主体黄河之神的研究，则是黄河历史文化研究领域中的灵魂之所在，

其研究范畴牵涉到人与自然关系、宗教信仰演变、黄河河道工程、明清漕运制度等诸多内容，对于丰富和拓展大运河文化、黄河文化的研究外延，深化地方历史文化内涵，提高地方文化影响力具有十分重大的意义。

论大运河对地方神灵信仰衍变之影响

——以《露筋娘娘》传说为中心

余依宸*

在古秦邮八景中,"露筋晓月"是古今文化图鉴上颇具参差的一处。所谓"露筋",既是秦邮之地名,也与一个流传千年的传说故事相关。这一传说的生成与流变,体现了自然环境、社会环境、历史演进的多重作用,独具自然与人文双重因素的大运河更在露筋信仰的建构和流传中起到了重要作用。

一、鹿与贞女:露筋传说的生成与演变

露筋传说有着悠久的历史,传说的生成与当时当地的自然环境紧密相连。唐人段成式《酉阳杂俎》载:

> 相传江淮间有驿,俗呼露筋。尝有人醉止其处,一夕,

---

* 余依宸,浙江工业大学人文学院硕士研究生在读。

白鸟蛄𪘲,血滴筋露而死。据江德藻《聘北道记》云:"自邵伯埭三十六里,至鹿筋。梁先有逻。此处足白鸟,故老云有鹿过此,一夕为蚊所食,至晓见筋,因以为名。"

这段记载中转引的《聘北道记》（原名《聘北道里记》）被认为是提及"露筋"最早的文本。此处的"白鸟",并非指白色羽毛的鸟,而应为蚊虫一类。江德藻为南朝梁文学家,该文即成于江德藻在天嘉四年（563）出使北齐时所作。[1] 据书中"故老云",露筋传说原型的诞生应早于江德藻所生活的时期之前。相较于今人想象中鹿的神秘圣瑞,为何当时鹿会和蚊子这种常见的恶虫联系在一起,构成了"露筋"这样一个诡谲的传说雏形？这首先与当地的自然环境相联系。西晋张华的《博物志》载:"海陵县扶江接海,多麋鹿,千千为群,掘食草根,其处成泥,名麋𡎺,民人随此畯种稻,不耕而获其利。"记载了古代江苏泰州一代麋鹿繁盛的景象。如今江南一带麋鹿虽不多见,但当时江淮流域湖泊众多、河网密布,植被覆盖率较高,且人口密度和生产强度不大,故麋鹿寻常可见,麋田甚至比肩牛犁之用,在人们的日常生活中占据了重要角色。高邮的蚊子则素来恶名远扬,当地流传着"高邮湖,蚊子大如鹅"的谚语,故而恶蚊食鹿的奇异故事有了发生的土壤。

鹿在传奇中的退出与自然环境的变化也不无关系。西晋永嘉之乱使得朝廷迁至吴越地区的建康（今南京）,为避战祸,大

---

[1] （唐）姚思廉《陈书》卷三四《江德藻传》,中华书局1972年,第456—457页。

量汉人随之迁入吴越地区,其中江苏接收移民最多,自4世纪初至南朝宋元嘉年间就接收了约26万人。[1]南迁的北方移民不仅带来了先进的农耕技术,大量开发江淮沼泽山林之地,而且也在潜移默化间改变了江淮之地文化的气质。从"鹿筋"到"露筋"的神话传说也经历着转型与蜕变。

在唐人段成式的笔记中,传说的主人公首先由鹿变为醉汉。这不仅是由于自然环境改变,麋鹿数量锐减不再寻常可见,更契合了传奇发展的内在生命驱动力,人为蚊所蛄嘬露筋而死,显然比死于荒野的野生动物更有吸引力和冲击力。到了两宋时期,露筋故事的主人公开始以女子形象出现。《太平寰宇记》载:"露筋驿。江德藻《聘北道记》云:'江淮间有露筋驿,今有祠存,一名鹿筋驿。云昔有孝女为蚊蚋所食,惟存筋骸而已。'"[2]露筋女被冠以孝女的形象,但没有具体的故事展开。北宋文学家欧阳修曾任职于扬州,他在《憎蚊》一诗中写道:"尝闻高邮间,猛虎死凌辱。哀哉露筋女,万古仇不复。"推崇文以载道的欧阳修也没有大书露筋女的节烈孝义事迹,可知此时的露筋女故事更多的只是一个蚊蚋食人的传奇,并没有其余的义理附会。真正使得露筋女的贞女形象声名远播、深入人心的是书法家米芾。其《露筋之碑》云:

---

[1] 葛剑雄、曹树基、吴松弟《简明中国移民史》,福建人民出版社1993年,第147—149页。
[2] 李昉编纂《太平御览》,孙雍长、熊毓兰校点,河北教育出版社1994年,第581页。

天地之间，虽大体：阳况君子，阴比小人，而五行交相为功，各有正位。其庞杂者，亦交处于阴阳之间，盖乱臣贼子之所禀，妇人女子之所羞。虽其自粉饰一时，班城圣贤明，未即察而阴谴，亦不旋踵，则泽国之女，嚼肤露筋，不就有帏之子氏，不显于一时，祠方揭于千古，庸夫庸妇之所传，称有如昨日，是幽显之所共信，而古今不可得而议者，然则伯夷叔齐之节，不必俟圣人，万世所自知明矣。

米芾刻碑详述露筋女的故事，大力赞扬其坚贞刚直，其实是为了抒发自己贬黜闲职的失落和不满，露筋女不就"有帏之子氏"的事迹与他自己不屈从于政治阴暗势力的心情若合一契。在米芾之前，露筋贞女之事虽有雏形，但得益于米芾的影响力和此碑在书法史上的地位，露筋故事的主题才因此正式确定且广为流传。清人董醇云：自海岳刊石，咸韪其言。文人吊古，每多题咏。[1] 再至南宋学者王象之《舆地纪胜》、祝穆《方舆胜览》等作品的描摹记述，露筋女形象进一步丰满。"露筋庙。去城三十里。旧传有女夜过此，天阴蚊盛，有耕夫田舍在焉。其嫂止宿，姑曰：'吾宁处死，不可失节。'遂以蚊死，其筋见焉。"[2] 故事中增添了耕夫和嫂子两个角色，且增加了人物语言描写，以其嫂宿于耕夫田舍的随意反衬露筋女的坚贞。

---

[1] 董醇《甘棠小志》卷四《祠庙》，《扬州文库》第39册，广陵书社2015年，第370页。
[2] （宋）王象之编著，赵一生点校《舆地纪胜》卷四三《高邮军》，浙江古籍出版社2012年，第1312页。

纵观露筋故事的生成，自然与人文环境的双重作用在其中扮演了重要角色。就自然环境而言，鹿在传说视野中的进入与退出，与当地自然环境的变化密切相关。而从人文环境来看，从"鹿筋"到"贞女"的发展，也是由"好逸事"到"重教化"的转变，这背后包含着社会文化观念的变迁。在魏晋南北朝时期，玄学盛行，文人志士好清谈，尚志怪，志人志怪小说层出不穷。这一风气延续至唐，催生了传奇文学的盛行，故有"鹿筋"等逸事为人乐道。而自宋以降，理学观念兴盛且深入民间百姓之中，尤其在妇女的贞操问题上，上升到"饿死事小，失节事大"，因此露筋故事也被打上了道德的烙印，成为程朱理学的宣传实践样本。两宋时期，露筋女虽受建庙纪念，但祭祀的情感在于对其贞洁的褒扬和宣传，仍属于"人"的纪念和崇拜范畴，尚未上升到神灵信仰。但正如自然人文环境对它的造就和催化，露筋祠畔川流而过的大运河包含着自然因素与人文环境的独特滋养，正酝酿着露筋信仰的转型与新生。

二、神的建构：露筋信仰的神圣化与正统化

从"露筋女"到"露筋娘娘"，露筋信仰经历了神圣化与正统化的双重提升，而大运河在其中扮演着重要的角色。所谓神圣化，指的是由对人的纪念和崇拜上升到对神的信仰和祈求。所谓正统化，指的是民间神祇因有功德于国家或民众，被纳入朝廷的敕封或赐额，成为官方正祀，享受春秋二祭。科大卫、刘志伟在《宗教与地方社会的国家认同》中指出，地方神祇的

正统化是自北宋以来士大夫积极运用理学所规范的礼教改造地方的结果，是地域社会在文化上逐渐整合到国家大传统之中的过程。

由于露筋是运河沿线的重要节点，船只经大运河过露筋祠，船民、商贾、旅客总要入庙祭拜，露筋娘娘逐渐被赋予了漕运保护神，尤其是盐运庇护神形象，受到朝廷官方的敕封和祭祀。清代漕运总督阮元曾有"隔岸近乡井，分风扶漕舟，庇民兼利运，神闸接湄洲"的诗句咏颂。道光年间大学士祁寯藻的《露筋祠》也写道："江苹谁荐女郎祠，转漕年年赖护持。闻道秋风归来晚，壁间惆怅祷冰诗。"旧时每到开春，船民还要举行隆重的祭河神仪式，女巫身穿花裙，边鼓边舞，并把女神像抬出来一路巡游，所到之处，民众争撒纸钱花片，以清酒洒地，甚至以牛羊供奉。[1]露筋女逐渐超越了贞女形象，被赋予护佑河运的神圣意义，且进入官方祭祀体系，从而最终完成了信仰的建构。

首先是帝王关注和官方敕封。因为大运河的交通作用，露筋祠虽是地方庙宇，却多次获得帝王的参览和垂青。康熙四十六年（1707），清圣祖第6次南巡，入露筋庙参观，为露筋女故事所感动，书额"节媛芳躅"四字，置于祠内。乾隆二十二年（1757）、四十九年（1784）清高宗两次南巡，都曾为露筋祠题诗，虽言"露筋事半属荒唐"，但仍然认为"讹传自

---

[1] 李保华《露筋祠传说的演变及其当代价值》，载《扬州文化研究论丛》2015年，第57—60页。

是因彰善",褒奖肯定露筋信仰。露筋女作为地方神灵,却获得两代帝王的题诗赋词,这显然与其在大运河节点上的特殊地理位置有关,更为后来其作为运河女神获得官方敕封奠定了基础。嘉庆二十年(1815),因两江总督百龄、江南河道总督黎世序等人的奏请,嘉庆帝旨封露筋女为"昭灵普惠"之神,赐祠名"贞应",自此之后,露筋女拥有了封号,正式进入官方祭祀体系,"高邮祀露筋祠神"被明确载入《清史稿》中。光绪八年(1882),淮扬地区出现洪涝灾害,长堤溃在旦夕,官吏士庶到露筋祠"揭虔致祷,乃获转危为安",督漕使者庆裕公暨左宗棠合词入告,"得旨颁香致祭,钦赐'香天净地'匾额"。露筋女运河保护神的形象进一步获得官方的认可和加固。与普通地方神灵的正统化过程不同,露筋信仰并非经基层民众呼吁层层上报请封,而是自身更早地进入了朝廷官方的关注,存在自上而下互动的过程,这背后显然是大运河发挥着作用。

其次是圣灵故事的附会。露筋女要成为运河保护神,自然需要护航"显灵"的事迹来支持其神性。以清代官员陶澍所述之事为典型。据记载,嘉庆二十年(1815)十一月中旬,陶澍奉旨沿运河南行巡查江南漕务,而当他到达露筋祠时天寒异常,河面结冰,影响行船安全,于是陶澍在露筋祠中进行祷告和斋戒,次日竟风回日暖,"全河冰泮,篙师长年踊跃奋进,二十八日各船出江告竣"。突然的破冰回暖,使得漕运顺利进行,更让众人惊叹露筋女的神力,陶澍写下《告露筋女神文》,赞扬其"质秉贞纯,行标淑烈",使得"顺风相送,兼驰数日之程水波不兴"。此后陶澍将此次露筋女显灵事迹上奏朝廷,露筋女因此获得敕定封号，彻底转变为具有神圣意义的河运保护神。又如清人郭麐尝阻风高邮"默祷露筋祠"，后感谢露筋女的护佑："去得顺风来顺水，聪明原是旧心肠。"[1] 同样是祈祷感馈露筋女显灵，护佑航运顺利。正是这一次次巧合下的附会、敕封、吟咏，巩固与构建起了运河神女的形象。

再次是将露筋女与水性女神联系起来，同时添名加姓。作为女性地方性神灵，露筋女自身的影响力十分有限，如何提升其地位且完善其神格？这就需要将其与全国其他地方的知名女性神灵联系在一起形成呼应。有将露筋女与同为护佑航运的女神妈祖联系在一起的。如阮元的《露筋神祠》云："庇民兼利运，神闸接湄洲。"湄洲即妈祖（天妃）信仰的发源地。有将露筋女与东汉孝女曹娥相提并论形成南北呼应之态的，如《常州题海烈妇祠》载："劲草森森起夕云，野烟漠漠傍孤坟。千秋莫道无知己，南有曹娥北露筋。"还有将露筋女与两湖地区的潇湘女神作比较的，如徐渭的《露筋祠》云："烟波一望三千里，长在湘江洛水湄。"而这些女神基本上都是与水相关的，将露筋娘娘与她们相联系，无疑也脱离了其贞女原型，更多地和露筋祠旁的大运河联系在一起。露筋娘娘也在文人歌咏中被添名加姓。徐渭撰诗文《萧荷花祠》，并自注云："俗传露筋娘娘者即此。"指露筋女姓萧名荷花，大抵也是在运河水性的陶冶下而附会"荷花"之名。有名有姓的神女显然更易为人所记，也说明了露筋女的"神格"在进一步走向完善和丰满。

---

[1]（清）郭麐《灵芬馆诗话》卷一一，《续修四库全书》第1705册，古籍出版社2002年，第417页。

三、运河文化与露筋信仰的演变和发展

对于传说故事的发展流变,顾颉刚曾以孟姜女故事为中心进行详细考究,指出:"一件故事虽是微小,但一样地随顺了文化中心而迁流,承受了各时各地的时势和风俗而改变,凭借了民众的情感和想象而发展。……所以与其说是这件故事中加入外来的分子,不如说从民众的感情与想象上酝酿着这件故事的方式。"[1] 露筋信仰也无疑经历着这样的"迁流",而大运河正在其中扮演了最重要的"时势",引导改变着民众的情感与想象,促成了露筋信仰的建构与演变。

一是大运河便捷的水运交通密切了交流,使得露筋女进入了文人士大夫乃至帝王的想象。"运河因复漕运之务,运输东西;且荷枢纽之责,贯通南北。……滋养四方之土,便通千万之家。"自露筋祠前川流而过的大运河,密切了南北往来,也兴旺了露筋祠的香火祭祀。除了帝王的亲临与题词,文人骚客也顺着大运河来到露筋庙代代吟赋。清初时琉球使节程顺则作《晚泊露筋祠》:"贞心终不改,赢得露筋名。俎豆千秋重,声名万古清。停桡行客谒,破屋晚鸦鸣。一片高邮月,多情夜自明。"清代诗人王士祯作《再过露筋祠》:"翠羽明珰尚俨然,湖云祠树碧于烟。行人系缆月初堕,门外野风开白莲。"这几首诗作都不约而同地以夜泊之景、湖光月色之状来咏颂露筋祠的风韵,可知顺大运河而下泊于露筋,是游子常经的线路,露筋传

---

[1] 顾颉刚《孟姜女故事研究及其他》,商务印书馆 2017 年,第 115 页。

说因此广为流传。

二是运河航行的风险异化了露筋信仰,客观上催生了水神崇拜。自南宋建炎二年(1128)东京留守杜充为抵御金兵南下,在河南滑县李固渡以西人为地掘开黄河大堤,黄河就开始了长达700多年南泛入淮的历史。黄河改道,既给苏北水路带来交通便利,也带来了频繁的黄河水患,尤其是嘉靖二十五年(1546)黄河夺淮之水"合五为一",一股脑地经泗水入淮,江淮水系变得更加混乱,邵伯、高邮、宝应等地湖面扩大、湖床淤高,露筋处运河正处于河湖不分之处,漕船行于此常有倾覆的风险。清人史奭在《运河上下游议》中载:"江都之河渠,有关于河防水利者惟运河为大,北接高邮,南至大江,一线漕堤,与河俱长,而最险要者则自邵伯金家湾起,北至露筋界牌止,计堤四十余里。"凶险的漕运形势催生了护漕保运的水神信仰,清时金龙四大王、龙神、黄大王、栗大王等水神祭祀活动更为兴盛,露筋祠因地处运河之畔,也逐渐被转化添赋水神护佑功能。

三是水神崇拜为露筋文化增添了广阔的发展空间。近年来随着大运河运输地位的下降,对露筋女护佑航运的祭祀和崇拜有所减少,但露筋文化仍在不断发展。当地老人传说,抗战初期,里运河昭关坝至露筋一带是抗日武装坚守的地方,民间有"昭和打昭关,尸骨堆成山"之说,日军因在此处受挫而寻求报复,常用飞机来轰炸。有一次,两架飞机对着露筋周围的乡村狂轰滥炸,忽而栖息于露筋祠上的神鸦群起而上,合成鸦阵向日机奋勇飞去,所到之处遮天蔽日,日机猝不及防,所投炸弹皆入湖中，最终狼狈逃窜。可见露筋女从单纯的航运护佑之神，又被添附了护佑一方的神能。至今，当地的民众在日常生活中面临困境、疾病、迷惑等时，仍会祭拜露筋娘娘寻求庇护与解答。围绕露筋传说也诞生了扬剧《芦花恋》《运河女神》等文艺创作。和绵延的大运河一样，露筋信仰尽管式微，却依然生生不息地生发下去。

四、小结

从传说的生成、演变，到信仰的建构、提升，露筋女的故事正是"芥菜子中容纳着须弥山的复杂"，体现了自然与人文环境的双重作用。而大运河作为自然与人文因素的结合体，流淌于露筋祠畔，丰富和延展了露筋传说的内涵和边界，最终从神圣化和正统化两个方面完成了露筋信仰正式构建。

今天，随着大运河运输地位的下降和守贞陈旧观念的破除，露筋信仰的影响力有所下降，但露筋信仰仍然是当地文化遗产中的一颗明珠。当地文化部门曾试图将露筋传说加以改编，剥去其中的封建糟粕，将之改写为姑嫂赶路夜宿，姑念嫂累，脱衣覆嫂，自己则被蚊虫叮咬而死。虽然略显牵强，也不失为一次有益的尝试，露筋传说中讲原则、守底线、不将就的精神对当代社会仍有借鉴意义。露筋信仰基于河运护佑意义而建构，更具地域文化特色，宜应进一步涵养，将露筋女塑造成与海运保护神妈祖齐名的运河女神，打造运河文化遗产集聚区。总之，文化的脉络生生不息，而重建的露筋祠旁，古老的运河也川流不止，使人不禁遥想当年千帆竞渡、舟楫纵横的场景；通过滔滔的河水，寄望一抹衣袂飘飘、风姿卓越的神女倩影。

人物传说的信仰化演变

——以南段运河《露筋娘娘》传说为例

刘超群[*]

作为世界上开凿时间最早、流程最长的人工河道，同时也是中国古代两项最重要国家工程之一的大运河，不仅是连接南北文化、促进南北人民交流和互动的桥梁，还是"一种流淌的文明、一种线性的文化遗产"[1]，在历史的变迁中，滋养出诸多鲜活且多样的运河故事，演变成口口相传的运河传说。运河传说受到各地人文环境的影响，具有鲜明的当地特色，浸润着各运河流域民众独特的风情。扬州处于大运河的南段，在这里流传着一个脍炙人口的《露筋娘娘》传说。

---

[*] 刘超群，浙江工业大学人文学院硕士研究生在读。
[1] 王卫华、孙佳丰《古桥传说与运河文脉传承》，载《北京联合大学学报》2021年第3期。

一、《露筋娘娘》传说的演变过程

《露筋娘娘》传说中的主人公形象及故事主题历经了4个阶段的演变,这是各时代思想不断变化及文人不断改造的结果。我在研究《露筋娘娘》传说时,尝试以一个全新的视角,以传说证史或以史证传说,借助历史史料去印证传说的真实性,同时通过民间传说了解历史,这对于我们透过传说看历史以及在历史中体味传说具有双重的效用。

(一)露筋娘娘传说的最初形象:鹿形象的出现

据南朝江德藻的《聘北道记》记载:"自邵伯埭三十六里至鹿筋,梁先有逻。此处足白鸟,故老云:有鹿过此,一夕为蚊所食,至晓见筋,因以为名。"

这里所提及的邵伯埭在下面这段记载中有所介绍,《舆地纪胜》引《元和郡县图志·淮南道》佚文云:邵伯埭,在〔江都〕县东北四十里。晋谢安镇广陵,于城东二十里筑垒,名曰新城。城北二十里有埭,盖安所筑,后人思安,比于召伯,因以立名。

由两段记载可知,邵伯埭是谢安出镇广陵时所筑,广陵距邵伯埭四十里,从邵伯埭到鹿筋有三十六里。这涉及卞孝萱在《文史互证与唐传奇研究》一文中所提到的运用文史互证的第四个问题:实数与虚数。刘师培推广汪中《释三九》"实数可指,虚数不可执"之说,他举白居易《长恨歌》"后宫佳丽三千人"为例,他认为三千应当是表示数量之多,不必仅限于三千或不足三千。因此,这里的数字"三十六""四十"或许并不是实数,而应当作为虚数来理解,指的是大约的距离。

我们还可以通过历史来推测传说产生的大致时间。江德藻的生卒年是509—565年,加之记载中的"故老云"可知,《露筋娘娘》传说原型出现的最晚时间应该在南朝陈文帝时期(522—566),换言之,在陈文帝时期之前就已经出现了《露筋娘娘》传说的原型。

另外,上文中的"白鸟"指的是蚊,这在梁元帝《金楼子·立言上》中的"白鸟蚊也,齐桓公卧于柏寝,谓仲父曰:'吾国富民殷,无余忧矣。一物失所,寡人犹为之悒悒,今白鸟营营,饥而未饱,寡人忧之。'因开翠纱之帱,进蚊子焉"中可以得到印证。"以诗文为史料,用所谓'历史之眼光'通过发现其中时间、地域、人物等史料成分,分析诗中之古典与今典,并与史籍所载相参证,从而更全面地把握历史真相,对古人之思想、情感及其所处之时代社会达到真正同情之了解。"[1]这便是通过诗文去印证传说的真实性。

此时期的《露筋娘娘》传说还未出现人的形象,只是单纯为了解释地名的由来。

(二)《露筋娘娘》传说形象的第一次转变:由鹿到醉汉形象

据唐代段成式创作的笔记小说集《酉阳杂俎》记载:"相传江淮间有驿,俗呼露筋。尝有人醉止其处,一夕,白鸟姑嘬,

---

[1] 景蜀慧《魏晋诗人与政治》,中华书局2007年,第5页。

血滴筋露而死。"[1]

  这一版传说不仅在形象上发生了突变——出现了醉汉这一人的形象，同时在情节上亦同前文有所出入。这一阶段的演变是为了增强传说流传的动力，提高传说本身的吸引力，一个人比一只鹿因蚊叮咬而死显然更能引起听众兴趣。至于为何使用"醉汉"这一人物形象，一方面是为了增强传说的真实性，神志不清的醉汉因蚊而死有更高的可信度。而另一方面，大抵是因为醉汉不归家在当时的社会环境是为百姓所耻的，这是以传说的方式表示对醉汉的惩罚，也是时代的一种反映。

  （三）《露筋娘娘》传说形象的第二次转变：由醉汉到贞女形象

  到了宋代，书法家米芾所作的《露筋之碑》中提道："则泽国之女，嚼肤露筋，不就有帏之子氏，不显于一时，祠方揭于千古……然则伯夷叔齐之节，不必俟圣人，万世所自知明矣。"[2] 米芾为露筋做碑，又毫不吝啬地赞美其贞洁之节堪比伯夷叔齐。欧阳修亦有一首《憎蚊》"伤哉露筋女，万劫仇不复"。上述诗文中显然已经出现了露筋女这一形象。

  此外，都穆的《重刻露筋碑记》、王象之《舆地纪胜》及南宋祝穆《方舆胜览》皆有相似的记载，以《方舆胜览》为例："旧传有女子夜过此，天阴蚊盛，有耕夫田舍在焉。其嫂止宿。

---

[1]（唐）段成式著，杜聪校点《酉阳杂俎》，齐鲁书社2007年，第175页。
[2]（北宋）米芾撰，辜艳红点校《米芾集》，浙江人民美术出版社2014年，第169页。

女曰：'吾宁处死，不可失节。'遂以蚊死，其筋见焉。"[1] 由此可见，到了宋代，传说故事的框架基本确立：姑嫂二人赶路至此，嫂想留宿，姑却念及贞节，宁愿留宿野外被蚊虫叮咬而死。

此后，人们视被蚊虫吸血而死的姑娘为贞女，并立祠以祀。

（四）《露筋娘娘》传说形象的第三次转变：由贞女到运河女神形象

因祠庙地处运河与邵伯湖之间，当时漕运繁荣，船只经常经过露筋祠，百姓为祈求平安入庙拜祭，多有灵验。

清代官员陶澍是最早将露筋女作为运河保护神而进行祭拜的人。据记载，清嘉庆二十年（1815）十一月中旬，陶澍奉旨巡查漕务，当他到达露筋祠时，天气严寒致使湖水结冰，陶澍担心恶劣天气会耽误漕运，于是在露筋祠祷告，没想到翌日竟"全河冰泮，篙师长年踊跃奋进，二十八日各船出江告竣"。[2] 后来，陶澍有感而作《告露筋女神文》及五言长诗《漕河祷冰图八十韵》。阮元也曾为此作诗，"隔岸近乡井，分风扶漕舟。庇民兼利运，神闸接湄洲"。此诗描述露筋娘娘能够庇护民众，使漕运顺利，洋溢着对露筋娘娘高度的赞美之情。这些都是以诗文印证传说的根据。

陶澍将此次露筋娘娘显灵的事件上报朝廷，露筋祠因此被正式纳入国家祀典。人们把一次偶然事件当成了露筋娘娘神力显灵。之后，嘉庆帝批准重修露筋祠，并封露筋娘娘为"昭灵

---

[1] 祝穆编，祝洙补订《宋本方胜舆览》，上海古籍出版社 2012 年，第 419 页。
[2] 陶澍《陶文毅公全集》卷三十三，岳麓书社 2010 年。

普惠之神"。

至此，露筋女的贞女形象成功完成了向运河女神形象的转变，实现了从人到神的角色飞跃，露筋娘娘已演变为"运河保护神"，成为当时扬州运河沿岸民众信仰的神灵，成为运河流域人民的信仰对象。

二、《露筋娘娘》传说的主要特征

"民间传说是地方民众的精神与情感的传递与表达，它在民众生活中有着特殊的位置。"[1] 这表明民间传说是民众生活中十分重要的一部分，是民众多样情感和丰富精神的文学载体。民间传说大致可分为三个类型：人物、历史事件及地方风物，而露筋娘娘传说属于人物传说。

要研究《露筋娘娘》传说，首先要对其主要特征有所了解，根据高艳芳的《民间传说的功能转向与文化成因》一文所持观点，即民间传说具有集体性、传奇性、变异性、地域性四个特征，这些特征使得民间传说区别于其他文类。一般的民间传说形成和发展在长期的过程中已经表现出较为明显且平稳的形态，而露筋娘娘传说在发展历程中则格外表现出演变性和以人为主体的神话色彩这两个特征。

---

[1] 萧放《非物质文化遗产的保护、开发与地方文化传统的重建》，载《励耘学刊（文学卷）》2009年第1期。

（一）演变性

"文化功能学派认为任何文化现象都具有一定的功能，功能的发挥与其所处的社会环境紧密关联，并随着社会的发展而不断变化。"[1] 换言之，文化的产生是社会功能的需要，是为了满足社会功能而存在的。民间传说作为一种文化现象，有满足人类实际生活需要的作用，并随着社会发展而发生变化。流传于扬州段的露筋娘娘传说和其他运河流域传说相比较，表现出更为鲜明的演变性。传说的主人公形象及内容历经时代的变迁不断发生着变形，最终趋向平稳状态。

流传于北京段的古桥传说，则基本上很少具备这种演变性特点。比如，与八里桥相关的《八里长桥不挽桅》传说，还有与广利桥相关的《土桥镇水兽》传说、与银锭桥相关的《银锭观山水倒流》传说、与万宁桥相关的《徐达一箭射出中轴线》传说、与通惠河五闸相关的《吴仲建闸遇鲁班》传说、与东西布粮桥的位置关系而形成的城墙相关的《东不压桥西压桥》传说和与广源闸桥相关的《高亮赶水》传说等。这些贴近生活、内容朴素的运河古桥传说反映了北京漕运由盛转衰的境况，贯穿了北京城市的建设和发展。其重在体现人民的智慧，同时也为劳动人民解释某些文化景观和遗址名字的由来找到了更为艺术性的解释，但往往生发于某一时期，以一种形态在此时期稳定了下来。

无独有偶。北运河的精怪传说亦是如此。故事中的动物或神兽形象是固定的，情节被浓缩在一个故事单位里，缺少数次

---

[1] ［英］马林诺夫斯基著，费孝通译《文化论》，中国民间文艺出版社1987年，第26页。

演变的过程。流传于郑州段的《狗冢与狗冢河传奇》《大禹治水》《秦将王贲水淹魏都大梁》《徐荣汴河破曹操》《惠济桥传说》等传说不论是人物传说还是地方传说,都充分体现了艺术多样性与劳动人民的想象力,但纵观故事内容,我们会发现其并未发生变形,往往确定在某一时期某一地点发生一个故事。

前文提及民间传说具有集体性的属性,而《露筋娘娘》传说就是民间传说集体性的良好产物。集体性包含两层含义:"一为民间传说的形成是一个集体创作的过程,每个人都可以根据自己的理解对传说进行讲述;二为每个人都有民间传说的享用权,即每个人都是传说的拥有者。"[1] 正是这种集体性的属性使得每个人都能够去挖掘和开发传说,使得传说朝向更为合理且更具吸引力的方向发展演变。《露筋娘娘》传说共经历了四个阶段的演变,从最初的鹿形象到醉汉形象再到宋代的贞女形象,最后在清代转化为运河女神形象,这一过程大大提升了传说本身的吸引度和真实感,加大了传说流传的动力,是《露筋娘娘》传说朝着艺术性发展并迎合了大众审美体验的完美阐释。

(二)以人为主体的神话色彩

大运河所流经的城市之多,每个城市所流传的运河传说不尽相同,这同各流域的风土人情有着密不可分的关系,独特的文化语境创造出独特的运河传说。比如,流传于北段运河的精怪传说以及流传于南段运河的《露筋娘娘》传说,由于一南一

---

[1] 高艳芳《民间传说的功能转向与文化成因》,载《湖北民族大学学报(哲学社会科学版)》2022年第5期。

北的地理差异，运河传说的主要内容及所阐释的精神内涵具有较大的差异，虽然都具有神话色彩，但《露筋娘娘》传说的神话色彩是以人作为主体的。

尽管精怪传说所讲述的主体具有多样性，但大致可分为两大类：一类是被人们所熟知的陆地动物，如"金鸡阁"中的金鸡、"马驹桥的故事"中的马、"敬鼠神"中的鼠、"狗塔"中的狗、"猫狗犯相"中的猫狗；另外一类便是与水相关的动物或神兽，比如"姐妹造塔"中的欧鱼，"燃灯塔的传说"中的白龙、鲇鱼精等。

显而易见，精怪传说和《露筋娘娘》传说的描述主体存在差异，前者以具有超自然能力的动物为主要描述对象，通过构建一个神圣化的想象空间，反映出百姓面对自然灾害时所持有的态度和采取的方式，借而表达出人们在面对灾难时积极乐观的精神。比如"燃灯塔的传说"中的白龙，它并不是祥瑞神兽形象，而是以给人类带来灾难的精怪形象而存在的。白龙的活动会导致春旱夏涝自然灾害的发生，百姓为了消弭灾难，特修建了燃灯塔来镇压白龙。这里的白龙显然是被神化的，传说本身是带有神化色彩的，但是以动物作为主体的神化。

同样地，我们将西段运河传说与露筋娘娘传说进行比较。隋唐大运河沿岸重要的运河城市之一——郑州，流传着许多与大运河相关的运河故事，郑州段的运河传说是真实的历史人物加之虚构的想象成分，表达了民众对历史人物丰富的感情色彩，同时反映出当时社会的主要价值取向。传说所涉及的历史人物皆是百姓心中的忠义之士，体现了正义者终将胜利的道理。比如，纪信碑刻传奇中的历史人物纪信是一个英勇的忠臣形象，因此才有了荥阳县令孔祖舜为其立碑的故事；内容丰富，流传时间久远的《王莽撵刘秀》传说之"狗冢与狗冢河传奇"也是关于历史人物的传说，包含真实的历史人物刘秀以及虚构出来的与小双桥遗址内的两座冢相关联的两条黄狗。该传说表现出百姓对于正义和正统的支持，对于真善美道德价值内涵的追求以及对贤明君主的渴求。通过以上两个西段运河传说，我们可以得出一个结论：西段运河传说虽然和《露筋娘娘》传说一样，都是以人物为描述主体的，但被神化的并不是人物本身，而是与人物相关联的部分，比如救了刘秀的两只黄狗。

《隋书·地理志》记载，"其俗信鬼神，好淫祀"，此语直接表明了扬州地区历来有尚鬼神、信巫术之风尚。《露筋娘娘》传说的主体由鹿发展至醉汉再到贞女最终转变为运河女神，呈现出以人为主体的神话色彩，通过上文的比较可知，这是北段运河传说和西段运河传说不具备的特点。

三、《露筋娘娘》传说的生成原因

我们从前文可知，在《露筋娘娘》传说演变的过程中，露筋娘娘这一形象的构建其实就是上层阶级、精英阶级以及平民阶级三者的共同助力，也是当时的社会环境及文化语境创造出来的成果。它既有文人有目的的合理改造，又包含民众不自觉的无意识的创作。这是《露筋娘娘》传说自身趋向完善的展示过程，亦是民众精神需求不断更新的结果。

（一）思想因素：宋代理学和传说道德化功能的影响

宋代《露筋娘娘》贞女形象的确立，同宋代理学的兴盛发展有着密切的关系。在思想层面，宋代理学家们将儒家的贞节观往更极致的方向发展。程颐提出"饿死事小，失节事大"的贞节观念，朱熹亦有"存天理，灭人欲"观点，这些都是把露筋女发展成为贞女的理论基础。由此，《露筋娘娘》传说转变为了宣扬贞节观念的工具，露筋娘娘顺理成章地演变成了恪守贞节的烈女形象。

同时，《露筋娘娘》传说是迎合民间传说道德化功能的结果。恩格斯曾说："民间故事书像《圣经》一样培养着人民的道德感，使人们认识到自己的力量、权利和自由，唤起对祖国的爱。"露筋娘娘形象的不断转变是在以一种超现实的幻想实现了民众对于完美女性的美好想象，这源自民间传说所具备的道德化功能。民间传说总是激发着人们在创作中趋向真善美，远离假恶丑。

这种道德化标准一直贯穿于《露筋娘娘》传说的发展中。从传说演变的第二阶段开始，便是同当时的社会道德准则相符的。"尝有人醉止其处，一夕"可知男子不只醉酒还夜不归宿，这在当时是无法被社会所容的，醉汉这一形象隐含着当时的道德标准。《露筋娘娘》传说第三阶段贞女形象的出现更是高扬贞节观的旗帜，是宋代理学家们通过传说培养民众道德感的途径之一，以此唤起民众对于贞女的赞扬和肯定。发展至运河女神形象阶段，是此传说道德化功能最为鲜明的时刻，运河女神可以保佑民众漕运顺利、风调雨顺，露筋娘娘已然成为民众心目中的完美形象，对露筋娘娘的祭拜来自人们对真善美的渴望。

（二）受众因素：民众需求的更新

南段运河传说的生成有着得天独厚的地理条件，这里水汽极为充沛、风土极为温软。唐代诗人张继的《枫桥夜泊》写道："月落乌啼霜满天，江枫渔火对愁眠。姑苏城外寒山寺，夜半钟声到客船。"此诗极力表现出南段运河所特有的温和属性，温和的风土创造出浪漫温存且极具人情味的运河传说。

古时的扬州是个繁荣的城市。隋文帝改吴州为扬州，并下令在扬州"开山阳渎，以通运漕"，"山阳渎"指的是联系长江与淮河的古运河邗沟。到了隋炀帝时期，"敕穿江南河，自京口至余杭，八百余里，广十余丈，使可通龙舟，并置驿宫、草顿，欲东巡会稽"。这是在邗沟的基础上又一次大规模的整修，形成了后代运河的规模，扬州从此成为水陆交通枢纽及国际交往的重要港埠。古往今来的文人墨客在扬州留下了许多脍炙人口的诗句，"十年一觉扬州梦，赢得青楼薄幸名""故人西辞黄鹤楼，烟花三月下扬州"。

马斯洛的需求层次结构将人的需求分成五级：生理需求、安全需求、社交需要、尊重需求和自我实现需求。他认为人的需要有一个从低级向高级发展的过程，这在某种程度上是符合人类需要发展的一般规律的。人们所处城市的经济越发达，文化就越繁荣，发达的经济为文化的发展提供舒适的温床。因此，扬州民众在达成了基础的需求层次之后，向着更高层次的需求发展——渴望欣赏和寻找美。《露筋娘娘》传说的生成与流传便是为了迎合这种需求的产物。

恩格斯曾这般阐述:"民间故事的使命是使农民在繁重的劳动之余,晚上疲惫不堪回来的时候,娱乐他,恢复他的精神,使他忘掉沉重的劳动,把他那贫瘠沙砾的田地变为芬芳的花园。"[1]这表明了民间文学的娱乐属性。相较其他流域,扬州民众即《露筋娘娘》传说的受众群体有更多的时间和精力去娱乐和消遣,这是受众的需求发生了更新的结果。

(三)信仰因素:从民间传说到民间信仰的转变

鬼神信仰是扬州民众一种深层记忆。露筋娘娘发展至清代才转变成为运河女神,起到了使漕运顺利、保佑民众的作用。此演变实际上是从民间传说发展到民间信仰的典范,是从口头叙事或文学叙事转变成行为模式,从表层向深层的演变。由《露筋娘娘》传说的流传发展到对露筋娘娘的崇拜信仰,即民众为祈求自身平安愿意入庙拜祭露筋娘娘,这就已然完成了一种模式到另一模式的转变。

民间传说是依托民间信仰而存在的,民间传说所包含的信仰成分随着历史发展逐渐渗透进民间传说叙事的深层结构之中。在《露筋娘娘》传说发展的初期,信仰成分几乎是不存在的,人们那时并不会对一只被蚊虫叮咬的鹿产生任何信仰,更不必提及第二阶段出现的醉汉,这一形象甚至是为了作为反面教材

---

[1] [德]马克思、恩格斯著,曹葆华译《德国民间故事书》,《马克思恩格斯论艺术》第四卷,中国社会科学出版社1982年,第401页。

出现的。直到贞女形象的出现，传说才具有了一定的信仰成分，贞女形象成为宋代理学宣扬贞节观的工具，是为了使部分民众认同甚至是信仰他们的贞节观，为其思想服务。这一阶段的贞女为此后运河女神成为信仰对象奠定了基础。随着历史的发展，运河女神在清代完成演变，这代表着传说中所包含的信仰成分已经充分渗透进民间传说的叙事中，当这种信仰成分达到饱和程度时，民间传说便实现了向民间信仰的转变。

心理学家弗洛伊德认为："一篇作品就像一场白日梦一样，是受到抑制的愿望在无意识中得到实现，因此，每次白日梦便是一次愿望的满足。"[1]这里指明的是文学作品具有补偿作用，能够使现实生活无法实现的愿望通过文学的想象和虚构得到补偿。由补偿性所衍生出文学的可替代性，即文学本身可以作为人们所无法满足愿望的替代品。《露筋娘娘》传说完成了信仰过程后，从而给予民众更多的愉悦性。百姓通过祭拜露筋娘娘这一行为，实现了愉悦自身的目的。露筋娘娘成为民众心灵情感的寄托，而民众的祭拜行为不断强化着露筋娘娘"保佑运河风调雨顺"的功能。

此外，我们所熟知的《关公》《女娲补天》《盘古开天地》《大禹治水》《哪吒闹海》等传说，亦是从民间传说向民间信仰转变或民间信仰渗透进民间传说的范例。这些传说中的人物随着传说的流传逐渐发展成为民众虔诚信奉的对象，被人们立庙祭祀，这亦是人物传说的信仰化演变。

---

[1] 高艳芳《中国白蛇传经典的建构与阐释》，华中师范大学博士学位论文 2014 年，第 72 页。

云涛飞闸过楫舟　两岸祈庆保平安

——清江浦现存的三大水神庙遗迹

陈　瑾[*]

淮安，扼淮牵运，明清时漕运总督驻节，为漕运中枢；黄河夺淮期间，为黄淮运交汇处，是治理关键和总河驻节之所。康熙三大要政中，漕运、河务，淮安居其二。淮安是南船北马、辕楫交替之地，淮北盐集散中心，著名税关淮关所在。淮安人文荟萃，英杰辈出，是韩信、吴承恩、周恩来等英雄伟人之故里。淮安——中国历史文化名城、运河之都。

今淮安中心城市建成区，沿京杭运河两岸展开，东包古末口，西衔大小清口在这绵延几十余千米的带状城市的里里外外，蕴含着悠久的历史传承和丰厚的文化积淀。

---

[*] 陈瑾，淮安市民协副主席兼秘书长。

一、漕运兴起清江浦

明永乐（1403—1424）平江伯陈瑄主持漕政时，在淮安、徐州、临清、德州等运河沿线重镇，分别建筑中转粮仓——转搬仓，各自接纳指定地区民船送来的漕粮。此后，又在淮安创办了全国最大的内河漕船厂——清江督造船厂（简称清江船厂）。陈瑄总理漕运之前，今清江浦大部分地段还是人烟较少的"闲旷之地"。自清江浦疏凿、四道闸修建、转搬仓落成、造船厂投产之后，这里遂变得热闹非凡：江西、湖广、浙江的民运粮船要到此卸粮以入转搬仓，其他路过的粮船要到此停泊稽延，数万人的运粮官军要在此辗转忙碌，清江闸、福兴闸上下，闸官闸丁的监管吆喝声，纤夫和帮闲的市井小民拉纤的邪许声，此伏彼起，数以万计的造船工匠牙役、官佐兵弁在此食役卜居，往来的商贾在此招摇过市，争相渔利……更有宏伟壮丽、威严肃穆的工部分司署、户部分司署，分别负责漕船制造、漕仓管理，往日的"闲旷之地"，很快便成为"侨民宿贾，巨室鳞次"，"居人数万家，夹河二十里"的通商大埠。"清江浦"也因此成为这一通埠的名称了。因古末口而兴起的淮安城，其漕运咽喉地位在很大程度上为清江浦所取代。到了清代，随着黄河水患日亟，河道总督驻节于此，清江浦的地位也更加重要。

二、清江浦河四大船闸

明清时期，在清口上下不到10里的范围内，黄、淮、运三河交汇，在束流与分流、控淤与防淤、蓄水与行船等方面，矛盾都异常尖锐突出。明清的治漕专家们在这一带建造了"之"字形的河道：里运河至清江浦西边即今淮阴船闸附近，就折向西南，绕过码头镇以入淮河，淮河北流，再与黄河汇合。

为实现"蓄清刷黄济运"，在这"之"字形河道上建有多道节制水位的船闸，以及束窄水流、拒黄入运的水坝。船闸主要有四道：清江闸、福兴闸、通济闸和惠济闸。四闸之中，唯清江闸处于清江浦市区之内，其他三闸均在码头镇惠济祠附近。其中福兴闸紧靠惠济祠，通济闸在福兴闸之南里许，惠济闸在通济闸之南二里。惠济闸外，就是里运河入淮口。如南船北上，必须到惠济祠东侧将船上货物全部卸下，空船过三闸，经运口达淮，然后再装上货物，由顺清河入黄河。北船南下，也必须在惠济祠西侧将货物卸下，空船过三道闸，再装上货物南行。此一稽延，一般需三天时间，所谓由惠济祠"东山到西山，要走三天三"，即包含着这些过程。

三、信仰的初衷

舟楫过闸，危险很大。因水流湍急，下水货船过闸，稍不留意，就会船撞石壁，人死财空；上水船过闸，需两盘钢缆绞关拖船而上。转动绞关时，爆屑纷飞，锣声轰发，一时岸上居民，无老无幼，都受闸夫雇用，吆喝牵引，"随锣声之紧慢，为用力之缓急"。有时水高流急，往往把船拖坏，或断缆沉舟。吴廷桢过惠济闸时吟道：

> 断堰锁崔嵬,奔流下石隒。势吞淮甸尽,声撼海门开。
> 水气晴吹雨,天风夕送雷。扣舷惊绝险,谁是济川才?

昔时四闸旁皆建有大王庙,行客经此,无贵无贱,都要焚香祈祷,叩头礼拜,堪称一时之盛。行船的船民无论上下闸之前,都要在船头烧香拜佛,以求平安过闸。上下闸过后,船只靠妥后,船民要往河边大王庙中祭拜,一是感谢神灵保佑既往给予的平安,二是祈盼以后行船更加平安。

水神祭祀,由来已久,但历史上各朝各代,水神的具体名称不同,所供奉的河神与致祭的方式也不尽相同。史书上最早有记载的水神是河伯,在黄河周边有许多地方把大禹作为水神敬奉,因为大禹是中华民族早期的人文始祖。在治水方面也有许多的传说,当年清江浦城西还曾有禹王台一座。

至迟从明清两代起,各地水神的形象,在官方和民间有着很大的差别。在官方,皇帝一统天下,水域之神灵也一统天下,便以无处不在的龙王为水神,树碑撰文,留下不少记录;在民间,人们根据地方历史的传说,把各地治水有功的官民转变为崇信的神灵,进而祭拜,这样的河神在文字记载上远不及龙王的详尽,但在沿河居民、渔民、船工、治河官员与河工中有影响,可谓家喻户晓,深入人心。

四、何为大王庙

原清江浦闸口、中洲、运河村、八面佛、永宁小学等附近皆有大王庙,被冠以金龙大王庙之称的就有多座。中洲公园入口处原有一金龙大王庙,庙院为四合院式。据讲,庙内曾供奉一条象征金龙的金黄色蛇,为木雕,庙不大,但名气倒不小,可惜,在2003年建设中洲公园时被拆毁。随着时光的流逝,城市的变迁,大多数大王庙已不复存在。那么,大王庙里祭祀的都有谁?

大王("大"音"代"),在民间又有"河大王""大王爷"等称呼。一般祭祀的有当年治河有功的官员,有的是当年官方出于政治需要编造的故事,有的是依民间传说衍化而来的水神、河神,凡此种种,后来流传到民间,进一步被神化了,是当时人们的精神寄托、心灵安慰。在明清之际,大运河是南北漕运的通道,往来船只众多,遇到各种风险在所难免。古人在对自然灾害无奈的情况下,祈求神佑,特别是船民对河神、水神更是隆重祭拜,过往船只路过大王庙,皆要烧香,以求平安。运河边上的大王庙由此而兴起,市区所能见到的大王庙建筑风格大多为清朝中晚期的样式。

据《清河县志》记载:清光绪年间,清江浦有大王庙24座,冠以金龙的就有18座。大多供奉受朝廷册封的治水有功官吏。据当时记载,明清两朝在中原地区受朝廷册封的受供奉的大王有6位,将军多达64位。当时对大王的崇信十分流行,加之官方提倡"诏滨河州县皆为王立庙",使得大王庙处处有之。

关于"大王"的传说，到清代达到空前的程度。清人百一居士在《壶天录》卷下有这样关于大王的记载：乃有所谓大王将军，皆河工官员，殁以成神，幼化若小龙，长不盈尺，细裁如指，身类蛇而头则方，隐隐露双角。有满身金色者，有具金砂斑者。位尊者王，其身小，位卑者将军，其身略大，名号不一，最著者为"金龙四大王"……大江以北，素奉金龙四大王，清江浦为河工总汇所，大王来者愈多……文中提到的这些大王、将军的化身应是大小不同的水蛇。大王比将军地位高，形体很小，长10厘米左右。不同的"大王"有不同色彩的花纹。据一些老船民回忆，早年有过大王出水现身的传说，行船走码头遇到"大王"时，先用冰盘（大的瓷盘）铺上黄表纸恭请大王爬进盘去，这叫接神。不敢爬进盘的，被认为不是大王。然后捧进大王庙内，供香烛、果品进行一番祈祷祭拜，待大王不知何时走了，才算结束，所谓"神龙见来不见去"。一般认为大王上船或遇到大王是很吉利的事情。

五、清江浦的大王庙

从码头至清江浦到楚州的运河两岸，明清时期有大王庙20余座。现在市区有迹可循的，只有闸口河堤轮埠路上有三处大王庙。一处在慈云寺后面，原轮船公司大门对面，是一座金龙大王庙，大殿坐落于高堆之上，俯视门前的运河。住户称庙为大殿，笔者从保存完好的建筑格局来看，还应有前殿、厢房等，为现有大王庙中规模较大的一处建筑了。另一座是风湖大王庙，在轮埠路229号院内。还有一处在吴公祠旁,名为栗大王庙,早些年为市日杂品仓库,文庙二期工程的拆迁才使得栗大王庙露出了"庐山真面目",现改建成斗姥宫。这三处建筑大殿俱在,但有的早已成为私人住宅,有的里外已翻建过了,新房与旧庙杂处,但旧庙格局都还看得明白。仔细看,这三座大王庙的庙门都面向里运河,并不像一般庙宇庙门向南不向河,这就可以看出大王庙和运河历史文化有密切关联。

金龙大王庙内主祭的是谢绪。关于谢绪有许多种传说,其中讲得有板有眼、比较可信的见于明代上海人叶梦珠的《阅世编》和清代太仓人顾张思的《土风录》的考证。谢绪,南宋末会稽人,晋太傅谢安之后,为南宋王朝的外戚,排行第四。外族入侵时,十分悲痛,隐居金龙山,元兵入临安,不屈出山,南宋帝、后被俘后,投苕溪自杀,临死前作《四诗》一首:"立志平夷尚未酬,莫言心事付东流;沦胥天下凭谁救,一死千年恨不休。"他的弟子发现这是一首隐藏天机的诗,就问老师,诗中所讲"沦胥天下凭谁救,一死千年恨不休"这谶语何时能兑现。谢绪回答说:"黄河水逆流是吾报仇日也。"南宋灭亡后,元政权统治了中国。几十年后,全国各地爆发了反元斗争,其中朱元璋的部队是反元农民军中的最大一支。据说,一次朱元璋在黄河边遭元兵重围,正在危急之际,突然从云中闯出一员天将,一声威喝,黄河水为之倒流,元兵被倒灌的黄河水冲击而溃不成军,而朱元璋不仅及时解危,还乘机击溃元兵。这天夜里,朱元璋在梦中又见到了这位天将,才知道他就是当年抗金英雄——谢绪。使谢绪成为金龙大王的主要是明太祖朱元璋,为了制造神助得国的舆论，先使谢绪充当助朱抗元的神明，特下诏策封谢绪为"金龙四大王"。金龙（山）是谢绪的葬地，四是他的排行，这种以葬地和排行作为所封神的名号的做法，可以说是朱元璋的首创，也是河神中唯一的一个，并且是诸河神中的主祀。以后依靠漕运，又使他成了护航的神明。

原风湖大王庙在轮埠路229号院内。清光绪五年（1879）编的《清河县志》上对这座风湖大王庙有所记载。进入院内，殿宇高大，但由于长期作为民房，前后墙壁已改变了原样，只有古老的山墙、屋檐下的精美雕花还能看出年代的久远。从整体建筑状况来看，风湖大王庙还应有厢房或前殿，现已看不出来了，只有大殿独自在一土丘之上。从其风湖两字来看，笔者认为此庙应是供奉掌管运河的风神及湖（河）神的。其中还应有"风""雨""雷""电"等诸神端坐大殿之中，似在时时刻刻注视门前运河的风云变幻。风神民间又称为风伯，"掌八风消息，通五运之气候"。雨神即雨师，宋以后从佛教中脱胎出来的龙王崇拜逐渐取代雨师的位置。雷神在民间总和电母在一起，这主要是在自然现象中闪电和打雷总是在一起的缘故。许多明清文人笔记中多记有大雷雨过后，雷电从空中而降，劈打不孝子孙和世间险恶之人，其实，这都反映出人们对雷神既存敬畏心理，又寄托主持正义的愿望。过去行船皆须挂帆，船帆又必须顺风势才能将船行驶，因此风神在运河船民中也有不少的崇信者。"风、雨、雷、电"自然现象昔日皆为所拜所信之神，且风为首位，理当崇拜。这样，行船才能顺风顺水到达彼岸。

栗大王庙祭祀的是河督栗毓美。现清江浦幸存的栗大王庙为二进，大殿保存完好，是典型的清式四梁八柱建筑，紧邻吴公祠，以前东隔壁还有米氏大王庙和戴孝子祠，后拆毁。值得一提的是，嘉庆时为何要在清江浦建庙祭祀从未在淮任过官职的栗毓美？栗毓美（1778—1840），字含辉，又字友梅，山西浑源县人，清道光十五年（1835）任山东、河南总督，主持豫鲁两省河务。他推广的以砖筑坝的措施在治水方式上获得成功，他的著作《栗勤公砖坝成案》一书成了治河史上的一个里程碑。栗毓美于道光二十年（1840）二月病死于河道总督的任上，做了五年的河官，其间黄河未发生决口。道光帝为其亲作祭文、碑文，并诏令全国建祠修庙，并拜其为河神。因为是"神"，天下皆可祭祀。栗毓美被册封为"诚孚显佑威显栗大王"。栗毓美墓至今还在其家乡山西省浑源县。

清江浦栗大王庙建于清光绪三年（1877）。光绪二十年，时任淮扬海道台（管辖淮安、扬州、连云港）的谢元福成立缉捕营就驻此庙内。庙内挖掘出了一块《谢公去思碑》，2008年1月7日《淮海晚报》曾对此碑出土做过报道。笔者于2008年3月17日在《淮安日报》撰文对此碑的年代、内容及树碑的原因和地点都做了详细考证，证实此地即为栗大王庙。

清光绪二十三年（1897）清江浦至镇江的内河轮船开通，挂英商旗号，在清江浦设立生轮船局，经理姓郭。当时地址就在栗大王庙内。其后，相继有"招商""大东""泰昌""戴生昌"等轮船公司在清江浦建站经营。在走访中，遇到原住牛行街、今已年逾八旬的孙姓老人，据老人说，儿时记忆中，大王庙就是行船人家来烧香的地方。没有菩萨，后来就成了寄存棺枢的地方，中华人民共和国成立后成了日杂公司仓库。

大王庙，在当时一定的历史条件下，曾起过一定的精神支柱作用。随着时间的推移，社会的进步，一些宗教场所已逐步消失，宗教信仰逐渐改变。历经百年风雨沧桑的大王庙建筑，保存至今的已不多见，成为研究运河文化宗教信仰不可多得的宝贵实物资料。

六、清江浦大王庙的保护与利用

目前，文化旅游市场开发方兴未艾。当人们来到运河边这三处大王庙遗址前，仿佛当年成千上万的开河大军，帆樯林立的来往船队，都在眼前闪过，无不激荡着幽思的情怀。清江浦这三处幸存的大王庙原址皆在古运河畔，相邻不远。栗大王庙已在丁亥年（2007年）进行了施工复建，今被改建为斗姥宫。其他两处还在作为民居使用。清江浦运河边上这些早年衍生的一些古建筑，大多都被岁月抹去了痕迹，有的在城市现代化进程中被"改头换面"了，甚至毁坏殆尽，这三处古遗址保存基本完好，但需进行抢救性的保护。正因为有了这些历史古建筑，才会凸显城市地方文化特色，才能提升城市地方的文化品位。

这三处大王庙南靠文庙新天地、慈云寺、楚秀园，与吴公祠、陈潘二公祠、观音庵相邻，北接运河上唯一幸存的明朝的清江大闸和越闸、新清江浦楼、美食一条街等，形成一片新的旅游资源。笔者认为，复建开发这些古建筑，其意义不再是祈求神灵的护佑，更不是求财求子，而是在于纪念开凿运河的始祖，传承运河文化的精髓，沉淀本地的历史文化底蕴。复建后的这些古建筑，一方面可利用成为文化旅游资源，另一方面可转变古建筑的历史功能，这样既可发挥其独特的历史文化作用，又使其得到了保护。更重要的是这些古建筑是奠定淮安"运河之都"历史地位的基石，也将为繁荣淮安的旅游业做出贡献。

论京杭大运河沿线区域的天妃信仰

沙朝佩[*]

京杭大运河自元朝开通后，成为元明清三代的经济大动脉、生命线。原本是南方省份信仰的女神"天妃"，随着海运和京杭大运河的全线开通，陆续传到北京，并在运河沿线区域产生深远影响，对维系这条经济大动脉的畅通发挥了重要作用。

一、天妃信仰诞生的历史文化背景

天妃，也称"天后"，俗称"海神娘娘""妈祖"，是传说中掌管海上航运的女神。据台湾文献《天妃显圣录》记载：天妃，福建莆田人，姓林。诞生于宋太祖建隆元年（960）三月二十三日。出生一个月，不会哭啼，取名"默"。林默幼时十分聪明。"十六岁，窥井得符，遂灵通变化，驱邪救世，屡显神异。常驾云飞渡大海，众号曰'通贤灵女'。越十三载，道成，白日飞

---

[*] 沙朝佩，山东省枣庄市山亭区原史志办主任、枣庄市民间文艺家协会原主席。

升[1]，时宋雍熙四年丁亥（987）秋九月重九日也。"[2]这里简单交代了林默的身世。之后，宋代开始崇奉林默这位"通贤灵女"。

据《妈祖真迹》记载，宋徽宗宣和四年（1122）为林默赐庙号。"给事中允迪公使高丽，感神功，奏上，赐'顺济'庙额。"[3]高宗绍兴二十五年（1155）封"崇福夫人"，这是宋代皇帝第一次为林默加封。之后，多位皇帝以崇福夫人林默"剿寇有功""救旱有功""退敌奇功""擒贼神功""济兴、泉功[4]""钱塘堤成功""焚强寇功""庇护海运功""护漕运大功"加封10次，从最初的"崇福夫人"，再到"灵惠妃""灵惠助顺嘉应慈济妃"等。宁宗赵扩开禧（1205）改元，还特封慈济妃林默的父亲"灵感嘉佑侯"，母亲"显庆夫人"，哥哥"灵应仙官神"，姐姐"慈惠夫人"。

林默作为民间传说的女神，多次为宋代皇帝所加封，这与统治者加强对人民的统治有关，一方面是政治考量，另一方面是为顺从民意。

北宋朝廷在徽宗统治时期，酝酿着政治危机和腐败的风暴。同时，农民起义如火如荼，动摇着国家政权的根基。宣和元年（1119），宋江起义在河北路爆发，次年爆发了方腊起义。虽然两次起义失败，但它揭示了北宋朝廷的腐败和统治危机，江山不稳。在这个时候，徽宗皇帝需要收拢人心，让那些反抗朝廷

---

[1] 飞升：道成，飞上天成为神仙。
[2] 《台湾文献》丛刊077《天妃显圣录》，汉程国学电子版。
[3] 《台湾文献》丛刊077《天妃显圣录》，汉程国学电子版。
[4] 济兴、泉功：救助兴、泉二地饥荒。兴：元代设福建省兴化路。泉：泉福建省泉州。元代为泉州路总管府，领南安、晋江、同安、安溪、德化、永春、惠安七县。

的人归顺,此时为林默赐庙号"顺济",意图十分明显,连神妃都归顺、相助,谁还不愿意顺从大宋呢?谁还不愿相助岌岌可危的宋王朝呢?后来不断加封,并在南宋孝宗朝加封为"灵惠助顺嘉应慈济妃"就不难理解了。在宋朝的推动下,天妃信仰在我国东部、东南沿海,以及淮安以南至杭州运河沿线区域逐渐形成,也为元代通过海道由南向北传播,明清两代沿京杭大运河由南向北传播做了铺垫。

二、封建王朝对天妃信仰的推动

元明清时期,对天妃的加封除了政治需要,还有漕运、海运、航海安全需要,尤其是漕运需要,故这三代不断对天妃进行加封,乃至最后加封"天后",将天妃信仰推向空前高度。与此同时,往来于北京的福建士商,也在天妃信仰的传播中发挥了重要作用,使京杭大运河沿线区域广泛形成了天妃信仰。

(一)元代对天妃的加封、祭祀

元定都北京后,北京遂成为其政治、经济、文化中心,京城粮食及其他物资主要来自南方江浙地区,粮食等运输主要通过海道和运河。据史料记载:至元二十一年(1284)二月浚扬州漕河,运江南米。又据《元史·世祖本纪》记载:"(至元)二十六年(1289)春正月……山东宣慰使乐实所运江南米,陆负至淮安,易闸者七,然后入海,岁止二十万石。若由江阴入江至直沽仓，民无陆负之苦，且米石省运估八贯有奇。"[1] 当时淮扬运道似不通畅，过七道闸都需要人力盘驳。二十六年（1289）正月，改由江阴入江出海运至直沽[2]仓，当年海运漕粮至90余万石。二十七年（1290）起海运粮多在100万石以上。这期间，马可·波罗由大都南赴福建，过淮阴时见黄淮合流东去，记河上有官船15000只，可以向东出海。每船有水手20人，载马15匹，以及船上兵丁配备的衣甲仗械，场面壮观。

至元间，京杭大运河全线贯通，但由于借徐州黄河作为运道，还要过淮河、长江，再接江南运河到杭州，行运较为困难，所以，一直到元末，漕粮及其他货物运输主要以海运为主。

鉴于海上运输经常出现风浪危险，船毁人亡的情况时有发生，元统治者借鉴宋代做法，推崇海神林默，对宋代加封的"慈济妃"进行加封，以祈求保佑漕运、海运安全。据史料记载：从元世祖忽必烈到成宗、仁宗，再到文宗，以"护漕运功""海运功"对"慈济妃"加封，其中，元世祖为其加封"护国名著天妃"名号。"慈济妃"，一下升格到"天妃"。到了元成宗、仁宗又分别加封"辅圣庇民""广济"封号，文宗再加封，就成了"护国辅圣庇民显佑广济灵感助顺福惠徽烈明著天妃"名号，达到22个字。

元代不仅为天妃加封名号，还在直沽等地建庙祭祀。据《元史·祠祀志》记载："惟南海女神灵惠夫人，至元中，以护

---

[1] （明）宋濂《元史·世祖本纪》，上海古籍出版社1986年，第45页。
[2] 直沽：古地名。金、元时称"潞"，即今北运河、南运河二河会合处为直沽，今天津市旧三汊口一带。

海运有奇应,加封'天妃'神号,积至十字,庙曰'灵慈'。直沽、平江[1]、周泾[2]、泉、福[3]、兴化等处,皆有庙。皇庆以来,岁遣使赍香遍祭,金幡[4]一合,银一锭,付平江官漕司及本府官,用柔毛[5]、酒醴,便服行事。祝文云:'维年月日,皇帝特遣某官等,致祭于护国庇民广济福惠明著天妃。'"[6]文字记载了天妃加封原因、祭祀地点、使用祭品、参与官员,以及祭祀目的等。在前面提到的6处祭祀天妃的地方,直沽、周泾、泉、福,是海船的起始、经过及目的地,其中的直沽庙就是元代兴建的。

据《妈祖真迹》记载,从元仁宗皇庆元年(1312)到惠宗至正二十八年(1368),先后有5位皇帝14次派官员到平江庙、泉州庙、露漕庙、昆山庙、杭州庙、越庙、直沽庙、闽宫庙、淮安庙、庆元[7]庙、台州庙、永嘉[8]庙、延平庙[9]、湄洲庙祭祀。从名称可以看出,这些天妃庙分布在天津及浙江东南沿海、福建沿海一带,有些如淮安、昆山、杭州则分布在京杭运河北起淮安、南至杭州的运河两岸。这正是江浙粮米、茶叶、丝绸等物资由运河运抵淮安的运道,然后转运至海,运往直沽。浙江、福建沿海货物则通过海道运往直沽,再从直沽将粮食等物资经

---

[1] 平江:古代行政区划名,指苏州。北宋政和三年(1113)升苏州为平江府。
[2] 周泾:在江苏省太仓市。
[3] 福:福建省府州。元代福州大部分时间作为福建首府。
[4] 金幡:金黄色的旗幡,指庙旗。
[5] 柔毛:羊肉。
[6] (明)宋濂《元史·祭祀志》,上海古籍出版社1986年,第221页。
[7] 庆元:府名,治所在鄞县,今宁波市。
[8] 永嘉:古郡名,辖境相当今温州、永嘉、乐清飞云江流域及其以南地带。
[9] 延平:古时路、府名,治所在福建省南平市。

过运河运到北京。所以，元代对京杭运河淮安以南至杭州运河附近的天妃庙以及直沽的天妃庙和浙江、福建的天妃庙非常重视，派官员祭祀，而京杭运河淮安以北至北京天妃庙的祭祀，缺少史料记载。

元代皇帝派官员去天妃庙祭祀，除《元史·祭祀志》记载的带"金幡、银、柔毛、酒醴"以外，还带上祭文。在元文宗二年的祭文中说："二年八月己丑朔日[1]，祭直沽庙。文曰：'国家以漕运为重事；海漕以神力为司命。今岁两运咸藉匡抚，江海无风涛之虞，朝野有盈宁之庆[2]，惟亿万年神永保之。"[3] 八月十六日，又派使者赴淮安天妃庙祭祀。祭文曰："转运资于溟海，积贮重科京师。乘风驾浪，神明是司。裕国足民，朝廷攸赖。臣唧[4]命诣淮之庙，恭致御香，以报以祈。惟神鉴格，尚申佑之。"[5] 祭文追述天妃功绩，仰赖天妃护佑，表现得十分虔诚。在元仁宗在位时，祭祀开始使用乐舞。据《妈祖真迹》载："癸丑（1313），祭平江庙……今兹运艘接舳偕来，惟神相阴，将奚致焉？谨洁牲醴，备乐舞，以答明赐。"[6] 祭祀隆重、热烈。

元朝祭祀一直持续到顺帝至正二十八年（1368），这一年官员们还奉命赴莆田湄洲庙祭祀。之后，就改朝换代了。

总体来说，元朝对天妃的信仰还局限于天津、江苏、浙江、

---

[1] 二年八月己丑朔日：二年八月初一日。
[2] 朝野有盈宁之庆：朝廷和民间都有充足的财富和安享的福泽。
[3] 林庆昌《妈祖真迹》，中山大学出版社2003年，第90—91页。
[4] 唧：衔的异体字。奉，接受的意思。
[5] 林庆昌《妈祖真迹》，中山大学出版社2003年，第91页。
[6] 林庆昌《妈祖真迹》，中山大学出版社2003年，第101页。

福建沿海一带，以及京杭运河江苏淮安至浙江杭州沿线区域。明朝以后，天妃信仰才随着淮安以北运河航运的崛起逐步传播开来。

（二）明代对天妃的加封、祭祀

明朝建立后，定都南京，漕粮及其他物资供应也是主要来自江浙两省，江苏又以苏南为主，从漕粮运输的角度出发，对天妃的信仰不像元代那么依赖。但从政治角度、顺从民意的角度出发，天妃信仰还是要延续，明初就在杭州兴建了天妃庙。据明田汝成《西湖游览志》卷二一云："天妃宫，在孩儿巷[1]北，以祀水神，洪武初建。"到了洪武五年（1372），重新加封为"昭孝纯正孚济感应圣妃"，并从元代加封的"天妃"降到人间的"圣妃"，比元代加封名号的22个字少了10个字。这与朱元璋推翻元朝，元朝统治者非汉人有关。

明成祖永乐三年（1405）开始，郑和受命下西洋，途中离不开天妃信仰。永乐七年（1409）郑和第二次下西洋回国，禀报在途中遭遇狂飙，求天妃保佑，化险为夷。本年又有官员出使葛剌国[2]，遇险，向天妃祈祷脱险。于是，明成祖加封天妃。据《明史》记载："天妃，永乐七年封为'护国庇民妙灵昭应弘仁普济天妃'，以正月十五日、三月二十三日，南京太常寺官祭。"[3]这次加封，恢复了宋代"天妃"的封号，还在都城

---

[1] 孩儿巷：在杭州，元代称孩儿巷，清袭称。巷西原建有经略华夷坊，俚称西牌楼。
[2] 葛剌国：今孟加拉国和印度西孟加拉邦地区。
[3] 张廷玉等撰《明史·志》二十六《礼》四，中华书局1974年，第141页。

南京城外新建天妃宫，赐额"弘仁普济天妃宫"。以往是天妃庙，这次建的是天妃宫，规格也上来了，还每年两次进行官祭。以后，成祖又于永乐十二年（1414）、十三年（1415）、十五年（1417）、十六年（1418），以及宣宗宣德五年（1430）、六年（1431），分别在官员出使、郑和船队下西洋出发前和归来后前往天妃庙祭祀。在宣宗宣德六年（1431）的御制祭文中说："钦差正使太监郑和领兴、平[1]二卫指挥、千户、百户，并府县官员，实办木石，修整庙宇，并御祭一坛，制曰：'兹遣郑和等，道涉江海，往返诸番。惟神有灵，默加佑助，俾[2]风波无虞。人船利涉浮达[3]之际，咸赖底绥[4]。特以牲醴祭告，神其享诸[5]'。"从宣宗皇帝的御制祭文看，这是郑和第七次下西洋前，郑和带人赴福建湄洲天妃庙修缮并祭祀。而江苏省太仓浏河的天妃宫，是郑和每次下西洋前必先祭祀天妃的地方，因为那里的太仓港是他起锚远航的地方。

明成祖朱棣的封地是燕，永乐元年（1403）设顺天府。为迁都于此，于永乐九年（1411）开始整治淮安至通州运河闸坝，沿河设仓，永乐十八年（1420）迁都北京，每年400万石漕粮都由运河北上。水手、船夫、漕运军丁、客商、官员往返运河南北，自然也离不开天妃信仰，从江苏省沛县众多的天妃宫不难看出，至少明代那里就有了天妃宫。这点将在下面京杭运河

---

[1] 平：明平潭县，今福州市。
[2] 俾：使，引申为即使。
[3] 浮达：行驶，到达。
[4] 底绥：安定；平定。
[5] 诸：犹"之"，代词，表示祭品。

天妃庙的分布中加以论述。但是，天妃信仰真正在京杭大运河区域全面形成还是在清代。

明代300余年，对天妃进行加封的只有明太祖朱元璋、成祖朱棣和末代皇帝毅宗朱由检。朱由检于崇祯十七年（1644），也是明朝灭亡之年，加封"安定慈惠天妃"，加上朱棣的加封，就是"护国庇民妙灵昭应弘仁普济安定慈惠天妃"。那时运河漕运早已中断，无需祈求天妃保佑漕船安全，而是祈求明朝江山不要倒下去。

（三）清代对天妃的加封、祭祀

到了清朝，圣祖康熙没有对天妃进行重新加封，只是在康熙十九年（1680）敕封"护国庇民妙灵昭应弘仁普济天妃"。原本承续了明永乐七年成祖对天妃的加封，这也是从政治考量出发。清王朝要想国家长治久安，必须尊重汉人的信仰。

康熙二十三年（1684），加封天妃"护国庇民昭灵显应仁慈天后"。这次天妃的爵位已是最高，不能再封了，只能从天后的贤德方面增加字数。之后，清朝又有6位皇帝13次予以加封，其中乾隆二十二年（1757），加封天后"护国庇民妙灵昭应弘仁普济福佑群生诚感咸孚天后"，诏普天下行三跪九叩礼，天下人都要以这种礼节祭拜天后。之前，历朝历代还没有皇帝诏全民对哪些神灵行祭拜礼。这一规定，体现了清朝廷对天后祭祀的高度重视，使"天后"成了全国人祭祀的神灵。

清代还将配享天后的河神庙建在皇家园林内。据《清史稿》记载："惠济祠、河神庙建绮春园内，祀天后、龙神、河神，并春、秋致祭，遣圆明园大臣将事。仪品俱视都城隍庙。"[1] 规定礼仪、祭品与城隍庙神相同。

清代皇帝派使者前往湄洲祭祀天后，史料记载得也很清楚："圣祖十九年（1680），神助提督万正色克复厦门奏，钦差礼部员外郎辛保等赍香帛、诏诰、加封致祭。"康熙又于二十二年（1683）、二十三年（1684），世宗于雍正二年（1724），相继遣使者带着香帛、诏诰赴湄洲祭祀。

清代皇帝对天后信仰的举措，使天后信仰在沿海和京杭运河沿线区域影响巨大，尤其是京杭运河沿线府县普遍建有天妃庙，方便了人们的祭祀活动。

1840年至1842年英国对中国发动鸦片战争，中国开始从封建社会逐步沦为半殖民地半封建社会，社会矛盾加剧，清王朝更希望天后的保佑。到清文宗咸丰年间对天后的加封已经达到60个字，为"护国庇民妙灵昭应弘仁普济福佑群生诚感咸孚显神赞顺垂慈笃祜安澜利运泽覃海宇恬波宣惠道流衍庆靖洋锡祉恩周德溥卫漕保泰振武绥疆天后之神"，早已超过了规制。据《清史稿》载："光绪二十七年……凡予祀皆有封号，不悉纪，纪其著者……定例，封号至四十字不复加。间有之，非常制，止金龙四大王四十字外加号'锡祜'，天后加至六十字，复锡以'嘉佑'云。"[2] 意思是说，金龙四大王和天后的封号，已经超过了40个字的标准，天后加封已经达到60个字，再赐天后"嘉佑"封号。这样天后封号，就是62个字，在中国历史上神的封

---

[1] 赵尔巽《清史稿》志五十九《礼》三，上海古籍出版社1986年，第345页。
[2] 赵尔巽《清史稿》志五十九《礼》三，上海古籍出版社1986年，第346页。

号中，恐怕也是最多的一个。

经过宋元明清各朝代的推崇加封，一个福建莆田的林姑娘加封，由"夫人"到"妃"，到"天妃"，再到"天后"；封号，由最初的"夫人"二字，最终到62字无以复封的地步；庙宇，由庙升宫；祭祀，由民间自发，到朝廷派官员及地方官员前往；祭品、祭文俱备，还有皇帝御制文。在几代封建王朝以国家的名义推动下，天后信仰在京杭大运河区域及东南沿海、东部沿海地区民众中逐渐形成。

三、福建士商对天妃信仰的推动

福建莆田是天妃的故乡，也是天妃信仰的发源地，福建士商视其为乡土神，无论走到哪里，都期盼天妃保佑平安、发财。他们沿京杭大运河一路向北传播天妃信仰，在运河沿岸重要市镇、码头出资兴建或助建了众多的天妃宫庙，并出资兴建会馆。浙江衢州下埠头天后宫系清嘉庆八年（1803）福建人所建，2011年1月，被浙江省政府公布为省级文保单位。淮阴城北的圣母宫也是福建人所建。据《福建天后宫碑记》记载："丙戌（1706）年春，淮阴城北莲花街旧址，重建圣母宫殿。市房余资，以备春秋祭祀之需。"[1]还将买房剩下的钱款用于春秋两次祭祀之用。福建人还帮助山东台儿庄重建天后宫。据光绪版《峄县志》载："天后圣母宫，在城东南六十里台儿庄闸西，咸

---

[1] 星辰《碑碣中的"淮阴城"》，载《文史淮安》2018年第3期。

丰三年复募福建士商重修。"[1] 说明这座天后宫最初建设时，有福建士商助资，所以才说"复募"。

福建客商在浙江嘉兴，江苏吴县（今属苏州）、宿迁、泗阳等地兴建的天后宫兼为福建会馆，在祭祀天妃神的同时，也成为联络感情、扩大与当地社会交流的纽带和桥梁。

四、京杭运河沿线区域天妃宫的主要分布及著名宫庙

（一）京杭运河沿线区域天妃宫的主要分布

在元明清三代朝廷及福建士商的推动下，京杭运河沿线区域天妃信仰影响广泛，发展迅速。京杭运河北起北京，南至杭州，天妃庙、天妃宫众多，其中天津、江苏沛县等地最多。

天津是漕粮海运的终点，又是转入内河运输装卸漕粮的码头。海运艰难，内河运输也非易事，兴建天妃宫，祈求天妃护佑，满足官方、民间的信仰需求异常重要。据光绪版《重修天津府志》记载："天后宫：一在东门外，一在陈家沟，一在丁字沽，一在盐水沽，一在贺家口，一在葛沽，一在泥沽，一在东沽，一在前辛庄，一在后尖山，一在秦家庄，一在城西如意庵南，一在大直沽。"元明清三代先后兴建了13座天妃（庙）宫。在这些天妃宫中，最为有名的当属天津东门外的天后宫。经过元明清三代的兴建、复建、扩建，规模宏大，它也是天津市区最古老的建筑群，与福建莆田湄洲妈祖庙、台湾北港朝天宫并

---

[1] 赵亚伟《峄县志（点注本）》，线装书局2007年，第154页。

列为我国三大妈祖庙。

　　江苏沛县有"南漕巨镇、北饷通津"之誉,元代至明隆庆元年,以泗水河槽疏浚行运,县城北门、东门、南门三门为渡,江南粮米和布帛丝绸运京必经沛县。当时有大量船只过往或停留沛县,船工、水手、客商、漕运军丁、过往官员等,要向天妃祈福求安。据《徐州府志》记载:"天妃行宫,沛县有十:一在县治东关护城堤内,一在县东五里射箭台上,一在县东十里,一在县北三里吕母冢,一在县西北二十五里刘八店集,一在夏镇新河西岸,一在县西南戚山北数十武[1],一在县东南十五里,一在县东南三十里里仁集,一在县北三十里庙道口。"为满足人们的需求,兴建了如此多的天妃宫。

　　那么沛县天妃宫都是何时兴建的呢?元代似不可能,因为元代主要靠海运,而运河淮安至杭州沿线天妃宫的祭祀大都有记载,唯独淮安以北运河没有天妃宫记载。这与淮安以北运河的利用有关。这段运河的充分利用是在明清时期。但在明隆庆五年(1571)五月以前,沛县城旁边的运河是借古泗河行运的。可沛县以北河道地势偏低,泥沙易集,屡浚屡塞。明世宗嘉靖四十四年(1565)老黄河在沛县决口,运道受到冲击,只好向东30里借嘉靖六年(1527)盛应期开凿的140余里的旧河道,再行开凿作为运河。隆庆元年(1567)五月,河工成,时称"漕运新渠"。但是,漕运新渠投入使用后,留城至境山段仍沿用泗运旧渠,虽经疏浚,仍旧避不开黄水造成的淤积。于是

---

[1] 武:古代长度单位,一武等于三尺,约一米。

又于明神宗万历年间，从夏村向东开挖了260里的泇运河，这才彻底使京杭大运河全线畅通。自此京杭大运河过往沛县的漕船已经很少了。所以，沛县10座天妃宫，多数应该建在明隆庆元年（1567）之前。也就是说，在明代淮安以北运河区域就有了天妃宫、天妃信仰。至于天妃宫（庙）是官方兴建还是民间兴建，因为没有史料记载，不好断定。

元明清时期，淮安是京杭大运河的重要节点，也是在漕船北上受阻、转海运北上的起点，是漕船聚集之地，更是船工、水手、商人、漕运军丁、官员和其他人等停留乐聚之处，先后建有4座天妃宫，其中清江浦的天妃宫建于宋代，元至正年间、明永乐年间相继重建。[1]

杭州历史上曾有3座天妃宫，最早记载见宋《梦粱录》[2]。在清代，3座天妃宫分别在武林门[3]、吴山三茅观[4]、孩儿巷[5]。其他如北京、德州、太仓等地各两处。据不完全统计，清代以前，运河区域天妃宫共有60余处，极大地方便了人们的祭祀活动。人们奉祀天后，船工、水手、漕运军丁祈求保佑平安，商人祈求平安、发财，官员祈求仕途顺、官运亨通，进京赶考的举人祈求金榜题名，不一而足，各有祈求。大家带着各种愿望去天妃宫祭拜祈求，成为生产生活中的一大事项，心情得到愉悦。

---

[1] 见明天启《淮安府志》卷九。
[2] 《梦粱录》：宋代吴自牧所著笔记，共二十卷，是一本介绍南宋都城临安城市风貌的著作。
[3] 武林门：位于浙江省杭州市下城区。
[4] 三茅观：始建于南宋绍兴二十年（1150）。
[5] 孩儿巷：元代始称，现地处杭州市中心。

久而久之，运河沿岸的天后宫成为最热闹的地方。特别是昆山、淮安、天津等天后宫庙会，更是最具人气的地方。

（二）京杭大运河沿线区域著名的天妃宫

历经600余年的发展，京杭大运河区域不仅兴建了大量天妃宫，而且有些十分出名，除前面提到的天津东门外的天后宫外，还有淮安的惠济祠、太仓的浏阳河天妃宫等。

据清乾隆《淮安府志》记载："惠济祠，在旧新庄闸口，明正德三年建。武宗南巡，驻跸祠下。嘉靖初年，章圣皇后过此，赐香帛。祠额曰'惠济'。"这说明这座天妃祠在明代就已经很出名了。

江苏省太仓市刘家港是漕运与海运的集结地，兴起于元朝。据《续修四库全书》835史部《大元海运记》载："至顺元年为率用船总计一千八百只，昆山州、太仓、刘家港一带六百一十三只，崇明州、东西三沙一百八十六只。"足见刘家港在全国漕粮海运中占有重要地位。太仓市浏河古镇的天妃宫始建于北宋宣和五年（1123），历代重修，郑和七下西洋从浏河启航之前，都要到此进香，祈佑船队一帆风顺。这座天妃宫现为全国重点文物保护单位。

五、京杭大运河沿线区域天妃信仰的衰落

元朝定都大都，于至元二十六年（1289）开通会通河，三十年（1293）开通通惠河，自此京杭大运河全线贯通。自此

至清代600多年间，京杭大运河是南北交通要道，对政治、经济、文化等各方面的影响巨大。元朝人欧阳玄在《舟次诸闸寄诗奉谢都水分监瑞卿监丞》诗中描写运河船只景象："舳舻尾相衔，密次若鳞甲。"明清两代每年几百万石漕粮、东南的贡赋和供朝廷官吏商民的消费品都过江渡淮，经运河北运，商品百货或南或北，往来交流转运，还有海外属国的贡品及其他物资运输入中国境后也通过运河运到北京。粮食及其他物资运输，只是在黄河冲击运河造成堤毁，或运河淤塞时，才临时改由海道运输。运至京城的粮米，主要是供给宫廷、官民以及北部边关军丁。所以，京杭大运河是元代重要的交通线、明清两代的生命线，关系到国家边防的稳定、国家政局的稳定与否。

据《京杭运河史》记载：为了确保货物运送，运河漕船明代定额为11770只，行运官军12万人；清代漕船定额10455只，至嘉庆时实剩6200多只。明清漕船还有过浅、过闸、过洪[1]等短程驳运小驳船，总数亦有几千只。

600年间商运繁盛，沿运河形成众多的商业城市。如杭州、苏州、扬州、淮安、济宁、临清、天津等，都是依靠运河成为商品集散地，商业盛衰与运河相终始。天妃信仰更是伴随了京杭大运河全线的繁盛，那些天妃宫、文物古迹、文献记载、传说故事以及流传下来的天妃宫庙会可以见证。但是，天妃信仰也随着运河的衰落而衰落。

清代在乾隆中期以后，竞尚奢靡，贪污之风盛行，嘉庆、

---

[1] 过洪：指过徐州黄河吕梁洪、徐州洪，当时借黄河行运。万历三十一年（1552）后，泇运河开通，北上漕船多走泇运河。

道光年间，用于治理运河、黄河的千百万银两，多被官员贪污，河道失修。此后又爆发白莲教、太平天国、捻军等起义，加上外患影响，运河通航困难，道光中运船尚余三四千只，后减至2000只。漕运每年误期，以致道光末期常代以海运。

到了咸丰五年（1855），黄河北徙，入大清河，漕运以海为主，河道漕运很难再进行下去。京杭大运河再也见不到往日的繁忙景象，漕运已渐渐退出人们的视野，沿线府县、码头因人员往来的减少而变得萧条，大量天妃宫因战争被毁，或自然损毁，依附在天妃宫及往来于京杭大运河人群中的天妃信仰渐渐衰落。在中国民间文艺家协会组织的运河文化考察中，自江苏省的宿迁市起至山东省聊城市的临清，无论是还在通航的运河，还是废弃的运河，河岸上已经看不到一处完整的天妃宫。山东、河北、天津、北京古运河沿岸的大多数人已经不知道天妃（后）为何方神灵。但是，天妃信仰作为非物质文化遗产还是被保留了下来，在构建和谐社会、对台湾和与东南亚国家的交流中发挥着重要作用。

后　记

寻找日渐消逝的大运河故事

——"大运河叙事：民间传说与南北文化融合传播"调研（浙江—江苏—山东段）活动综述

孔宏图*　李嫣然**

"大运河叙事：民间传说与南北文化融合传播"考察活动是中国民协"一带一路"民间文化探源工程的子项目，预计三年时间，分河段、分节点、分时段陆续推进，以期在更广的空间和视域中，取得更为系统性和实效性的学术成果。2022年8月25日至9月1日，该项目第一期调研在江苏的镇江、扬州、苏州，浙江的嘉兴、宁波、绍兴、杭州、湖州两省八地开展。2023年11月14日至22日，该项目第二期调研在江苏的淮安、宿迁、徐州和山东的枣庄、济宁、聊城两省六地开展。来自北京、天津、上海、浙江、江苏、山东、辽宁等地的专家学者参与调研活动。多地民间文艺工作者也参与考察并陪同讲解。世

---

* 孔宏图，中国民间文艺家协会理论研究处处长。
** 李嫣然，中国民间文艺家协会理论研究处干部。

界文化遗产中国大运河的京津冀段、隋唐大运河的实地考察活动，已列入了 2024 年工作计划之中。

通过走访大运河沿线水利设施、历史文化遗存、相关博物馆、传习馆等重要点位，聆听老人讲述运河故事和传说，到民间文学传承人家中和重要文化场馆进行访谈、座谈等形式，了解运河沿线民间口传文学的基本情况、题材内容，对未来大运河叙事传承发展提出针对性、建设性的建议，夯实大运河文化公园建设的文化资源，构建运河记忆谱系，丰富百姓文化生活。调研活动得到了运河沿岸多地文联、民协系统的大力支持。

一、治水保安澜

一部运河史也是一部治水史。三千里运河不是孤立的人工河，它沟通着华夏五大水系。在浙江、江苏、山东段，大运河与长江、黄河、淮河、泗水等河流相交相依，与太湖、洪泽湖、骆马湖等湖泊相连相通。黄河因其经常改道、泛滥而困扰着地方百姓，黄河夺泗入淮、夺淮入海，更是让淮河成为一条"祸河"。调研中所至点位都是河流交汇城市：镇江位于长江与运河黄金十字水道交汇之处、江南运河的起点；扬州城区地处长江与京杭大运河交汇处，紧邻长江口；大运河苏州段串联望虞河、吴淞江、太浦河等河道，沟通长江、串联太湖、阳澄湖、独墅湖等众多湖泊；宁波是浙东运河的出海口和海上丝绸之路的始发港之一，是沟通内河航运与海路交通的交汇点；京杭大运河杭州段是中国大运河开凿年代较早、修建和历史维护较长、延续使用时间最长的河段之一;淮安是黄河、淮河、京杭大运河的交汇处;宿迁地处淮河、沂沭泗流域中下游,通济渠、元代黄河故道、清代运河都在此流经;徐州紧邻黄河,位于南北水路交通咽喉,新沂窑湾更是位于中运河中点,为南来北往船只必经之地;枣庄台儿庄位于泇河和泇运河交汇地带,泇运河中心点,是鲁苏豫皖四省交界地带;济宁建有密集闸群,有微山湖、南阳湖等湖泊和泗水、济州河、会通河等河流在此交会流经,是大运河截弯取直后的核心中段;聊城临清依托会通河和大运河,成为天下粮仓、漕运咽喉,钞关征收税银、储粮量为运河之首。

千百年来,运河流域的各级官员都在为治水奔波忙碌,治理水患的主要方式有筑堤兴坝、修河建闸、束水冲沙、蓄清刷黄、截弯取直疏浚等,一代代工部尚书侍郎、河道总督、总理河道督御史、地方主簿、县尹等官员为治水贡献着智慧,奠定了世界最大人工河"京杭大运河"的走向与格局。被誉为"京杭大运河总设计师"的水利专家郭守敬,开凿中运河、主张黄河和运河分开的治河名臣靳辅,提出引汶济运的汶上"老人"(指10余名运河民夫的领班)、农民水利家白英,治理会通河、与白英联手建立南旺枢纽工程的著名水利官员宋礼等一批治水名人故事流传至今。民间也形成了将治水功臣作为河神供奉的风俗,如济宁市南阳镇新河神庙供奉的河神就是治理黄河、实现避黄通漕的工部尚书朱衡。在宁波市鄞州区鄞江镇它山堰,也流传着王元暐和"十兄弟筑堰献身"的故事。因深受水旱之苦,唐代大和七年(833)县令王元暐组织修建它山堰,以御咸蓄淡引水灌溉。它山堰是中国古代四大水利工程之一，时至今日，仍发挥着重要作用。当地老百姓为了纪念王元暐，每年农历三月三、六月六、十月十都要举行庙会，祭祀当年修建它山堰的人们，当天还有各种演戏、曲艺表演，如今已成为当地十分有影响力的民俗节日。

治水也是当朝皇帝的心头大事。康熙、乾隆都六次下江南，重要任务之一就是亲自实地调查治水情况。康熙将"三藩、河务、漕运"列为三大国事，乾隆也有言："南巡之事，莫大于河工"。淮安清江浦至今流传着乾隆错题"清江浦"的故事。据传乾隆酒后题字，写到"浦"字最后一笔时手稍微一抖，把点写到了横下面，一地方官员将其解释为"清江浦自古水患连年，向下一点，寓意清江浦河的水位降低，清江浦再也不会被淹了"，乾隆大悦。可见水患是威胁运河流域社会安定的重要因素。也正因如此，皇帝叙事构成了运河叙事中的重要部分。曾经康熙、乾隆下江南住过的书院和行宫，留下的御碑、御诗，经停上岸的御码头，品尝过的美食，都成为古往今来运河人家津津乐道、广为传颂的美谈传奇。宿迁龙王庙行宫（敕建安澜龙王庙）中的"龙泉"，即是乾隆赐名的。镇江美食锅盖面、宿迁美食车轮饼的来历，据说也与乾隆下江南有关。运河开凿先行者春秋时期的吴王夫差、隋唐大运河的缔造者隋炀帝也留下了数不胜数的帝王传说，扬州还建有供奉吴王夫差的邗沟大王庙。

同时，针对太湖、洪泽湖、骆马湖、微山湖、昭阳湖、南阳湖、独山湖、南旺湖等运河沿线重点河湖，形成了一系列口口相传、妙趣横生的民间传说故事，如洪泽湖的形成、水漫泗州城的故事，宿迁美人泉的传说，为自然景观和地方风物增添了历史厚度、人文温度与美好遐想。

此外，运河还流传有现代水利建设的故事。"千人合力打草坝"的故事讲述了1953年淮安建造三河闸临时性施工围埝三河草坝时，面对急流冲击和狂风暴雨，近万名干部群众临危不乱、勇于担当、坚守岗位，连续奋战13小时，最终三河草坝实现胜利合龙。在中华人民共和国成立初期的治水高潮中，涌现出了王大锹、尤庆兰、董大车等劳动模范和治水模范。改革开放后，一大批水利枢纽工程和农业灌溉工程的建设，为经济社会发展服务、为人们美好生活保驾护航，成为当代大运河叙事的重要篇章与精神激励。

二、文化大融合

大运河总体呈南北走向，连通着我国地理上的南北地域，也沟通着南北文化。大运河的开通，对中国文化尤其是文化交流具有重大影响。清江浦清晏园里有一面墙，刻有"南船北马 舍舟登陆"，意思是到清江浦，北上要改乘马，南下要改乘船。南北行人到此要更换交通工具，南北文化也在此交流互鉴、碰撞交融。

大运河有着千余年的漕运历史，是世界上唯一为确保粮食运输（漕运）安全，以达到稳定政权、维持王朝统一的目的，由国家投资开凿和管理的巨大工程体系。漕运总督设在淮安。

从春秋战国时期因军事需要而修建的邗沟，到后来因都城迁址、水道淤废而不断开辟新航道，大运河得到逐步贯通与完善，形成漕达天下的格局，南北经济实现了互联互通，进而催生了嘉兴、淮安、聊城、临清等重要"粮仓"和枢纽。多地因河而生，应河而兴，各地商贩会集在此，人口聚集、货物流通、生产生活高度聚合，留下了很多历史遗存和民间故事。如东关口打蛮船的故事，讲述了清乾隆年间，湖南道运粮官罗恒太运皇粮进京返湘途中，强掳民女刘瑞莲上船，经大运河行至宿迁，偶遇刘瑞莲外出多年的哥哥刘奉先。刘奉先重金赎妹未果后，宿迁好汉王金环等人见义勇为，救下了刘瑞莲。该故事后来被编创成苏北琴书演唱。除了具有完整情节的民间故事，一个地名也就足以撑起一个故事。如临清竹竿巷、箍桶巷、锅市街等，都诉说着这里曾经的百业兴旺、商贾云集。临清生产的哈达有着优良的质地和精湛的工艺，产品专供藏区。这些故事都讲述着货通天下、文化交融的辉煌篇章。

因运河的流通，各地的商人来此经商定居，留下了会馆、大户院落等历史遗存。位于镇江西津渡的广肇公所，是近代广东广州、肇庆两府商旅来镇江经商的同乡会活动场所。建于清嘉庆年间的宿迁皂河陈家大院，原为宿迁骆马湖马老太爷的私人住宅，后转卖给山东商人陈永茂，一直延续到中华人民共和国成立前，故称为陈家大院，院中炮楼即是为防水路土匪而建。徐州户部山古民居中也有外来商贾的宅院，有安徽歙县茶商余家大院、洞庭商帮郑家大院、晋商翟家大院，清代成为苏鲁豫皖四省接壤地最大的商贸集散地，正所谓"穷北关，富南关，有钱人都住户部山"。徐州新沂窑湾留存有清康熙初年晋商集资兴建的山西会馆,从福建迁来、做烟丝生意的吴家大院。聊城山陕会馆由来此经商的山西、陕西商人为"祀神明而联桑梓"集资兴建。商贾聚居,文化因此繁盛。

除了商人,帝王将相和文人墨客也在运河沿岸停留驻足,留下了一系列传说故事。吴门望亭(曾称"御亭")作为苏州"运河十景"之一,历史上深受帝王将相和文人墨客的青睐。传说吴王阖闾曾在这里修建赏乐游玩的"长洲苑",孙权在这里建过御亭,乾隆第一次下江南时在这里接见过百官。白居易在担任苏州刺史时,在望亭为好友饯行时写下了诗句。此外,还有苏州市姑苏区横塘驿站等供传递官府文书以及往来官吏中途歇宿之所、宁波市镇海区航济亭等供往来迎送、接待赐宴外国使团、商人之地,文化交流由此展开。

码头是运河文化的核心区、富矿区和富集地。运河沿线有着丰富的民间信仰,有供奉龙王、河神、关帝、财神、观音、文昌帝君、释迦牟尼佛等的信俗活动场所,同时在清江浦、台儿庄古城等地还有清真寺、天主堂、基督教堂、妈祖庙等多种信俗共存、难得一见的盛况。在淮安洪泽湖三清闸岸边,至今留存有两头镇水铁牛,系清康熙年间为镇水除害所建,时建九牛二虎一只鸡,多数下落不明。金龙四大王是运河沿岸民间最广泛的信仰对象,后由民间护佑漕运的水神上升为国家祭祀的黄河和运河之神。由龙王信仰发展而来的皂河龙王庙会为期三天。福建信奉妈祖的闽商,也在泗阳、台儿庄古城等地兴建妈祖庙。饱受水患困扰的地方百姓、南来北往的行船者、匆匆路过的行人、来此定居的他乡人，都有着各自的诉求，信俗故事用强大的精神力量续写着运河人的拿来主义、为我所用、神祇庇佑、勇毅前行。

运河沿线也有着丰富的民间文学资源，浙江江苏山东段就有吴歌、越剧、甬剧、杂剧、昆曲、泗州戏、柳琴戏、运河调子、运河大鼓、琴书、梆子、民间小调、船工号子等类别，其中既有《梁祝》《白蛇传》《孟姜女》《牛郎织女》等四大传说题材，也有《西游记》等神话故事，还有《打蛮船》等地方故事。在徐州窑湾，57岁琴书艺人李修春、68岁运河大鼓艺人张大志表演了当地的民间故事。在枣庄市台儿庄区，涧头集镇83岁民间大鼓艺人、民间传说讲述人孙业文用运河大鼓表演了小山子王奉祖以德报怨、马良修金山寺的故事，马兰屯镇94岁杂耍艺人张延云和台儿庄驻地82岁原住居民尚殿镇为调研组讲述了儿时记忆中的运河故事和令人唏嘘的个人际遇。在镇江，当地文化研究者王礼刚为调研组介绍了各点位的历史故事和传说。

中国四大传说在运河沿岸流传甚广，调研组对《白蛇传》重要发生地与流传地镇江金山、"孟姜女北上寻夫"驻留之地、出关之所苏州浒墅关、许仙白娘子古居苏州专诸巷保和堂、梁祝故事发生地宁波梁祝文化园、祝英台故里上虞、梁山伯与祝英台同窗读书的地方万松书院、法海镇压白娘子之地雷峰塔等给予了重点观照。"芙蓉"金山位于镇江市西北，是佛教最为盛大仪轨"水陆法会"的首创地，有着众多历史典故与动人传说，如妙高台苏东坡赏月起舞、梁红玉击鼓抗金兵、岳飞金山寺详梦、苏东坡金山留玉带、金山开山祖师法海和尚裴头陀、王阳明十二岁作金山诗故事等。尤其是《白蛇传》中"水漫金山"传说，在民间流传甚广、影响深远，金山可谓是镇江的重要窗口和文化名片。山中有很多景观是《白蛇传》的物化体现，如可直通西湖断桥的白龙洞，以及法海的修行之所法海洞，同时也是该传说中许多故事情节的发生地。这些经典传说故事使金山拥有了丰厚的文化资源，也体现着镇江作为重要水上交通枢纽，南北文化在此汇聚融通。浒墅关的文昌阁紧靠大运河，供奉掌管文昌府事宜和人间功名利禄的文昌帝君，每到科考年，沿运河北上赶考的儒生们都于此拜祭。民间传说"文昌风帆"就是乾隆顺大运河下江南，登临文昌阁眺望运河时的口誉。梁祝文化园依托梁山伯与祝英台传说而修建，既有历史积淀、传承已久的梁山伯古墓、一墓双碑的梁祝合墓、梁山伯庙，还有与梁祝、化蝶等元素结合的当代人造景观。梁山伯庙所在地宁波是梁祝故事的发源地，也是梁山伯故里，被中国民协授予"中国梁祝文化之乡"，依托《梁祝》传说发展出梁祝庙会、梁庙求缘祈平安、梁祝坟土祛病消灾等民俗。以梁祝故事为内容，以多种艺术形式为载体，梁祝故事的国际传播为世界了解中国搭建了桥梁。杭州万松书院是《梁祝》传说中，梁山伯与祝英台同窗读书的地方。这一情景设置是后代剧作家、小说家为了让故事更加真实而附会上的，但万松书院已成为后人津津乐道的传说胜地。如今在雷峰塔遗址的断壁残垣间，仍可以看到老百姓对于团圆美满爱情故事的期盼和追求，这也是其世代流传的不竭动力所在。在宿迁，四大传说形成了具有宿迁特色的传说、歌谣、民间表演、民间造型艺术、民俗等，如孟姜女生项羽的传说、孟姜女诉衷肠的歌谣、讲述梁祝故事的柳琴戏、讲述白蛇传断桥相会和水漫金山的苏北琴书等。济宁市微山县马坡镇发现的明代梁山伯祝英台墓记中详细记载着梁祝爱情故事的始末，据称当地至今还有梁家、祝家、马家互不通婚之习。四大传说沿着运河传播，又不断在地化，形成了多种异文，不断丰富着传说体系。

当前，作为人类文化遗产的中国大运河正在通过文旅融合，借助丰厚历史讲述着当代故事。宿迁皂河龙运城位于京杭大运河、骆马湖、古黄河和古皂河四水交汇之地，于2020年8月建造，2022年国庆节期间对外开放，项目内有龙王庙行宫、陈家大院、财神庙等与运河相关的重点文物保护单位。龙运城将运河文化作为核心要素，融入沉浸式大运河文化体验之中，寓文于乐，寓史于游。紧邻运河的台儿庄古城也将运河文化作为其文旅融合的重要基底，打造和再现"北方水城、运河码头"历史盛景。毁于1938年台儿庄大战的台儿庄古城依照地方志和老照片、影像资料于2008年重建，在保留和依托古城原有的水系和布局的前提下，在旧址上恢复再建谢家镖局、关帝庙、河神庙等与运河文化有关的历史遗迹，最大限度地将运河文化融入景区规划和品牌塑造上，比如打造船妹子等文创衍生品牌。运河文化资源得到越来越多沿岸城市的高度重视，通过国家大运河文化公园统一规划和逐步推进，必将吸引着越来越多游客来认知和感受运河文化，但目前在文化挖掘专业性、知识传播准确性、品牌塑造辨识度等方面仍有待进一步提升和强化。

三、留住运河魂

调研发现,有关大运河的古老传说故事正在不断消逝,离人们的生活日渐远去。1901年,清政府下令停止运河漕运。加之海运和铁路的发展,诸多因素致使很多地方的大运河退出了历史舞台。大运河在日常生活中发挥的作用日益衰微,也让运河故事日渐衰败。尤其是进入21世纪后,随着社会极速转型和生活节奏不断加快,人们生活方式千变万化,尤其是娱乐方式有了更多的选择,信息传递和获取多样化、碎片化、快餐化,使得单一老派慢节奏的故事不再引发人们的兴趣,无法走入人们生活的中心。调研中运河故事的讲述者大多已进入耄耋之年,并且讲述的运河传说故事较少,更多的则是个人经历口述史。如今亲近民间传说故事的年轻人已越来越少。当一代代老人逝去,民间传说和故事如同绝大多数的民间艺术一般,同样面临着"人去歌息、人亡艺绝"的濒危状态。

民间文艺界很早就关注到民间口传文学传承发展的危机,自中国民协成立以来,收集整理研究民间文学就成为协会的中心工作。20世纪80年代,周巍峙、钟敬文等民间文艺领域的专家学者主持"中国民间文学三套集成",普查收集整理了全国各地民间故事、歌谣、谚语,共形成省卷本90卷、县卷本4000多卷。2010年12月,中国民协启动实施"中国口头文学遗产数字化工程",建设"中国口头文学遗产数据库",收录自中国民协成立以来搜集记录的数十亿字的民间文学原始资料。2017年,随着中国民间文学大系出版工程的启动实施,数据库更名为"中国民间文学大系出版工程基础资料数据库"。截至2022年底，数据库一、二、三期项目已完成16.243亿字的数据化。所有这些，都依托于20世纪八九十年代的"中国民间文学三套集成"工作，以遍及全国各地、深入乡镇的民间文学普查取得成果。2017年1月，中国民协又据此申报的中国民间文学大系出版工程被列入了首批十五个"中华优秀传统文化传承发展工程"重点项目之一。该项目由中国文联牵头组织实施，中国文联和中国民协总编纂。2021年4月又列入中宣部《中华优秀传统文化传承发展工程"十四五"重点项目规划》，2022年8月列入中办、国办《"十四五"文化发展规划》，被确定为"促进乡村文化建设"民间文艺传承项目，现已正式出版12个类别65卷，并且出版规模逐年扩大。口传文学具有脆弱性、珍贵性和濒危性，保护口传文学，不能仅停留在收集和记录，更要推动它被讲述和记住。中国民间文学大系出版工程积极推动社会宣传推广，举办了一系列调研座谈、培训交流、田野考察、文艺演出、学术研讨、融媒体宣传报道，获得了良好的社会反响和积极的社会效益。

  大运河在中国历史发展中曾起到极为重要的作用，不仅是贯通南北的重要水路，更是一条重要的文化线路，少有的南北走向，促进了南北文化的交流交融。目前大运河文化功能尤其是民间文化方面，还有较大挖掘和研究空间，民间传说的抢救迫在眉睫，开展运河两岸民间文学、民俗文化调查的迫切性凸显。通过运河传说研究南北文化的融合交流大有可为。系统认识运河沿岸民间文化的传播与融合，才能更深刻地理解运河沿岸百姓的生活逻辑。

民间文学源自生活，讲述着南来北往、悲欢离合的人间故事，寄托着无尽的生活期盼和朴素的情感诉求，有现实，有幻想，有歌颂，有批判，具有休闲娱乐、传递情感、高台教化、传承文明等文化价值和社会功用。"民间文学三套集成"和《中国民间文学大系》等民间文学整理成果为我们留存了丰富的民间口传文本，如何实现活态传承和当代活化，让故事回归日常生活、充满时代活力，是值得民间文艺工作者思考的重要课题，口传文学保护传承时不我待、任重道远。中国民协主持并实施的"大运河叙事：民间传说与南北文化融合传播"调研活动，旨在沿着大运河实地走访，深入生活，扎根人民，深入调查运河两岸民间信俗、传统生活与民间传说故事关系，"四大民间传说"在大运河文化带的传播与流变，利用民间文学资源助力地方文化形象塑造、文化品牌培育与国家大运河文化公园建设，并提出一系列的建议对策和经典案例研究。

2017年6月，习近平总书记做出批示："大运河是祖先留给我们的宝贵遗产，是流动的文化，要统筹保护好、传承好、利用好。"2019年2月，中共中央办公厅、国务院办公厅印发了《大运河文化保护传承利用规划纲要》，强调要深入挖掘和丰富大运河文化内涵，充分展现大运河遗存承载的文化，活化大运河流淌伴生的文化，弘扬大运河历史凝练的文化，深入理解大运河文化的内涵和外延，突出大运河的历史脉络和当代价值，以此统领大运河文化保护传承利用工作。以文化人，文化养心，大运河叙事是构建大运河生活、大运河记忆、大运河文化的重要载体,挖掘好、记录好、讲述好、传承好大运河传说故事,就是留住记忆,留住乡愁,留住文化根脉。面对口传文学传承的危险处境,我们要积极探寻和主动挖掘,在生活生产方式已发生重大变革的时代大背景下,与时俱进,拓展思路,以时代使命和文化热忱留住那些经过岁月淘洗、饱含民族情感、浸润民间审美、即将逝去的经典传说故事与传统生活方式。

一个民族最大的资源是文化,最能打动人心的也是文化。大运河具有深厚的历史积淀与深邃的民族文化涵养,生动体现出中华民族的创造伟力和强大凝聚力。用心、用情、用力地讲好大运河故事、中国故事,积蓄力量、鼓舞人心、增智启慧、催人奋进,这是民间文学带给世人的宝贵精神财富和不竭动力源泉。